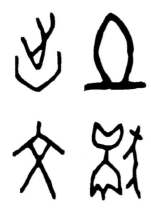

出土文獻譯註研析叢刊

《說文》地名字
構形用例研究

余風　著

自序

　　《說文解字》除了「今敘篆文、合以古、籀」之字書價值外,其「分別部居,不相雜廁」之歸字方式,亦具先秦兩漢之百科全書價值,其中也包括了豐富的地理材料。就「地理」之概念而言,除了地名之外,舉凡地形、地貌、風俗、民情、疆域、地方制度、山海河湖等,皆屬地理之範疇。上古文獻中,有關先秦兩漢之地理專論,大多散見於個別篇章,如《尚書・禹貢》、《周禮・職方氏》及《史記・貨殖列傳》等,《漢書・地理志》則集其大成,並系統地整理秦漢地方制度及地名材料;而《說文》地理材料則見於相關部首內,如〈邑部〉的邑名專名及通名、地形地貌;〈水部〉所見河流之水名專名及通名,以及與河流有關之地理描述;〈山部〉的山岳專名及通名,以及山岳的地理描述,以及〈阜部〉所見丘阜專名及其地形地貌。此外,《說文》尚見有「方言地理區」,包括釋義內容以及其所收錄之方言字等。

　　所謂「地名」,包括了城邑、國族、州、縣、鄉、里、亭、聚等之邑名,河流、湖泊之水名、山岳之山名、丘陵、土丘之阜名。而地名本身又涉及了「歷史地理學」,即地名的歷時研究,包括疆域變化、地方沿革、名稱更易等內容;另外則是「地名文字構形分析」,即地名文字的字形結構、演變脈絡,以及該字形在文獻及出土地下材料中所使見字形及其用例分析等。《說文》見有大量地名文字,大部份的正文即是專名本字,在小篆時代依地名的屬性及類別歸納至邑、水、山、阜等偏旁,本文稱之為「結構化地名」;另有部份地名則於正文釋義後補充說明其屬地名義,屬假借之地名;另外尚有通名、方言地理區名等,旁及《說文》對地名文字的釋義方式、釋義內容等。不論是歷史地理或文字構形的角度,《說文》地名研究一直到清代段玉裁注解《說文解字》時,才開始有具體而詳細的研究分析。

　　筆者一直以來皆對於地理、地名及地圖等甚感興趣,也曾親自繪製許多地圖,包括學術類與非學術類。例如碩士研究生階段研究《說文》所見地名材料的地理文化,並繪製《說文・邑部》地名地圖;博士階段則專攻甲骨文所見地名字。然而,其中尚有許多空白處待填補,例如現階段的《說文》的地名研究,大多以地理文化、歷史地理等層面研究分析,較少從字形結構的角度切入。因此,基於

對於《說文》的粗淺認知，筆者從字形結構以及地名在文獻內所呈之形構為研究重心，分析歸納《說文》地名文字的構形用例概況。

　　本書的出版是筆者近幾年之研究成果，提出了「結構化」及「非結構化」之概念分析《說文》地名文字，旁及歷史地理及訓詁體例，並參考段玉裁《說文解字注》所見之大量地名考證材料，佐以《漢書・地理志》及《後漢書・郡國志》等地名文獻資料綜合研究《說文》所見地名專名的構形用例。其中尚有許多不成熟的意見，亦請方家斧正。

　　　　　　　　　　　　　　　　　　　　　　　　　　　余風

　　　　　　　　　　　　　　　　　　　　　　　二〇一九年書於臺中

目次

第一章
《說文》地名字類別及其釋義

第一節　《說文》及其地名字

　　《說文解字》為〔東漢〕許慎集結古今文字材料，並以小篆編序，以部首為歸納，收錄九千三百五十三字，以及一千一百六十三字重文。在「今敘篆文，合以古籀」以及「分別部居，不相雜廁」的原則下，每一「部首」所收之字，大多與其部首義相關，例如〈示部〉與宗廟祭祀、〈艸部〉與草生植物、〈木部〉與木生植物等均有連帶的從屬關係。每一部中字所釋之義，又能反映漢代時期的文化現象，除了字書編輯所產生的文字、聲韻、訓詁等理論研究外，近年亦有許多研究以《說文》之部首為主，以文化學角度探論漢代之名物制度、生活文明等內容，例如〈邑部〉與邑名的關係、〈水部〉與水名等河流文化探討，均是《說文》文化學的一環[1]。

　　目前《說文》地名的研究，多在歷史地理學的階段。對於歷史地理學而言，地名的源起、沿革變化，乃至方志研究、地名範圍（領域）之變遷等，是歷史地理學家的研究重點。因此《說文》地名學的研究成果多集中在地名的地理範圍、區域變化及古今脈絡等課題上。換句話說，現有研究成果多以「《說文解字》的歷史地理學」為主。本文則站在文字構形的立場上，分析《說文》所見之地名字。而《說文》地名數量繁多，種類不一，因此概分以「地名專名字」、「地名通名字」以及「方言地名字」三大類分別論析《說文》所見地名字。此三大類別中，又以〈邑部〉、〈水部〉、〈山部〉及〈阜部〉四大部首之專名數量最多。其中見於〈邑部〉之邑名專字有一百六十九字，〈水部〉水名專名計有一百四十四字，〈山部〉之山名專名計有十一例，〈阜部〉之丘阜專名計有十五例。以上之專名，於《說文》釋義中，皆直接釋其地名之義。而在其他部首所見地名專名中，亦見有大量地名用例。此外，尚有三十三例地名通名，以及一百六十七例的方言地理區所見用字，也

---

1 筆者於二〇〇六年所寫之碩士論文《說文解字邑部及其地理文化研究》，即是以〈邑部〉為研究對象，並對〈邑部〉所見之邑名專名，進行歷史地理的分析，以及文化層面的研究。

將納入本文探討之範圍。

第二節　地名專名的結構化與非結構化

「地名」緣自於人類社會文明生活中的領域關念的形成，小至一個定點、一間宮室、一座聚落；大至一片領土、數座城池、數個國家。因此，地名需要分類以別義，避免混淆。本文所研究者，除了狹義之「地名」外，與土地有關的「河流名稱」（水名）、山岳名稱（山名、丘阜名），也包括在本文「地名」範圍之內。是以本文所謂地名，包括國邑之名、城邑之名，地區之名、河流之名、湖海水域之名、山丘之名、丘陵土阜之名、方言地理區之名等。

隨著社會制度日趨嚴密，「地名」的分類及屬性也愈來愈細緻，名目也愈來愈多。先民對於地名的取得，多是借用現有文字，做為該地方的名稱代表，即「無本字假借」之地名。隨著無本字地名日益增加，以及社會制度日益複雜，為了從文字上更方便且直觀地判斷區別地名的屬性，便開始在既有文字加上特定偏旁，以示其類別義或地名的功能義，例如加上「山」旁用為山名、加上「水」旁用為水名等[2]。魯實先所提「方名繁文例」[3]，是站在古文字所見地名增加特定偏旁，以示其特定之義，但不改變既有方名之音義，是從王筠「累增字」的概念深化而來[4]，因此稱之為「繁文」。

到了規範漢字的小篆系統下，每一個正文字皆有獨立的形、音、義，正文以外則別以或體、俗字繫之。因此，具有獨立形、音、義的地名字，即可視為專名本字。這些專名本字的偏旁多被規範在邑、水、山、阜等偏旁，例如城邑、國邑、國族名多從邑旁，河流、湖海等水名多從水旁，高山名多從山旁，丘陵土山之名多從阜旁等。諸如此類的地名，《說文》以〈邑部〉、〈水部〉、〈山部〉及〈阜部〉統整之，以達「分別部居，不相雜廁」之效。

2　詳參余風：《甲骨文地名功能析論》，《漢字研究》第十二輯（釜山：慶星大學校、韓國漢字研究所），2015 年 6 月。

3　魯實先：《假借遡原》：「以示為方域，則從山水土自，或艸木艸林。以示為行國，則從支彳又収，或行止彳辵。以示宜農桑，則從禾秝田系。以示為氏族，則從人女放戈。以示為土箸邑居，則從厂广宀口。」（臺北市：文史哲出版社，1973 年），頁 46。

4　王筠：《說文釋例》卷八：「字有不須偏旁而義已足者，則其偏旁為後人遞加也。其加偏旁而義遂異者，是為分別文……其加偏旁而義仍不異者，是累增字。」（臺北：世界圖書，2015 年），頁卷八-三。

換句話說，《說文》地名專名字在小篆系統之形構是固定的，本義亦為地名專屬，屬於「專名本字」的一環，不同於與東周之前的古文字系統構形偏旁可依隨使用之需求調整，亦不同於增加字形結構的方名繁文。而地名專名字朝向邑、水、山、阜之偏旁規範，亦非一時一人一地之作，乃是歷經時代發展約定成俗的結果，最後逐漸朝向邑、水、山、阜等偏旁構形靠攏，發展出一套結構化的地名文字。是以《說文》所見從邑、從山、從水、從阜之地名專名本字，本文稱之為「結構化地名專名」。

《說文》結構化地名專名字見於〈邑部〉、〈水部〉、〈山部〉及〈阜部〉四大部首裡，其中又以〈邑部〉及〈水部〉所見地名占絕大多數。除此之外，《說文》其他部首亦見有地名專名，〈女部〉、〈土部〉有少部份的地名專名本字。其餘部首所見地名，因地名專名另有本義，再借用為地名，與〈邑部〉、〈水部〉、〈山部〉及〈阜部〉四大部首所見專名本字亦有別，由於其地名多為假借，用字亦非地名本字。換句話說，非屬從邑、從山、從水及從阜之地名字，在歷史的發展中並沒有受到結構化的影響，雖然有些用為地名本字，有些屬於假借地名字。這類地名字，本文稱之為「非結構化地名專名」。

探論結構化與非結構化的地名專名，先秦兩漢文獻及地下材料之用例是非常重要的分析對象。所謂「用例」，即特定構形的地名文字，在出土材料或者文獻材料裡的實際使用狀況。由於《說文》邑、水、山、阜所見地名專名均是結構化的專名本字，但是部份地名在使用之初，並未完全使用結構化之專名字，因此產生《說文》所載與古籍所使用的同一個地名，在字形結構上出現了不一致的狀態，包括偏旁省略、形符更替、聲符更替、使用別字等現象。段玉裁《說文解字注》及桂馥《說文解定義證》注解《說文》地名材料時，往往亦透過大量的用例分析，為地名文字構形的歷史演變提供相對應的證據。《說文》所見的地名文字中，不論是結構化與非結構化地名，在出土及先秦兩漢文獻材料僅見《說文》之本字字形，未見有其他構形，但也有一百一十四例地名文字在文獻中見有《說文》本字以外的其他構形，且構形之形式、形態呈多樣化。

本文以《說文》地名字為研究範圍，因此文獻用例不晚於東漢，其中又以《史記》、《漢書》、《後漢書》所見地名材料最為豐富，尤以《漢書・地理志》及《後漢書・郡國志》，保存了兩漢地方制度之郡級、縣級地名的完整

資料，縣級以下的鄉、里、亭、聚等地名亦散見於全書之中。《水經注》成書時期雖然晚於東漢，但年代相距不遠，且記有大量水名及城邑名，對於地名構形及用例之研究，亦具參考價值。而在《說文》地名的地理定位中，尤以漢代縣級以下的鄉、里、亭、聚等小地名，古籍大多失載，但卻保存於《說文》中。透過構形的文獻用例分析，可還原《說文》地名在文獻上的使用情況，亦能對比地名專名在文獻的傳抄過程中產生之各種人為因素的變易。

第三節　段注本《說文》改訂地名釋義商榷

《說文解字》不僅是一部字書，也是漢代的百科全書。地理文化的部份，包括邑名、水名、山名及阜名等地名資料，《說文》均系統化的彙整於〈邑部〉、〈水部〉、〈山部〉及〈阜部〉裡。其中在「水名」及「山名」等地名字的釋義結構中，今本大徐、小徐本，釋義方式與段注本《說文》有所出入。例如《說文‧水部》：「河」字下，大、小徐本釋義作「水。出焞煌塞外昆侖山，發原注海。从水可聲。」其語意為「河流。發源自敦煌塞外的昆侖山，注入於海水中」段注本則作「河水。出焞煌塞外昆侖山，發原注海。从水可聲。」段玉裁認為，今存大、小徐本中的「水」字之前，當有複舉字遭刪[5]。因此，大、小徐本《說文》之「水」，到了段注本則作「某水」，同樣的情況也見於山部的「山」改作「某山」之例。此一更動，不僅僅是複舉字的問題，更牽涉到地名格式中的通名使用狀況，釋義中的「水」，可單純地解釋為「河流也」；但是若改為「某水」如「河水」，語境已從單純的「河流也」，轉變為較複雜的「專名（河）＋通名（水）」的釋義問題。

一　水名釋義之改訂

段注本《說文》改訂地名釋義方式，於《說文》水名最為明顯。《說文》水名專名多見於〈水部〉，關於水名釋義之體例，大徐本與段注本有顯著的不同。以「江」字為例，大徐本解說體例為：

5　〔東漢〕許慎著，〔清〕段玉裁注：《圈點說文解字》（臺北：萬卷樓圖書公司，1999 年），頁 521。以下均簡作段玉裁：《說文解字注》，頁某。

江　水。出蜀湔氐徼外崏山，入海。從水，工聲。

大徐本釋義的解說方式，其語意為「河流。發源自蜀郡湔氐縣外的崏山，注入於海水中」，釋義首字的「水」，即水之本義「河流」，並未指涉該條河流的專有名稱，因為其專名即是篆文之「江」。此一釋義為大、小徐本《說文》之通則，如「邑，國也」，於釋義時直陳其義，不再複舉其本字。

段注本〈水部〉水名釋義之體例則改作：

江　江水。出蜀湔氐徼外崏山，入海。從水，工聲。[6]

段玉裁在「水」字前增一「江」字，作「江水」，並且視「江水」為一個句讀，「江水」一詞屬「專名＋通名」的完整地名格式，「江」為水名專名，「水」則作為河流的通名，如「河水」、「渭水」之例，現代河流的通名已不用「水」字，多作「江、河、溪」等字。因此，段注本之更動為「江水」，整句語意義即為「江河，發源自敦煌塞外的昆侖山，並注入於海水中」，與大徐本原文的語意不盡相同。

又如「汾」，《說文》原文為：

汾　水。出太原晉陽山，西南入河。從水分聲。

其語意為「河流。出自於太原郡晉陽之山區，向西南流，入於黃河」。「水」即「河流」之意。而段玉裁改作：

汾　汾水。出大原晉陽山，西南入河。從水分聲。[7]

改動原文之後，語意改為「汾河也。自於太原郡晉陽之山區，向西南流，入於黃河」。類似改動原文「水」為「某水」之例，在《說文‧水部》，計有一百一十例之多，占水名專名達百分之九十一之高。

其中，〈水部〉水名唯一不釋「水」之「汈」字，《說文》原文作：

6　段玉裁：《說文解字注》，頁522。
7　段玉裁：《說文解字注》，頁521。

〔澤字〕　澤。在昆侖下。从水，幼聲。

其語意為「湖澤也。在崑崙山之下。」「澤」單純地做為地理名詞的釋義，而不具通名的功能。同樣的，段玉裁也改動了本字的釋義：

〔澤字〕　泑澤。在昆侖虛下。从水，幼聲。

改動後的語意，原本的「湖澤」之釋義，轉變為「泑澤」，「澤」字由單純的地理名詞，成為地名裡的通名，並與專名「泑」組成為「專名（泑）＋通名（澤）」之詞。

二　山名釋義之改訂

除了水名釋義遭到段注《說文》大量改訂外，《說文》之〈山部〉、〈鳥部〉、〈木部〉等部首下，亦能見之。如〈山部〉中的「猲、嶭、屼、嶅、嶧」等山名，大徐皆作「山。在某地」，如猲字：

〔猲字〕　山。在齊地。从山狧聲。《詩》曰：「遭我于猲之間兮。」

段注本則改作：

〔猲字〕　猲山也。在齊地。从山狧聲。《詩》曰：「遭我于猲之間兮。」[8]

體例作「某山也。在某地」，完整地標出「專名＋通名（山）」的地名格式，大徐本原本單純作為名詞之「山」的訓解，到了段注本則改為地名通用名詞的山。

又如「屼」字，《說文》原文作：

---

8 段玉裁：《說文解字注》，頁442。

　　屼　山也。或曰：「弱水之所出。」從山几聲。

釋義「山也」，意即為「山岳」之意，語意即「這是一座山的名稱」。「山」為單純的名詞，而段玉裁改訂後，原文改作：

　　屼　屼山也。或曰：「弱水之所出。」從山几聲。[9]

改動之後，單純的「山也」，變成地名格式的「屼山」，「山」從名詞轉為地名通名，成為「專名（屼）+通名（山）」之地名格式。

　　若該山名具有二音節以上，大徐本則亦詳標其名，如「嶧」字下云「葛嶧山，在東海下邳。」此例與〈水部〉及其他諸部均同。

三　段改山名、水名釋義之商

　　通檢《說文・水部》一百一十字的水名解說條例中，大徐本均作「水。出某地，入某地」，而段玉本改為「某水。出某地，入某地。」改動的原因多於其注文裡提及。如於「河」字下注云：

> 各本水上無河字，由盡刪篆下複舉隸字，因并不可刪者而刪之也。許君原本當作「河水也」三字。洄者，篆文也；河水也者，其義也。此以義釋形之例。《毛傳》云：「洽，水也。」「渭，水也。」此釋經之例。[10]

同樣的，在《說文・山部》裡，又於山部專名的「屼」字下說明：

> 三字句，各本無屼字，淺人所刪，乃使文理不完。許書之例，以說解釋文字，若屼篆為文字，「屼山也」為說解。淺人往往汜謂複字而刪之。如「髦」下云「髦髮也」、「雟」篆下云「雟周」，「河」篆、

9　段玉裁：《說文解字注》，頁443。
10　段玉裁：《說文解字注》，頁521。

「江」篆下云「河水」、「江水」，皆刪一字。今皆補正。[11]

段玉裁認為大徐「水」、「山」等釋義中，應當還有一個複舉字的專名，但皆遭到刪除了。專名「某」字當與「水」、「山」組成「專名＋通名」的地名，以釋其字義。「河」字下、「𣲷」字下的注文解說，段氏不段強調「專名＋通名」的地名格式是「釋義」之用，與經典文獻中的「洽，水也」、「渭，水也」的訓釋模式不同。因此在〈水部〉裡，段玉裁不但依例補正，而且一補就有一百十一例水名通名。同樣的情況也發生在字數較少的〈山部〉諸字中。

　　段玉裁改動〈水部〉、〈山部〉的釋義方式，與《說文》現存雙音節水名的釋義形式有關。在《說文·水部》裡，除了一百一十例《說文》原文釋義為「水」，而段改為「某水」之例外，若該河流的專名有二個音節以上者，《說文》原文則標出全名，如「浪」字下云：

　　　　滄浪水也。南入江。从水良聲。

又如「菏」字下云：

　　菏　　菏澤水。在山陽胡陵。〈禹貢〉：「浮于淮泗，達于菏。」从水苛聲。

此二字的釋義中，不以「水。出某地」的解說方式釋之，而是特別標出「滄浪水也」、「菏澤水」，浪、菏二例中的「水」不再是專指河流的名詞，而是地名中具辨義作用的通用名詞（通名），形成「專名＋通名」的完整地名格式。依例，《說文》大可於雙音節地名直云「水」，但在釋義上將無法呈現該地名的全貌，因此改以「專名＋通名」的方式表達。《說文》水部雙音節專名尚有「灘」下的「河灘水」、「淵」下的「澶淵水」二例。這些雙音節的水名釋義，段注本並未改動。

　　段玉裁於「浪」字下注云：

────────────
11 段玉裁：《說文解字注》，頁443。

滄浪水也。按：據此解可證前後某篆下皆當云某水也。淺人刪之。存
一水字。非是。[12]

段玉裁認為《說文》每字的篆文之下，原先會再寫一個隸書的正字，此即
「複舉字」也[13]，部份的複舉字，段氏認為已無功能，故應刪之，如「靈」
字下，大徐本作「靈巫」，段注本改作「巫也」，刪除了複舉的「靈」字[14]。
至於《說文・水部》水名中的「複舉字」，段玉裁則認為屬「并不可刪而刪
之者」，意即不可任意刪除的複舉字，因為這些水名具有辨義作用，以大徐
原文「水出某地」之界說，段氏認為其屬「釋經之例」，並非《說文》訓解
的方式，故於〈水部〉水名諸字的釋義之前，恢復複舉隸字，作為水名專
名，並與後方的通名「水」結合為完整的地名格式。

　　由上可知，段玉裁對於複舉字有著「當刪與不當刪」二套標準，例如
〈水部〉、〈木部〉、〈鳥部〉等其他牽涉到名詞類的「專名」與「通名」時，
段氏均持「不當刪」的標準，並在原義釋的名詞前再加上專名字，成為「專
名＋通名」的名詞格式，若然，則複舉之隸字則與釋義文字結合為一個完整
的名詞，已非單純地複舉隸書，且數量龐大，以《說文・水部》而言，所有
釋義云「水。出某地」者，均再加上「某水。出某地」的複舉專名後，則
《說文》解說文字的總字數勢必再增加上百餘字。就清儒各家校訂注解《說
文解字》的態度而言，仍然以大徐本的「水。出某地」格式為主，未有明確
表態贊同段注之改訂者。如王筠《說文句讀》在「河」字下注：

水。句絕。《水經注》引沇水也。由此知之。水也者，謂水名也。《說
文》不言某名。[15]

所謂「水也者，謂水名也」，即是「河流名」之意，「《說文》不言某名」，意
即許書在提到相關單音節名詞時，不會以「專名＋通名」的形式出現，（唯

---

12 段玉裁：《說文解字注》，頁 527。
13 關於《說文》複舉字的研究，詳參郭怡雯：《說文複舉字研究》（臺中：逢甲大學中文系碩士論文，
　2005 年）。
14 「靈」字為「靈」之或體字。段玉裁：「各……段玉裁：「各本巫上有靈字，乃複舉篆文之未刪者
　也。許君原書篆文之下，以隸複寫其字，後人刪之，時有未盡。」段玉裁：《說文解字注》，頁 19。
15 丁福保編：《說文解字詁林正補合編》（臺北：鼎文書局，1994 年），頁 9-10。下引均簡作《說文解
　字詁林》，頁某。

雙音節以上的專名例外），這裡已暗指段注本將「水」改作「河水」有其可商之處。

就地理通名的發展而言，殷商時期的通名如「田」、「師」已常態見於卜辭中[16]，代表河流通名的「水」，在甲骨文中用為通名的例子甚少，多數仍直接以專名表達，如卜辭常見的「河」。金文時代亦僅見少數的用法，如〈啟尊〉的「洀水」、〈同簋〉的「玄水」二例。直到文獻時代，「水」的通名才逐漸用於專名之後，但數量亦不多，通檢《史記》，以「渭水」為例，全書多簡作「渭」，如〈周本紀〉：

> 公劉雖在戎狄之間，復脩后稷之業，務耕種，行地宜，自漆、沮度渭。[17]

「漆」、「沮」、「渭」三個專名皆為水名，文中不云漆水、沮水、渭水，而直接以專名稱之，不加通名，又如〈范睢蔡澤列傳〉：

> 大王之國，四塞以為固，北有甘泉、谷口，南帶涇、渭。[18]

其中的「涇」、「渭」亦單以專名來表其河流之名，而不加通名，僅在〈秦始皇本紀〉見有「渭水」：

> 悼武王生十九年而立。立三年，渭水赤三日。[19]

上述材料說明了漢代文獻提及水名時，多以專名的形式單獨稱之，或許受限於書寫材料有限，必須節省文字，或時人已習慣以專名稱之，見其專名即知為水名，故不必再加上「水」之通名。且漢時的水名專字，大多數都為「從水某聲」的形聲字，由文字構形本身即可知曉該一專名為河流之名，也就不

---

16 詳參余風：〈論殷商甲骨文字的地名通名〉，《漢字數字化研究回顧與前瞻國際學術研討會論文集》（上海：華東師大，2013 年），頁 237。

17 〔漢〕司馬遷撰；〔劉宋〕裴駰集解；〔唐〕張守節正義：《史記》卷四，〈周本紀〉第四（臺北：鼎文書局影金陵書局本，1981 年），頁 112。下引均簡作《史記》卷某〈篇名〉，頁某。

18 《史記》卷七十九，〈范睢蔡澤列傳〉第十九，頁 2408。

19 《史記》卷六，〈秦始皇本紀〉第六，頁 289。

必再加上通名「水」字。

到了《漢書・地理志》，詳載西漢的地方制度，並以夾註的方式介紹每一郡縣下的地理概況，亦時常提及河流之名，《後漢書・郡國志》承之。其中多數的水名，常以完整的「專名＋通名（水）」的地名格式書寫，例如《漢書・地理志・上黨郡》：

> 上黨郡，秦置⋯⋯。縣十四：長子。周史辛甲所封。鹿谷山，濁漳水所出，東至鄴入漳。屯留⋯⋯。沾。大黽谷，清漳水所出，東北至邑成入大河，過郡五，行千六百八十里，冀州川。涅氏。⋯⋯壺關。羊腸版。沾水東至朝歌入淇。泫氏，楊谷，絕水所出，南至壄王入沁。高都。莞谷。丹水所出，東南入泫水。有天井關。潞⋯⋯。穀遠。羊頭山世靡谷，沁水所出，東南至滎陽入河，過郡三，行九百七十里。莽曰穀近。[20]

以「上黨郡」一節的內容而言，即出現了「濁漳水」、「清漳水」、「沾水」、「泫水」、「絕水」、「丹水」、「沁水」等「專名＋通名（水）」完整地名格式。原文提及的「A 河流」入於「B 河流」時，其中的「B 河流」多僅載其專名，如「絕水⋯⋯南至壄王入沁」，「沁」即沁水，但不加註通名「水」，但是提到「羊頭山」是沁水發源地時，則又復加「水」字，如「羊頭山世靡谷，沁水所出。」

綜上所述，段玉裁在《說文・水部》水名諸字釋義前復加專名作「某水」之例，確實有其專業考量。〈水部〉水名釋義方式多以「水出某地」作為開端，意即河流發源地所出。對照《漢書・地理志》介紹河流之源頭，大多會將該條河流的完整名稱以「專名＋通名（水）」的格式帶出，作「（某地）某水所出。」若是文章敘述而提及的河流名，多半不再加註其通名「水」字。《說文・水部》作為專門介紹河流記載的內容，其「水出某地」之語，若對應同時期的《漢書・地理志》「（某地）某水所出」之例，就許書原貌而言，確實有可能如段玉裁所改正的作「某水，出某地」的格式。

不過，若就《說文》體例而言，以〈水部〉為例，一口氣刪掉一百十一

---

20 〔東漢〕班固撰；〔唐〕顏師古注：《新校本漢書集注并附編二種》卷二十八上，〈地理志〉第八上（臺北：鼎文書局，1986 年），頁 1553。下引皆簡作《漢書》卷某，〈篇某〉，頁某。

字的複舉字，而完全不留痕跡，有其可疑之處。再者，以山名、水名之例而言，篆文下若有專名，其專名本身當為「專名＋通名」的完整地名結構，而非單純的複舉字。只是，就《說文》釋義的初衷而言，釋義本身應即針對該篆文釋其通名，如在河流的專名下，釋其為河流，其義意已相當足夠，專名由其篆文即可理解，無須再以「專名＋通名」的方式複加說明。而且，此一更動，不僅僅是複舉字刪與不刪的問題，更涉及地名格式的問題。例如釋義中的「山」、「水」，可單純地解釋為「山岳也」、「河流也」；但是若改為「某山」、「某水」，如「嶽山」、「洛水」等，語境已從單純的「山岳也」、「河流也」，轉變為較複雜的「專名＋通名」地名格式。換句話說，改訂之前，「山」、「水」仍為單純的地理名詞，可廣泛地解釋山名及水名的專名字；改訂之後，「山」、「水」詞義範圍被縮小，成為解釋專名屬性的通名地名，並結合為「專名＋通名」的地名格式。

　　段玉裁雖然考察了雙音節地名釋義方式，如「菏澤水」、「滄浪水」之雙音節地名釋義方式，以此推論單音節專名亦應有複舉之字做為「專名＋通名」的地理格式。不過，《說文》全書裡，不論是否為地名材料，若該字屬雙音節的一部份，許書均會先列出完整的雙音節聯綿字。段玉裁在水名、山名的複舉字「遭淺人所刪」的推論中，實仍可商。

第二章
結構化地名專名字

第一節　《說文》結構化地名專名及其類別

　　漢字構形的討論，在先秦文獻便已見有零星的記錄，如《左傳・宣公二十一年》：「夫文，止戈為武。」利用拆解文字構形部件進行意義分析。《周禮・地官・保氏》所謂「六藝」包括了「六書」在內，但未詳其內容；及至漢代才有更完整的構形理論出現。班固《漢書・藝文志》：「古者八歲入小學，故周官保氏掌養國子，教以六書，謂：象形、象事、象意、象聲、轉注、假借，造字之本也。」許慎在《說文・序》亦提出了「指事、象形、形聲、會意，轉注、假借」，每一項目下並附有解說及字例，是初步的文字構形理論分析。今六書次弟多採用班固之說，而六書名稱則採許說。

　　地名文字的構形，在早期大多未冠通名，除了假借現有文字無法判斷其屬性類別外，部份加上特定偏旁的專名字形，本身即可判斷其地名之屬性。而上古地名文字，構形多元，一字數形。早至甲骨文時代，除了假借現有文字者外，亦漸次於既有文字加上特定偏旁，以表其地名之特定屬性及功能，例如在甲骨文中，加上水旁的 𣲺、𣹶、𣲷、𣲶 地名，可初步判斷其屬水名字，或加上山旁的 𡷈、𡸣、𡸲 等山名。不過，甲骨文地名構形之偏旁，與地名屬性及類別，以現有材料觀察，不一定有絕對關係[1]。

　　由於在篆文以前，文字的字形僅有共識性的原則，書寫者可以根據需求增減聲符、部件或文飾，一字往往多形。隨著社會文化的發展，既有假借他字的地名，單就文字本身已無法辨識其地名之功能及屬性時，則必須加上特定偏旁，以表其義。先秦地名文字構形分析中，魯實先提出的「方名毓文例」歸納了方域、行國、農桑、氏族、土箸等五種地名功能中，先秦文字往往會加上特別偏旁如山、水、土、口、艸、木、舛、林等偏旁[2]。但是加上特定偏旁後，不會影響既有的音、義。蔡信發云：

1　詳參余風：《殷墟甲骨刻辭地名字研究》（臺中：逢甲大學博士論文，2010 年）。
2　魯實先：《假借遡原》（臺北市：文史哲出版社，1973 年），頁 46。

古方名借字，由於未嘗公令統整，呈現多形，勢所必然。[3]

也就是因為先秦以前的文字並未具有一統化規範，所以地名文字亦可隨書寫者或使用者的認知增減相關之偏旁。為何需要增減偏旁？蓋因地名文字屬假借字，所借之字已具有自己的本形本義，又隨著社會發展，如果地名文字無法直接判斷其功能或屬性，也會增加閱讀理解的難度。因此，加上偏旁的地名繁文，是形成結構化地名專名本字的過渡階段。

而在地名文字發展的階段，繁文、偏旁過於眾多，進而逐漸朝邑、水、山、阜等偏旁集中，形成結構化之地名專名。到了小篆時代，由於一形一義的關係，結構化的地名專名擁有自己有本形本義，成為地名專名之本字並收於《說文》。因此，《說文》地名專名所從部首偏旁與地名類別屬性，均有高度的相關。從「邑」旁皆為城邑或地方之專名，「水」旁者皆為河、湖、江、澤等水域專名，「山」旁為山岳專名，「阜」旁則為丘阜專名。每一個地名專名字，均以「形符（邑、水、山、阜）加上聲符」組成的形聲專字，具有固定的形、音、義，亦無法任意刪減偏旁。以《說文》水部所見從山之專名為例，形符「水」旁表示其為河流之名，聲符原本另有其義，或單純借為水名，而後兩者結合，成為水名專名字，具有固定的形、音、義，這些都是地名專名結構化的現象。

綜上所述，本文所謂「結構化地名」，有三個必要條件：

一、「小篆以後之文字系統」，即秦始皇統一天下並規範漢字後所產生的現象，文字非屬使用者依需求任意增改偏旁之情況。換句話說，結構化地名並非東周所見方名繁文，而是形構固定的專名本字。

二、「必須為地名專名本字」，其「本字」之判斷以《說文》為主，《說文》釋義必須先釋其為地名，則能判斷其屬地名本字。其餘未先釋以地名義，而於釋義後復補充「某地有某」者，則為非結構化之地名假借字。

三、「必須集中於特定部首」，結構化地名是在約定俗成的情況下，地名偏旁集中於特定偏旁的現象，因此《說文》之〈邑部〉、〈水部〉、〈山部〉及〈阜部〉所收之大量地名專名本名，即屬結構化地名專字本字。其餘非從邑、水、山、阜之地名，則為非結構化地名專名字。

---

3 蔡信發：〈段注《說文·邑部》之商兌〉，《第十七屆中國文字學全國學術研討會論文集》（臺中：逢甲大學，2006 年 5 月），頁 3。

　　以下概以「從邑」、「從水」、「從山」及「從阜」等類別，談論《說文》所見地名專名結構化之類別。

一　從邑

　　《說文》所收結構化從邑專名，見於〈邑部〉自「鄒」至「鄶」，計有一百六十九個地名專名本字。這些從邑旁的專名，《說文》釋義有作漢代某郡、某侯國、某縣、某鄉、某里、某亭、某聚，亦有做用古地名，如先秦時期所見地名。就「地名」的屬性及類別而言，小篆從邑旁之地名，包括了城邑、國邑以及純粹的地方，此類地名均歸屬為「邑名」。

　　在通名系統尚未發達之前，表示地名專名類別的辨義部件，通常是地名專名的「形符」，藉由共同的部件偏旁，以表示其地名之屬性及類別。「邑」，自甲骨文時期有用作「大邑商」，在殷商時期，「邑」已有通名之用法。隨著社會時代的進步，以及行政地理區畫日漸嚴密，因此秦漢之後，「邑」之通名除了漢代郡國制度中之皇后、公主之封地有以「邑」為通名之外[4]，亦用於普通城市之通稱，或為諸侯分封之食邑。例如《說文》「邵」字釋義云「晉邑也」[5]，「郰」字釋云「魯孟氏邑」，「邙」字釋義「故商邑」。

二　從水

　　《說文》於〈水部〉收錄了四百八十七個正字，相較於其他部首為，數量及比重均高。其中從「水」到「浘」之間一百四十四個字，皆訓為水名專名，與秦漢時期的河流名稱有關。而通檢《說文》全書資料其他部首所見專名，另見有十例表示河流的水名專名。但實際上有許多假借現有文字為河流專名者，但《說文》於相關文字釋義中卻未補充其為河流名。如漢代「筑水」之「筑」，〈竹部〉釋義云「以竹曲五弦之樂也。」未於釋形後補充「南陽筑陽有筑水」之資料。

4　《漢書》卷一，〈高帝劉邦紀〉：「六年冬十月，令天下縣邑城。」張晏曰：「皇后、公主所食曰邑。」頁 59。

5　本文所引《說文》版本為〔東漢〕許慎著，〔南唐〕徐鉉校訂：《說文解字》（北京：中華書局景印1873 年陳昌治一篆一行本，2003 年），下引《說文》皆於正文標註其部首，不再於注釋詳列出處。

　　《說文‧水部》所見結構化的从水專名，形符「水」旁示其為河流之水名義，聲符加了水旁成為水名專名。《說文‧水部》收有一百四十四字水名專名字。這些水名文字皆為形聲字，《說文》釋形均云「从水某聲」，形符从水，用以表示水名的類別義。最早在甲骨刻辭即有類似的字例，如「𣲳」（河）、「𣴎」（溑）、「𤀁」（漁）、「𣲔」（洹）、「𤁟」（滴）五例从水偏旁的甲骨文，均有用為水名的文例，如「涉河」、「涉溑」、「涉滴」、「洹弗來水」、「漁其來水」等例。[6]

　　回顧先秦兩漢文獻所見之水名，从水偏旁的水名固然佔多數，但仍有許多非結構化的水名，如水名專名不从水，或文獻不从水，但是《說文》收字時卻是結構化的水旁專名，說明了上古文字發展過程中使用了非結構化的字形，到了小篆系統中，則成是固定的地名專名字，構形不可任意更換。

三　从山

　　甲骨文字有十五例从山偏旁的地名，但是到了《說文》小篆，僅見有十一例，但實際的山名數量卻已超過甲骨文。易言之，大部份的山名字都不从山偏旁。就〈山部〉的「專名」而言，「猺」、「嶅」、「𡽁」、「峷」、「嶂」五字為單音節專名，山名僅單一字，作「猺山」、「嶅山」、「𡽁山」、「峷山」及「嶂山」。單音節地名專名為上古地名中的常態現象，早至甲骨文時期，邑名、水名、山名，多由單字呈現[7]。及至兩漢時期，河流名稱的「水名」仍多為單名，且文字大多加上水旁以表其為水名；但是邑名、山名，已開始朝雙音節以上發展。考其原因，乃因河流數量有限，除非氾濫而改道或增減，否則變動不大；邑名及山名，乃因土地廣大，數量龐大，變動頻繁。若僅用單名呈現，「同名異地」的情況勢必大增。因此冠上方位詞、南北、形容詞而成為雙音節地名者，成為主流。做為山名專名的諸字，亦多以通名「山」別義，不需要再於相關文字加上山之偏旁，不若水名專名直接在專名字加上水旁的情況從殷商時期的甲骨文一路流行至秦漢小篆。

6　詳參余風：〈論甲骨文从水偏旁的地名〉，《中國文字學第六屆學術年會》（張家口：河北師範大學，2011 年）。

7　詳參余風：《殷墟甲骨刻辭地名字研究》（臺中：逢甲大學博士論文，2012 年）。

其次，「嶧」、「嵎」、「嶷」、「巀」、「嶭」、「崵」六字，則是雙音節地名，數量占山名專名的一半以上。其中「嶧」為「葛嶧山」、「嶷」為「九嶷山」、「巀」、「嶭」二字為「巀嶭山」，「崵」為「首崵山」。相對於〈水部〉所見水名專名，雙音節結構者僅有「浪」（滄浪）、「漳」（濁漳）、「汨」（汨羅）、「菏」（菏澤）、「灘」（河灘）、「澶」（澶淵）六例屬於雙音節地名，其餘均為單名專名。但在〈山部〉所見專名山，十一例中有六例為雙音節地名，顯見漢代以雙音節呈現山名專名的用例，已為常態。

就構形用例而言，「嵎」、「嶷」、「崞」三例，先秦兩漢文獻用例未見其他偏旁，且用例亦不多。「巀嶭」為聯綿詞，用例上僅因形近而見有作「巀」、「嶭」二字者，本質上仍屬「巀嶭」，可視為廣義未見其他字形者。其餘諸字，則多見用為其他偏旁，甚至其他偏旁的專名已盛過从山偏旁之用。如「峱山」又見用為「巙山」，「嶧山」又見用為「繹山」，「嶅山」則多用為「岷山」，「岏山」多作「女几之山」，「崋山」今皆作「華山」、「首陽山」今皆作「首崵山」。山名專名的古今演變脈絡之跡，在《說文》皆能洞悉其一二。

四　从𠂤

〈𠂤部〉收有十五例地名專名，就內容所釋之「通名」而言，見有「大阪名」、「阪名」、「陬名」、「𠂤名」、「丘名」及「其他」等類。「𠂤名」不像山、水、邑之專名有完整的概念，例如水名即為河流、山名即為山岳，邑名包括城邑及國邑。「𠂤名」概念與「山」相似，雖然《說文》「𠂤」釋之為「山無石者」，但考之於〈𠂤部〉通名之內容，多數之𠂤，概念上等同於丘陵地，因此本文行文多以「丘𠂤名」釋之。其中「大阪」、「阪」、「陬」，概念均來自於「阪」，規模大者曰「大阪」，阪之一隅者曰「陬」。

就文獻用例而言，可發現部份結構化的丘𠂤專名見於文獻例，且影響至今，如「隴」、「陝」二字。但在〈𠂤部〉專名中，卻有大部份的結構化丘𠂤專名，未見其以結構化之專名字形以及《說文》所釋之內涵用於文獻中，此例計有「陎」、「隯」、「隓」、「陭」、「隃」、「陪」、「隋」、「隫」、「阿」、「隝」等十例，其比重較其他如邑名、水名來得高。這些丘𠂤地名，在《漢書・地理志》及《後漢書・郡國志》亦未被提及，但《說文》卻以其保存文字，保

存了丘阜地名之資料。對於上古地名類別屬性之研究，以及地名文字構形理論，皆有重要的價值。

第二節　結構化地名僅見用為本字

《說文》結構化地名專名本字，其構形用例僅見本字者，即《說文》所收之地名專名字，在東漢以前的上古文獻及地下材料中，其地名文字的構形與《說文》所見之構形相同，且未見其他構形。

一　〈邑部〉專名

邑名專名均見於〈邑部〉，計有六十八例的專名字其結構均為「聲符+邑旁」的形聲字見於用文獻用例中。古文字地名用字例，加上偏旁以表示區別義者為繁文部份地名在金文材料已見有同時从邑與不从邑的形態。到了文獻時代，因地名繁多，假借的地名字恐會干擾被假借的本字之使用，因此部份邑名大量加上「邑」旁，以示區別，並且成熟地使用於各文獻材料中成為結構化專名本字。〈邑部〉六十八例在先秦兩漢文獻用例僅見「聲符+邑旁」的構形，而無其他的構形，分別為「鄯、郿、扈、郃、[illegible]、邽、鄏、鄩、鄆、邘、鄍、鄐、鄋、邲、鄔、祁、鄰、郇、鄃、鄭、郅、鄓、邟、郟、郪、郹、鄾、鄬、邵、邾、鄖、郫、鄢、鄨、鄱、酃、郴、鄮、鄞、邴、鄡、[illegible]、郜、鄄、邛、邧、郔、郠、鄅、郣、郎、邳、鄣、邗、[illegible]、郈、郯、郚、酅、邪、邞、郭、郳、鄬、酈、邨、鄻、邮」等例。其中例如「郿」字，《說文・邑部》釋云：

　右扶風縣。从邑眉聲。

「郿」之釋義即關中三輔直轄區的郡級單位地名「右扶風」下轄之「郿縣」，而在《漢書・地理志》右扶風所轄縣名，亦見有「郿縣」，兩書可互為證；《史記・白起王翦列傳》:「白起者，郿人也。」[8]則是「郿」在典籍之用

8　《史記》卷七十三，〈白起王翦列傳〉，頁 2331。

例，字不作「眉」。

又如「郪」字，《說文‧邑部》釋云：

　　郪　新郪。汝南縣。从邑妻聲。

「新郪」代表「郪」字為雙音節地名，因此《說文》首先說明為「新郪」；「汝南縣」則為漢代汝南郡之新郪縣。在〈地理志〉、〈郡國志〉汝南郡下皆收有新郪縣。《戰國策》卷二十二〈蘇子為趙合從說魏王〉：「蘇子為趙合從，說魏王曰：『大王之埊，南有鴻溝、陳、汝南，有許、鄢、昆陽、邵陵、舞陽、新郪。』」[9]則是「新郪」在先秦時代的地名用例，字皆作「郪」。金文〈新郪虎符〉字作「　　」[10]，用為地名「新郪」，亦合於《說文》。

又如「郃」字，《說文‧邑部》釋云：

　　郃　左馮翊郃陽縣。从邑合聲。《詩》曰：「在郃之陽。」

意即關中三輔直轄區的郡級地名「左馮翊」所轄之「郃陽縣」。「郃陽」之「陽」表示南方，「郃」即「洽水」，其地在洽水南邊，故云「郃陽」，是上古地名命名常見的規則。段玉裁考證云：

　　《詩》曰：「在郃之陽。」〈大雅〉文，今《詩》「郃」作「洽」，《水經注》引亦作「郃」。按，〈魏世家〉：「文矦時西攻秦，築雒陰合陽。」字作「合」。葢「合」者水名。《毛詩》本作「在合之陽」，故許引以說會意，秦漢間乃製「郃」字耳。今《詩》作「洽」者，後人意加水旁。許引《詩》作「郃」者，後人所改。[11]

蔡信發師曾對段氏之論，提出商兌：

9 〔西漢〕劉向集錄：《戰國策》卷二十二，魏一〈蘇子為趙合從說魏王〉（上海：上海古籍出版社，1987 年），頁 787。下引均簡作〈戰國策〉卷某，頁數。

10 中國社會科學院考古所編：《殷周金文集成》（北京：中華書局，1984 年），器號 12108。下引均簡作「《殷周金文集成》＋器號」，或於正文所引金文旁直接加註《集成》＋器號，不另加註腳。

11 段玉裁：《說文解字注》，頁 289。

案：段不知初作「合」是假借，後加「水」作「洽」，水是其繁文，甲文即有此例，以示方域之義，如口之作「汩」即是。至於加「邑」作「郃」，段以謂秦、漢間所製，許引《詩》作「郃」，是出自後人所改，似又不以它為古字。[12]

以地名專名字的演變而言，早期假借它字用為地名，或用為水名，而後為了提升地名專名的區別義，因此加水旁表示水名，加邑旁表示邑名。但是後世的使用中，原本表示水名的「洽」與表示邑名的「郃」字混用，因此「洽水」亦有作「郃水」者；「洽陽」則作「郃陽」，進而使用至今。

在從邑的地名中，有三例兼用為水名者：「鄩」、「邘」及「鄨」。「鄩」字《說文·邑部》：

鄩　周邑也。从邑尋聲。

「邘」，《說文·邑部》：

邘　周武王子所封。在河內野王是也。

兩字皆為从邑旁之形聲字，亦見於《尚書》、《左傳》等典籍，為古侯國名。《水經注》則有「鄩水」及「邘水」之例，〈洛水篇〉：

洛水又北，逕偃師城東，東北歷鄩中，水南謂之南鄩，亦曰上鄩也。逕訾城西，司馬彪所謂訾聚也。而鄩水注之。水出北山鄩溪，其水南流，世謂之溫泉水，水側有僵人穴，穴中有僵屍。[13]

「鄩中」周邊地名尚有「鄩南」、「上鄩」；水名則有「鄩水」及「鄩溪」，皆以从邑專名「鄩」做為主要用字。另外，〈沁水篇〉則有「邘水」例：

12 蔡信發：〈段注《說文·邑部》之商兌〉，《第十七屆中國文字學全國學術研討會論文集》（臺中：逢甲大學，2006 年 5 月），頁 3。

13 〔北魏〕酈道元注；楊守敬、熊會貞疏《水經注疏》，（南京：江蘇古籍出版社，1989 年），頁1323。下引均簡作《水經注疏》，頁某。

沁水又東，邘水注之。水出太行之阜山，即五行之異名也。[14]

就地名構形而言，水名專名加上水旁，以表其為水名，「鄩水」及「邘水」則以从邑旁的地名為水名。考其原因，可能有二。由於先秦以前的河流名稱，表示形式與地名相似，以其假借的專名行之，或加水旁以別義，及至後代，漸漸加上通名「水」字作「某水」，到《水經》時「專名＋通名（水）」的形式已成通例。換句話說，秦漢以前，水名、邑名，多會另行造字，做為專屬地名用字；秦漢之後，則多在本字加上通名，不另外造字。因此，「鄩」、「邘」用為水名之例，以邑名專名假借為水名專名，亦可知其年代晚出，此其一。另外，在《水經注》尚見有「潯水」、「汙水」用例：

緼水又南，潯水注之，水出于巨公之山。[15]
（漳水）又東，汙水注之。水出武安山，南流，逕汙城北。[16]

上引二例，說明了「从尋聲」及「从于聲」的地名已有加上水旁別義用為水名專名之例，然而「潯水」為琅邪國的「緼水」流域；「鄩水」則是廣漢郡的「洛水」流域，兩者互不相屬；「汙水」水出武安山，為魏郡的漳水流域，「邘水」則是太行山附近的河流，亦互不相屬。另外，「汙水」附近另有「汙城」，用為城邑名，「汙城」乃為从水旁之專名，可知當地先有水名「汙」，而後有邑名，未另行造字，直接使用从水旁的「汙」字，此例與「邘縣」而「邘水」相反。因此，為了避免一名多水、一名多地的狀況（此二例在地名亦常發生），亦有可能為「邘」、「汙」、「鄩」、「潯」四個不同地方的水名、邑名，利用水名、邑名專名相互假借的情況，區別四地之不同。

另外，「鐅」字，《說文·邑部》：

鐅　牂牁縣。从邑敝聲。

即牂牁郡之鐅縣。段玉裁注云：

---

14 《水經注疏》卷九，〈沁水〉，頁830。
15 《水經注疏》卷二十六，〈緼水〉，頁2196。
16 《水經注疏》卷十，〈漳水〉，頁931。

> 按：犍為郡，武帝建元六年開。牂柯郡，武帝元鼎六年開。則鄨字、
> 䚄字必其時所製。[17]

又，《漢書‧地理志》於牂柯郡所轄之「鄨縣」下云：「不狼山，鄨水所出，東入沅。過郡二，行七百三十里。」[18]牂柯郡約為今貴州貴陽一帶，漢代屬益州刺史部，漢武帝為了經營西南夷而開發。因此牂柯郡轄十七縣之一的「鄨縣」[19]，以及《說文》收錄之「䚄」字，同屬武帝新開的犍為郡「䚄縣」，段玉裁認為是新製字。是知，先有地名「鄨」，其地附近源出不狼山的河流，未另外造從水之「澈」字，直接使用從邑的「鄨」字為水名。

二 〈水部〉專名

　　《說文》從水偏旁之水名，就同一文字而言，在現有文獻上僅見從水偏旁用例，而不見未從水用例者，亦未見有因形近、音近假借為他字者，均屬此類。僅見從水偏旁的水名專名在《說文》佔多數，一百四十四個專名字例占有一百一十四例，數量最多，分別為「河、泑、涷、涪、江、沱、浙、湔、沫、溫、沮、涂、沅、淹、洮、涇、渭、漾、漢、浪、湟、澇、漆、洛、淯、汝、汾、澮、沁、沾、潞、漳、淇、蕩、沇、洈、㳟、洭、灌、漸、溧、湘、汩、深、潭、油、㵮、滇、潕、潩、潩、淮、澬、溳、溞、澭、瞿、潁、洧、泄、汳、潧、淩、濮、濼、漻、菏、泗、洹、灉、洙、沂、洋、濁、溉、浯、汶、治、寖、渚、洨、濟、濡、沽、淇、灢、泥、渭、漹、瀤、浛、汭、㴔、濜、沈、洇、淉、溳、滶、汝、汗、沮、涌、涅、滋、沙、澗、決、湛、湫、潘、涷、渝、洈」等字。這些字例中，水旁部件與聲符是緊密結合的，在文獻的用例上，均以結構化地名本字呈現。如「河水」不作「可水」、「泑澤」不作「幼澤」、「涷水」不作「東水」、「涪水」不作「音水」、「江水」不作「工水」等。

　　例如「河」字，自甲骨文字形即作「𣲰」形，從水可聲，亦有從水尤聲

---

17 段玉裁：《說文解字注》，頁 296。

18 《漢書》卷二十八上，〈地理志〉第八上，頁 1602。

19 根據《漢書》卷二十八上，〈地理志〉第八上資料，牂柯郡下轄的縣有故且蘭縣、鐔封縣、鄨縣、漏臥縣、平夷縣、同並縣、談指縣、宛溫縣、毋斂縣、夜郎縣、毋單縣、漏江縣、西隨縣、都夢縣、談槀縣、進桑縣、句町縣等十七縣。

的「🐾」形，花束甲骨則作「🐾」，尤在水中。由目前資料來看，🐾、🐾、🐾形的河字，文例皆同，如「涉河」、「至河」等辭例[20]，顯見「河」在甲骨文多用為水名以及自然神名。而在字形的異構中，關鍵部件「水」始終未脫離「河」字的架構，甲骨文甚至有作繁形的「🐾」或「🐾」等形，未見「可」、「尤」用為水名之例[21]。而後世文獻，亦未見「可水」、「尤水」之水名辭例。

就漢字的發展過程而言，加上「水、邑、山、阜」等偏旁而繁化的地名專名，大多屬於後起字。不過，有少部份的字例，可從早期文字中觀察見其未加水旁之前的用例，如「洹」字，《說文·水部》：

🐾　水。在齊魯閒。从水亘聲。

《左傳·成公十七年》：「初，聲伯夢涉洹，或與己瓊瑰食之。」用例亦作「洹」[22]。及至漢代，亦作「洹」，如《史記·項羽本紀》：「項羽乃與期洹水南殷虛上。」[23]「洹」字在文獻上的用例，均作从水亘聲的「洹」，未見「亘水」之例。而在甲骨文時期，見有「洹」及「亘水」二例的刻辭。《合集》34165：「戊子貞：其燎于洹泉，文三牢，俎牢？」[24]在本條對貞的辭例上，「洹」字一作「🐾」，一作「🐾」。前者是从水亘聲的「洹」，帶有「水」偏旁；後者將「亘」、「水」分書作「亘水」，二字各佔一字元的空間，屬於「亘水→洹」的過渡階段。「亘」者，在武丁時期屬於敵對的方國，卜辭常見「征亘」、「伐亘」等例；亦見有地名的用法，如《合集》7887：「庚寅卜，貞：于亘？十月。」因此可知「亘」為初文，借為地名及方國名使用，而亘地的河流，為了辨別其屬水名之意，則加水旁作「洹」。

有部份的水名，未見从水偏旁，但仍見用於文獻，但實際上隸屬二河。

---

20 詳參朱歧祥編纂，余風等合編：《甲骨文詞譜》（臺北：里仁書局，2013 年），頁 2-538。

21 甲骨文「尤」字亦隸為「何」、「荷」，早期用為國族名，而後成為田獵地名。詳余風：《殷墟甲骨刻辭地名字研究》（臺中：逢甲大學中文系博士論文，2013 年），頁 219。

22 〔晉〕杜預注，〔唐〕孔穎達等正義：《春秋左傳疏》卷二十八（臺北：藝文印書館景印清嘉慶二十一年阮元主刻重刊宋本《十三經注疏》，1997 年），頁 483~1。下引均簡作《左傳》卷某〈篇名〉，頁某。

23 《史記》卷七〈項羽本記〉，頁 295。

24 郭沫若主編：《甲骨文合集》（北京：中華書局，1982 年）。下引《甲骨文合集》均簡作《合集》＋版號，不再注釋頁碼。

如「湟」，字从水皇聲，《說文・水部》釋云：

> 𤄖 水。出金城臨羌塞外，東入河。

湟水，源自金城郡臨羌縣之塞外地區，東流入於黃河。文獻資料「湟水」用例極少，僅《漢書・地理志》說解較詳，與「弱水」同見於臨羌縣下：

> 臨羌。西北至塞外，有西王母石室、僊海、鹽池。北則湟水所出，東至允吾入河。[25]

〈地理志〉所見「湟水」亦出於臨羌縣，東至允吾縣入於黃河，與《說文》合。《漢書・武帝本紀》另有湟水用例：「遣伏波將軍路博德出桂陽，下湟水。」[26]其所見路博德領軍之「湟水」，由前文知屬桂陽郡，地處西南，與西北金城郡之「湟水」顯為異水同名。

作「皇水」者，見於《山海經》：

> 又西五百里，曰皇人之山，其上多金玉，其下多青雄黃。皇水出焉，西流注于赤水，其中多丹粟。[27]

此「皇水」因「皇水之山」而名之，乃因山名而水名，但是「皇水西流入赤水」，顯與《說文》、《漢書・地理志》東流入河之「湟水」有別。雖然先秦兩漢文獻用例「湟水」、「皇水」並見，實則分屬二河，二水無直接關聯。

三 〈山部〉專名

《說文》山名見於〈山部〉，專名構形均為「从山，某聲」的形聲字。不過山部僅見有十一例山名專名，其中五例在先秦兩漢文獻用例中，未見其

---

25 《漢書》卷二十八下，〈地理志〉第八下，頁 1611。

26 《漢書》卷六，〈武帝本紀〉，頁 186。

27 袁珂校注：《山海經校注》卷二〈西山經〉（上海：上海古籍出版社，1980 年），頁 37。下引均簡作《山海經》卷某〈篇名〉，頁某。

他構形，僅見《說文》所收之从山某聲的構形用例，且在文獻所見的用例較少。此五例分別為「嵎」、「嶷」、「巁」、「嶭」、「嶟」等字。以下分別說明之。

（一）嵎

「嵎」字為山名專名，《說文・山部》釋云：

> 嵎　封嵎之山，在吳楚之間。汪芒之國。从山禺聲。

嵎字《說文》釋義為「封嵎之山」，「封嵎」為雙音節山名，因此釋義之初完整交待全名。

　　就山名而言，大多以「專名＋通名（山）」的形態呈現，而《說文》「嵎」字釋義「封嵎之山」，則又多了介詞「之」字成為「某某（專名）之山」。此一形態常見於《山海經》，如「招搖之山」、「堂庭之山」。《國語・魯語》：「孔子曰：『防風氏者，汪芒氏之君也，守封嵎之山者也。』」韋昭注《國語》認為「封嵎之山」為「封山、嵎山」二座山之名，今本《國語》標點多作「守封、嵎之山」[28]。段玉裁於「嵎」下注云：「據許則封嵎乃一山名耳。今封、嵎二山在浙江省湖州武康縣東，實一山也。」[29]而承培元《說文引經證例》：「守封嵎之山，韋注：『封、嵎二山，在吳郡永安縣。』以今考之，封、嵎實一山名。」[30]又根據《山海經》「某某（專名）之山」均為一山的條例而言，以及《說文》地名釋義條例而論，「封嵎之山」的確應屬單一山之名。

　　「嵎」字在先秦文獻中皆用為地名「嵎夷」，而未見用為山名；漢代亦無「嵎山」之載。因此許書所收「嵎」字，對當時而言屬於歷史地名，再定位於「吳楚之間」，屬於大範圍的籠統表示法，並未精確到縣名，此《說文》關於歷史地名、不知其詳細定位的地名者常見的定位方式。《玉篇》則作「吳越之間」。

---

28 《國語》卷四，〈魯語〉（上海：上海古籍出版社，1978 年），頁 213。
29 段玉裁：《說文解字注》，頁 442。
30 《說文解字詁林》，頁 8-19。

（二）嶷

「嶷」字為山名專名，《說文‧山部》釋云：

　　嶷　九嶷山，舜所葬。在零陵管道。从山疑聲。

嶷字釋義為「九嶷山」，屬雙音節之山名專名。段玉裁注云：

　　〈海內經〉：「南方蒼梧之丘，蒼梧之淵，其中有九嶷山，舜之所葬。
　　在長沙零陵畍中。」郭云：「山今在零陵營道縣南，其山九溪皆相
　　似，故云九疑。」[31]

「九嶷山」見於《山海經》，《漢書‧諸侯王表》亦見「九嶷」：「波漢之陽，
亙九嶷，為長沙。」[32]因此直至漢代，山名「九嶷」仍見於地名資料中，因
此《說文》收之。
　　「嶷」字的地理定位，大徐本作「在零陵管道」，根據《說文》地名釋
義原則，零陵為郡國名，管道為縣名，但是《漢書‧地理志》零陵郡下有營
道縣，小徐本《說文》亦作營道，今本大徐《說文》「管道」顯為誤字。

（三）巀

「巀」字為山名專名，《說文‧山部》釋云：

　　巀　巀嶭山。在馮翊池陽。从山𢼒聲。

巀字為雙音節山名，作「巀嶭山」。《漢書‧地理志》於左馮翊所轄之「池陽
縣」載有巀嶭山：「惠帝四年置。巀嶭山在北。」[33]其中的「巀」字从截作
「巀」，與《說文》作「巀」構形稍異。司馬相如〈上林賦〉亦見巀嶭：「九

---

31 段玉裁：《說文解字注》，頁442。
32 《漢書》卷十四，〈諸侯王表〉第二，頁394。
33 《漢書》卷二十八上，〈地理志〉第八上，頁1545。

嶔巖崊，南山峩峩。」[34]此盛讚大漢盛世中的群山之壯觀，「九嶔」和「南山」為山名，「巖崊」及「峩峩」則是形容詞。段玉裁云：「巖崊、嵯峩，語音之轉，本謂山陵兒，因以為山名也。」[35]由此亦知山名「巖崊」的由來，乃因聯綿詞形容山之壯大的「嵯峨」轉為「巖崊」，再由漢惠帝定名為「巖崊」，將形容詞轉為名詞，成為山名專名。

（四）崊

「崊」字為山名專名，從山辤聲，隸作崊，文獻則多省山形作「崊」。《說文·山部》釋云：

> 崊　巖崊山也。從山辤聲。

在《說文·山部》的列字次序中，巖、崊二字相次。此一通例常見於《說文》的連綿詞的列次條例。因此「崊」字下，釋義僅簡單交待「巖崊山」之名，未再加以解說及地理定位。

（五）崞

「崞」字為山名專名，《說文·山部》釋云：

> 崞　山。在鴈門。從山臯聲。

崞為山名專名「崞山」，《說文》釋義將崞地的地理定位於鴈門郡，未言所屬縣名。段玉裁認為即「蓋以山名縣也，不言某縣者，略也。」[36]《後漢書》見有「崞縣」用例：「霸及諸將還入鴈門，與驃騎大將軍杜茂會攻盧芳將尹由於崞、繁時，不剋。」[37]此「崞」為縣名，而崞縣有崞山。就地名構形而

---

34 《漢書》卷五十七，〈司馬相如傳〉引〈上林賦〉，頁 2553。
35 段玉裁：《說文解字注》，頁 443。
36 段玉裁：《說文解字注》，頁 443。
37 〔劉宋〕范曄撰；〔唐〕李賢等注：《後漢書》卷二十，〈銚期王霸祭遵列傳〉（臺北：鼎文書局，1981 年），頁 737。下引均簡作《後漢書》卷某，〈篇名〉，頁某。

言,「嶟」本為山名專名本字,而近嶟山之城邑,因山名而縣名,因此縣名之「嶟」為邑名專名,假借山名「嶟」而為其地名。

四 〈皇部〉專名

《說文》所收之丘阜專名,均見於〈皇部〉,字形結構為「从皇某聲」。而丘阜專名的數量,和山名一樣,並不多見,僅十五例。而此十五例用例中,就有八例的專名於先秦兩漢文獻中僅見「从皇某聲」的形聲字,未見其他字形:「隴」、「陝」、「陭」、「隃」、「阮」、「陳」、「陶」及「陙」。以下分別說明之。

(一)隴

「隴」字為丘阜專名,《說文·皇部》釋云:

> 𨺜   天水大阪也。从皇龍聲。

「隴」字釋云「天水大阪也」,「天水」為郡名;「阪」,《說文》:「坡者曰阪。」因此《說文》將「隴」定位於天水郡,其地名屬性為「大阪」,即大型山丘之地。

「隴」字常見於先秦兩漢文獻用例,多用為地名;《說文》雖未於「隴」下加註縣名,但「隴」地所涵之範圍已非縣級單位能云。例如隴山所在位置之西,漢代屬「隴西郡」;鄰近的「天水郡」下又轄有「隴郡」,加上隴地自古即為重要關口,因此「隴」常見用於文獻。今日甘肅省簡寫為「隴」,亦說明「隴」字之影響。《史記·留侯世家》:「夫關中左殽、函,右隴、蜀也。」[38]此云關中地區之屏障,「隴」實為重要之關口。

字形結構从皇的「隴」字,若結合專名及通名,依《說文》釋義當作「隴阪」,不過先秦兩漢文獻用例卻未見「隴阪」,但有作「隴阺」者。《後漢書·光武本紀》:「隗囂反,蓋延等因與囂戰旛隴阺。」[39]《鹽鐵論·險

---

[38]《史記》卷五十五,〈留侯世家〉第二十五,頁2044。
[39]《後漢書》卷一下,〈光武帝紀〉第一下,頁48。

固》：「秦左殽、函，右隴阺。」[40]「隴阺」非雙音節專名，其中「隴」為專名，「阺」為通名，是常見的「專名＋通名」之地名格式。《說文》「阺」字釋云：「秦謂陵阪曰阺。」「阺」為「阪」之秦語，而「隴」屬秦地，因此地名云「隴阺」而不云「隴阪」。《漢書・武帝紀》：「五年冬十月，行幸雍，祠五畤，遂踰隴。」應劭集解云：「隴，隴阺，坂也。」顏師古注云：「即今之隴山。」[41] 由歷代注釋可知，「隴阺」至應劭時，已需用「坂」字注釋之，而到了唐朝，隴之通名已由「山」取代了「阺」作「隴山」，並影響至今。

（二）陝

「陝」字為丘阜專名，《說文・阜部》釋云：

> 陝　弘農陝也。古虢國王季之子所封也。从阜夾聲。

陝字釋義地理定位「弘農陝也」，即弘農郡陝縣。《漢書・地理志》弘農郡有陝縣，云：「故虢國。有焦城，故焦國。」[42] 是知「陝」為縣名。另於《史記》亦見「陝」地資料：「自陝以西，召公主之；自陝以東，周公主之。」[43] 此「陝」亦做為普通地名使用。

　　根據地名分類的地名文字構形原則，从阜之「陝」字，應屬丘阜名，然而「陝」字釋義僅定位於「弘農陝也」，未見如〈阜部〉其他專名釋義所加之阜名通名，亦無法知其屬阜名中的何種地形，僅於後文補充「陝」為古虢國，《漢書・地理志》亦同，由此知「陝」為邑名專名。

　　但若由下文「陜」之釋義「弘農陝東陬也」，即可推「陝」地實乃為「阪」之丘阜地形。「陬」為阜名通名，《說文》：「阪隅也」，屬「阪」地形之一角，因此位處弘農郡陝縣轄區內的「陜」地，既為陝縣東側之一角，可知「陝縣」本身即屬阪之地形。而《說文》釋義卻未說明，可能即「陝」字形構从阜，由其構形已可推知為阜名專名，因此不復加敘說。

---

40 〔漢〕桓寬著，〔明〕王利器校注：《鹽鐵論》卷九，〈險固〉第五十（北京：中華書局，1992 年），頁 525。

41 《漢書》卷六，〈武帝紀〉第六，頁 185。

42 《漢書》卷二十八上，〈地理志〉第八上，頁 1549。

43 《史記》卷三十四，〈燕召公世家〉第四，頁 1549。。

綜上而論，弘農之「陝」地，既為縣名，屬城邑專名；其地又屬阪阜地形，地名亦云「陝」，因此又為丘阜專名。

（三）陭

「陭」字為丘阜專名，《說文・阜部》釋云：

> 𨸫　上黨陭氏阪也。从𨸏奇聲。

釋義將「陭」定位為「上黨陭氏阪」，意即上黨郡陭氏縣陭氏阪，「陭」為雙音節地名，作「陭氏」。《漢書・地理志》上黨郡有「陭氏縣」，《後漢書・郡國志》則作「猗氏」，从阜偏旁之「陭」變成从犬旁，與河東郡「猗氏縣」字同。段玉裁云：

> 〈地理志〉上黨郡有陭氏縣。蓋因有陭氏阪以名也。今本〈郡國志〉作猗氏，因河東猗氏而誤。[44]

段氏依《說文》通例說明「陭氏縣」有「陭氏阪」，而縣名「陭氏」則由其縣所在地之阪名「陭氏阪」而名之。

做為阜名專名之「陭氏阪」，未見於先秦兩漢文獻用例，僅於《說文》保存了「陭氏」丘阜專名之地名材料。雖未見於文獻，東周金文〈曾伯陭壺〉已見有「陭」字，字作「𨸫」，文例為：「隹曾白陭逎用吉金。」[45]用為人名。雖未能說明與上黨阜名「陭氏」之關係，但也說明「陭」字字形於春秋早期已行於世。

（四）隃

「隃」字為丘阜專名，《說文・阜部》釋云：

---

44 段玉裁：《說文解字注》，頁 742。
45 《殷周金文集成》9712。

隃　北陵西隃鴈門是也。从𨸏俞聲。

「隃」之釋義內容，許書並未依既有之「郡－縣－地」之體例說明，而是引《爾雅》之文釋之。《爾雅・釋地》：「北陵西隃鴈門是也。」注云：「即鴈門山也。」[46]此段經文為論「八陵」之「北陵」，其「北陵」則為西隃之鴈門。段玉裁云：

> 按：句注山，一名西陘山，一名鴈門山。今在山西代州西北二十五里，有鴈門關。[47]

《漢書・地理志》有「鴈門郡」，屬并州，即今山西，但未見「隃」或「西隃」之地名用例。王筠《說文句讀》：

> 鴈門山，一名句注，一名西陘，對東陘而言也。故亦單名隃。見《穆天子傳》。[48]

目前校注者多依《穆天子傳》之鴈門山之別名「句注山」及「西陘山」而釋之，王筠進一步提出乃「對東陘而言，故亦單名隃」。

或因「隃」字因缺少直接之地名定位資訊，文獻亦未見「隃」作為丘阜地名之用例，因此許慎處理本條材料時，直接以《爾雅》之經文呈現之。「西隃」不論是雙音節地名或方位詞加專名，都能說明「隃」為地名，而「隃」字从𨸏旁，必屬阜名專名，因此「隃」於部中列字次序，便次於專名之屬。

《睡虎地秦簡》亦見有「隃」字，字作「𨽍」[49]，字从𨸏，但用作「逾」，與古籍大量「隃」字用作「逾」之例相同。

---

46 《爾雅注疏》卷七，〈釋地〉第九（臺北：藝文印書館景印清嘉慶二十一年阮元主刻重刊宋本《十三經注疏》，1997年），頁111~2。下引均簡作《爾雅》卷某〈篇名〉，頁某。

47 段玉裁：《說文解字注》，頁742。

48 《說文解字詁林》，頁11-510。

49 張守中：《睡虎地秦簡文字編》（北京：文物出版社，2003年），頁214。

（五）阮

「阮」字為丘阜專名，《說文‧阜部》釋云：

> 阮　　代郡五阮關也。从阜元聲。

釋義將「阮」定位於「代郡五阮關」，僅云郡名及所釋之地名，中間的縣名
忽略。「阮」字从阜，依地名結構化之脈絡，當屬於丘阜專名。而古代稱之
為「關」者，多為河谷山區地勢險要之關口，因此「阮」字入於〈阜部〉丘
阜專名之列，乃與山河關口有關之阜名。

「五阮關」文獻用例僅見於漢代文獻，《漢書‧成帝本紀》：「秋，關東
大水，流民欲入函谷、天井、壺口、五阮關者，勿苛留。」應劭注云：「五
阮在代郡。」[50]代郡五阮關，與函谷、天井、壺口等關並稱，其中函谷關位
於弘農郡[51]；而「天井」、「壺口」位於并州上黨郡[52]。《後漢書‧烏桓鮮卑列
傳》：「建武二十一年，遣伏波將軍馬援將三千騎出五阮關掩擊之。」[53]「五
阮關」位置較其他四關更北，位處并州及幽州之界。〈成帝本紀〉所提五關
中，天井、壺口、五阮等關口均位於太行山脈的河谷地，地勢較高，當關東
發生水災時，災民往西北高處逃難，因此聚集於天井、壺口及五阮等關。

《漢書‧地理志》：「代郡，秦置。莽曰厭狄。有五原關、常山關。屬幽
州。」[54]代郡「五原關」應作「五阮關」；而同屬并州刺史部，位於代郡西
北邊，另有「五原郡」，五原郡位處大漢帝國及匈奴之邊界，文獻常見匈奴
與漢軍在五原郡之軍事衝突。雖然「五原郡」與「五阮關」皆在西北并州，
但地理位置不同，五原郡在今內蒙自治區呼和浩特市一帶；五阮關約在河北
省保定市北與山西交界處。兩者不可混之。

50《漢書》卷十，〈成帝紀〉第十，頁 313。

51《漢書》卷二十八上，〈地理志〉第八上：「弘農郡」下縣名「弘農」云「故秦函谷關。」，頁
　1549。

52《漢書》卷二十八上，〈地理志〉第八上：「上黨郡，秦置，屬并州。有上黨關、壺口關、石研關、
　天井關。」，頁 1553。

53《後漢書》卷九十，〈烏桓鮮卑列傳〉第八十，頁 2982。

54《漢書‧卷二十八下，〈地理志〉第八下，頁 1622。

（六）陳

「陳」字為丘阜專名，《說文・阜部》釋云：

> 　宛丘。舜後媯滿之所封。从阜，从木，申聲。　，古文陳。

〈阜部〉專名之字，結束於「隖」。「隖」下之字，則為山阜地形地貌之字，如「隖」後次「陼」，「陼」後次「陳」。「陼」釋「如渚者，陼丘水中高者也。」而「陳」字釋云「宛丘」。段玉裁注云：

> 許必言宛丘者，為其字从自也。《毛傳》曰：「四方高，中央下曰宛丘。」即〈釋丘〉之「宛中曰宛丘也。」「陳」本大皞之虛，正字俗假為敶列之敶，陳行而敶廢矣。[55]

「宛丘」即今所謂「盆地」地形，本非地名。而陳字从阜，因此《說文》釋義云「宛丘」而不云「陳列」之義，乃就形構而考量。

　　「陳」字釋義「宛丘」之後，補充說明「舜後媯滿之所封」，此則為「陳侯國」之典故，因此「陳」除了為盆地外，亦為國邑名。然而，許書在「陳」字釋義中，並未加以地理定位，未如〈邑部〉以歷史釋其為侯國名文末加註「在某地」。不過《爾雅・釋丘》云：「陳有宛丘，晉有潛丘，淮南有州黎丘。天下有名丘五，三在河南，其二在河北。」[56]以宛丘為天下名丘之一，而宛丘在陳地，因此文獻亦有以「宛丘」借代為「陳」，如《漢書・地理志》：「陳國，今淮陽之地。陳本太昊之虛，周武王封舜後媯滿於陳，是為胡公，妻以元女大姬。婦人尊貴，好祭祀，用史巫，故其俗巫鬼。陳〈詩〉曰：『坎其擊鼓，宛丘之下，亡冬亡夏，值其鷺羽。』」[57]及至唐代《元和郡縣圖》，河南道陳州，則有「宛丘縣」[58]，即以此為名。

　　因陳侯國歷史攸久，甲、金文及戰國文字見有大量的「陳」字，其字从

---

55 段玉裁：《說文解字注》，頁742。
56 《爾雅注疏》卷七，〈釋丘〉第十，頁115。
57 《漢書》卷二十八下，〈地理志〉第八下，頁1653。
58 〔唐〕李吉甫撰：《元和郡縣圖志》卷五，〈河南道〉四（清光緒六年至八年金陵書局校刊本），頁12-2。

土作「墬」，如「⬚」〈陳侯鬲〉[59]、「⬚」〈陳肪簋蓋〉[60]、「⬚」《包山楚簡》2.182，構形上為「從阜，從土，東聲」，至小篆時，省其土形。

（七）陶

「陶」字為丘阜專名，《說文・阜部》釋云：

> ⬚　再成丘也。在濟陰。从阜匋聲。《夏書》曰：「東至于陶丘。」陶
> 丘有堯城，堯嘗所居，故堯號陶唐氏。

「陶」字與「陳」相似，均屬阜名通名，又兼具專名。「再成丘也」為引經釋義，《爾雅・釋丘》：「丘一成為敦丘，再成為陶丘，再成銳上為融丘，三成為崑崙丘。」[61]若就阜名通名而言，从阜之「陶」，屬於「再成之丘」之通名，然而文獻無此用例，且《爾雅》連言「陶丘」二字，《說文》釋義之後亦多次言「陶丘」，此與「敦丘」、「融丘」、「崑崙丘」等丘名之地名結構相同，即常見的「專名+通名」之格式。然而〈阜部〉將「陶」字列於「陼」、「陳」之後，雖為通名之屬，但除了「陼」字未見地名之連結，「陳」、「陶」二字兼具通名與專名之義。因此，在義界上雖為通名之「陶」，自古亦常用為丘阜專名，在〈阜部〉部中字序便次於專名字群之後，與「陳」字相廁。

而相較「陳」之釋義未言地理定位，「陶」之釋義有云「在濟陰」，以漢代地名釋之，是《說文》常見之定位方式。段玉裁云：

> 〈地理志〉曰：「濟陰郡定陶縣，〈禹貢〉陶丘在西南。」按，定陶故
> 城在今山東曹州府定陶縣西南，古陶丘在焉。[62]

定陶位於今山東省荷澤市陶丘區，其地名保留至今，亦可見其歷史脈絡。

---

59 《殷周金文集成》706。
60 《殷周金文集成》4190。
61 《爾雅注疏》卷七，〈釋丘〉第十，頁114。
62 段玉裁：《說文解字注》，頁742。

（八）陜

「陜」字為丘阜專名，《說文》釋云：

> 酒泉天依阪也。从𨸏衣聲。

大徐本釋義「天依」當作「天陜」，徐鉉《說文繫傳》亦作「天陜」，段注本亦根據《漢書・地理志》改作「天陜」。

《說文》地名之釋義方式，「陜」字之地理定位「酒泉天陜阪」，即為酒泉郡天陜縣之「阪」也。顏師古於《漢書・地理志》酒泉郡天陜縣下注云：「此地有天陜阪，故以名。」是知「陜」為雙音節地名，做「天陜」。

目前在先秦兩漢之文獻用例，未見有「陜」字用例，亦未見「天陜」及「天依」用例，僅見於《漢書・地理志》，而「天陜縣」亦僅見於西漢，東漢時改為「延壽縣」。

第三節　結構化地名字構形省略例

《說文》結構化地名專名在上古文獻字例中，見有省略部首偏旁者，意即先兩漢文獻的文字用例省略了部首偏旁，僅以假借的聲符為地名。在地名形成的過程中，無本字地名乃假借既有文字為地名，而後因為地名類別的增加，又另增偏旁別義，但不影響該字之音義，因此均屬「繁文」階段。到了文字統一時，小篆被用為規範的標準字地名專名並結構化集中在从邑、从水、从山、从阜等部首偏旁中，成為地名專用之專名本字。但是部份地名專名，在地下材料以及先秦兩漢的文獻用例中，省略了部首偏旁，可說明部份地名專名字結構化之前一字多形的樣態。就《說文》結構化地名而言，省略地名偏旁之地名，以省略「邑旁」為多，僅「阜旁」未見省略之例。

一　省略邑旁

「省略邑旁」之地名，先決條件為其地名專名必須為〈邑部〉之从邑專名本字，《說文》釋義必須云其為地名義。通檢先秦兩漢之文獻用例，从邑

專名本字見有省略邑旁者，計有二十七例，分別為「竆、窮」「酆、豐」
「鄭、奠」「廓、廘」「郿、屠」「鄒、祭」「邢、井」「邯、甘（鄲、單）」
「鄦、無」「郎、息」「鄧、登」「匽、匽」「鄛、巢」「鄆、甽」「鄂、咢」
「鄘、庸」「邡、方」「那、冄」「鄫、會」「鄫、曾」「䣄、戈」「鄣、臺」
「邾、朱」「郕、成」「郺、奄」「鄢、馮」「鄻、樊」等例。

（一）竆、窮

「竆」字為邑名專名，《說文・邑部》釋云：

> 竆 夏后時諸侯夷羿國也。从邑，窮省聲。

〈邑部〉所收「竆」字為與夏后羿之專名，就文字構形而言，於「窮」字另
加邑旁，並省「窮」之「弓」形，作「竆」字。而實際中，未見用「竆」為
地名專名之例，而均用為「窮」者。王筠《說文句讀》：

> 《左傳》曰：「后羿自鉏遷於窮石。」知《傳》作「窮」，為古字；
> 「竆」為後起之專字。[63]

是知「竆」之地名專名，本作「窮石」，為雙音節地名結構。依《說文》地
名釋義體例而言，雙音節地名多會於釋義之前註明，唯「竆」例未加註明，
釋義亦未見地理定位，僅以歷史資料「夏后羿國」交待之。

（二）酆、豐

「酆」字為邑名專名，《說文・邑部》釋義云：

> 酆 周文王所都，在京兆杜陵西南。从邑豐聲。

「酆」從邑，豐聲，先秦兩漢文獻用例亦多作「豐」字。邵瑛《說文群經正字》於字形結構之變化云：

> 今經典多作「豐」，如《書‧召誥》：「則至于豐。畢命。」「至于豐」，《詩‧文王有聲》：「作邑於豐」、「維豐之垣」之類，皆省筆假借。惟《左傳》作「酆」，〈僖二十四年傳〉：「畢原酆、郇」，〈昭四年傳〉：「康有酆宮之朝」皆是。正字當作「酆」，隸作「酆」。《五經文字》作「酆」，〈阝部〉云：「酆，芳弓反。周文王所都。」獨存此義于〈阝部〉，則知《詩》、《書》舊本古亦多作「酆」也。[64]

邵氏以群經多作「豐」字，說明「酆」字於先秦作「豐」，為假借之地名專名，字不從邑。而後為了辨義，於「豐」字另加邑旁作「酆」，「酆」遂成為其專名本字。因此邵氏後云「《詩》、《書》舊本古亦多作『酆』」之論可商。

　　考之於地下文獻，亦見「酆」字在金文地名用例字作不從邑之「豐」，〈小臣宅簋〉：「隹五月王辰，同公才豐」[65]，而《古陶文字徵》收有「酆」[66]字，《古璽文編》字則作「酆」[67]，字皆從邑豐聲，說明了「酆」字在結構化之前，亦曾以省略邑旁之「豐」字行於世；但在金文階段，亦已見有結構化從邑偏旁之用例。

（三）鄭、奠

「鄭」字為邑名專名，《說文‧邑部》釋云：

> 鄭 京兆縣。周屬王子友所封。從邑奠聲。宗周之滅，鄭徙潧洧之上，今新鄭是也。

釋義云「京兆縣」，意即中央直轄的首都「京兆尹」轄下「鄭縣」；許書於釋

---

64 《說文解字詁林》，頁 5-1277。
65 《殷周金文集成》4201。
66 《古文字詁林》，頁 6-274。
67 《古文字詁林》，頁 6-274。

形之後補充說明「新鄭」，則位於河南尹新鄭縣，屬一名二地的狀況。而字之構形作「鄭」，从邑奠聲。經典文獻亦多作「鄭」形。不過金文見用大量國名「鄭」，字作「」〈鄭饕邊父鼎〉[68]、「」〈鄭大內史叔上匜〉[69]、「」〈鄭子石鼎〉[70]等形，皆不从邑，是結構化之前的樣態，說明从邑之「鄭」字用於地名則借「奠」為之。而後受到地名結構化的影響，進而加上邑旁，成為專名本字「鄭」。

（四）鄜、麃

「鄜」字為邑名專名，《說文‧邑部》釋云：

　左馮翊縣。从邑麃聲。

鄜字从邑麃聲，《漢書‧地理志》左馮翊鄜縣，字作「鄜」，从鹿；又《史記》見有「麃」之用例：「李斯為舍人。蒙驁、王齮、麃公等為將軍。」應劭曰：「麃，秦邑。」[71]由於「鄜」之文獻用例甚少，且字有省作「鄜」，亦有不从邑旁作「麃」者。《史記》之「麃」，前賢的考證中，多依字形相近關係將《史記》所見「麃」與《說文》之「鄜」，以及〈地理志〉之「鄜」連結之，可參。

（五）鄠、屠

「鄠」字為邑名專名，《說文‧邑部》釋云：

　左馮翊鄠陽亭。从邑屠聲。

「鄠陽亭」三字，段玉裁根據〈邑部〉釋義例，認為應作「部陽亭」[72]，從

---

68 《殷周金文集成》2493。
69 《殷周金文集成》10281。
70 《殷周金文集成》2421。
71 《史記》卷十二，〈秦始皇本紀〉，頁223。
72 段玉裁：《說文解字注》，頁289。

其說，因此「屠」之釋義「左馮翊郃陽亭」，即為中央直轄郡級行政區「左馮翊」下轄之「郃陽縣」所屬之「鄐亭」。先秦兩漢文獻用例，見於《詩經》，字作「屠」：「韓侯出祖，出宿于屠。」毛注云：「屠，地名也。」[73]由於用例甚少，目前僅見一例，各家多將《詩經》所見「屠地」視為《說文》之「鄐」，可參。

（六）鄒、祭

「鄒」字為邑名專名，《說文・邑部》釋義云：

鄒　周邑也。从邑祭聲。

「鄒」字釋義僅云周邑，未以漢代郡縣定位之。先秦兩漢文獻用例，見有「祭」、「鄒」二形，段玉裁論之甚詳：

《左傳》曰：「凡蔣、邢、茅、胙、祭，周公之允也。」按，《春秋經》、《左傳》、《國語》、《史記》、《逸周書》、《竹書紀年》，凡云祭伯、祭公謀父子，皆作「祭」；惟《穆天子傳》云：「鄒父。」注云：「鄒父，鄒公謀父。」鄒者本字，祭者假借字。[74]

段玉論證「鄒」及「祭」之用例中，已進行分析比對，大抵上古文獻多用「祭」，僅《穆天子傳》作「鄒」，與《說文》合。上古文獻多作「祭」字，且多用為諸侯國之專名，屬無本字之假借地名。而後諸侯建國定都之祭地，必有城邑，為表其城邑之義，且為了與「祭」字之本形本義區別，故專名之「祭」結構化另加「邑」旁作「鄒」，形成專名本字。

---

73 《詩經》卷二十五，〈大雅・蕩之什〉（臺北：藝文印書館景印清嘉慶二十年〔1815〕南昌府學刊本，1965 年），頁 681~2。下引《詩經》皆簡作「《詩經》卷某，頁某。」
74 段玉裁：《說文解字注》，頁 290。

（七）邢、井

「邢」字為邑名專名，《說文‧邑部》釋義云：

邢　鄭地邢亭。从邑井聲。

許書以鄭地之「邢亭」定位「邢」之地理位置，並交待「邢」於鄭地之地名屬性為「亭」名。《說文》另收有「邢」、「邢」字，釋義云「周公子所封」，即「邢國」之名。而「井」、「邢」、「邢」在上古通用，如金文〈邢侯簋〉[75]字作井；《古陶文字徵》另外有從邑、從井、從土之「邢」字。作「井」之侯國為假借之地名，而從邑之「邢」則是結構化表其為城邑名之邑名專字。

（八）邯、甘／鄲、單

「邯鄲」為聯綿字，屬戰國時趙國之都。《說文》兼收「邯」、「鄲」二字，釋義云：

邯　趙邯鄲縣。从邑甘聲。
鄲　邯鄲縣。从邑單聲。

根據《說文》地名釋義之通例，凡為雙音節地名者，會先交待其完整地名，如本例分別於「邯」、「鄲」二字下敘明為「邯鄲」。

先秦兩漢文獻用例中，「邯鄲」二字均從邑旁，如《史記‧楚世家》：「六年，秦圍邯鄲，趙告急楚，楚遣將軍景陽救趙。」[76]不過，在出土材料中，邯鄲古幣字作「甘單」（甘、單）[77]，二字均不從邑，說明從邑之「邯、鄲」為後起專名，戰國時則有用其不從邑之假借地名字「甘」「單」於世。

金文另見「鄲」，用為侯國名，字作「鄲」，從邑單聲，即文獻材料之

75《殷周金文集成》4241。
76《史記》卷四十，〈楚世家〉，頁 1736。
77張頷編：《古幣文編》（北京：中華書局，2004 年）。

「單」，馬承源：「鄲，即單，春秋周畿內國名。」[78]文獻見用假借之「單」字，於地下材料則見從邑之「鄲」字。從邑者為結構化地名專名之本字，不從邑則為假借字。而在先秦兩漢的用例中，「甘單」與「邯鄲」皆有用例，從邑與不從邑之地名借字於同一時期皆有用例，及至秦漢以後方固定作從邑之「邯鄲」。

（九）鄦、無

「鄦」字在金文國名用例字作「」〈鄦叀簋〉[79]，字不從邑作「無」；另又借為「忻」、「許」、「鄦」、「䜌」等字。詳本文第二章第五節〈結構化地名字見用別字例〉第（六）例「鄦、許」一節之論。

（十）郎、息

「郎」字為邑名專名，《說文・邑部》釋云：

　姬姓之國。在淮北。從邑息聲。今汝南新郎。

「郎」字許書釋云「姬姓之國」，並定位於「淮北」，而又補充說明「今汝南新郎」，大徐本字作「新郎」，小徐本則作「新息」，段注本、王筠《說文句讀》皆依小徐之例作「新息」。先秦兩漢文獻用例中，已顯見有「郎」、「息」二字。段玉裁：

> 《左傳・隱十一年》：「鄭、息有違言。」杜曰：「郎國，汝南新息縣。」按：此經作「息」，注作「郎國」也。《釋文》云：「郎，音息。一本作息。」此為注作音也。自墨書朱字不分，而學者惑矣。《左傳》用古文假借字，杜解用《說文》本字，不與經同，此鄭氏注經之例也。[80]

---

78 馬承源：《商周青銅器銘文選》（北京：文物出版社，1988年），頁599。
79 《殷周金文集成》4225。
80 段玉裁：《說文解字注》，頁294。

從杜預注可知用為國名為「郎」,用為縣名則作「新息」,其例與小徐同。而
《漢書・地理志》及《後漢書・郡國志》汝南郡下均見縣名「新息」,其他
用例亦作「息」,如《漢書・王莽列傳》:「其以召陵、新息二縣戶二萬八千
益封莽[81]」字作「息」;又《後漢書・朱浮列傳》:「(建武)二十五年,徙封
新息侯。」[82]是知「新息縣」亦曾封侯,根據《漢書・百官公卿表》:「縣大
率方百里,……列侯所食曰國」[83],則「新息縣」曾改制為「新息國」。

　　《說文》在從邑之「郎」字釋義首云為「姬姓之國」而不云「汝南新
息」,代表許書所釋「郎」字屬國名「郎」之方名本字,且受到結構化的影
響;但用於縣名者,則省邑旁作「息」。是以「郎」字為郎國之邑名專名本
字,而縣名「新息」之「息」乃無本字地名假借字。

(十一)鄧、登

　　「鄧」字為邑名專名,《說文・邑部》釋云:

　　　鄧　曼姓之國。今屬南陽。從邑登聲。

許書以歷史地理釋義為「曼姓之國」,並加註漢代的地理定位為「南陽郡」,
是知「鄧」之本義為先秦國名,屬邑名專名之本字。先秦兩漢之文獻用例亦
皆作「鄧」。

　　金文見有不從邑之「鄧」,如「豆」〈鄧公簋〉[84]、「豆」〈鄧公簋蓋〉[85],
字從収,表示持捧「豆」器之意,是甲、金文「登」的常態字形,直到戰國
楚簡才見有不從収的「登」字〈望山楚簡 1.9〉,並影響小篆字形的「豆」,
因此本文將金文「豆」構形的國名,視為不從邑之例,未歸入「更換邑旁」
之例。此外,金文亦見有從邑之「鄧」,如「鄧」〈鄧子午鼎〉[86],字從邑
旁,聲符部件則維持從収的登字,說明了不從邑之「登」,原屬假借之國名

---

81 《漢書》卷九十九,〈王莽列傳〉第六十九,頁 4047。
82 《後漢書》卷三十三,〈朱馮虞鄭周列傳〉第二十三,頁 1145。
83 《漢書》卷十九上,〈百官公卿表〉第七上,頁 742。
84 《殷周金文集成》3775。
85 《殷周金文集成》4055。
86 《殷周金文集成》2235。

用字，而後受到結構化的影響，開始加邑旁以別義，到了小篆時代，從邑之「鄧」，成為的國邑專名本字。

（十二）郾、匽

「郾」字為邑名專名，《說文‧邑部》釋云：

　潁川縣。从邑匽聲。

釋義說明「郾」為漢代潁川郡之縣名「郾縣」，先秦兩漢文獻用例字亦作「郾」，如《戰國策‧魏》：「川之舞陽、郾、許、傿陵。」[87]《漢書‧王莽列傳》：「世祖與王常等別攻潁川，下昆陽、郾、定陵。」[88]潁川郡之郾縣，字皆从邑匽聲。

　　金文中亦見「郾」，用為國名「燕」，字形大多數皆从邑作「」〈中山王錯方壺〉[89]，「」〈郾王職戈〉[90]。此外，金文少部份郾字不从邑，如「」〈郾侯盂〉[91]、「」〈匽侯盂〉[92]。董蓮池於「」字云：「假匽為之。典籍用燕字。」[93]張世超：「此燕國名字，西周時止作『匽』，東周文字增『邑』而為燕國名專字，後世改作『燕』，殆從秦系文字之故。《說文》專屬之潁川縣名，非是。」[94]由是知「匽」原為假借地名字，而後受到結構化影響，加上邑旁作「郾」成為專名本字。漢代以後，國名郾字均作「燕」，但是地方仍有縣名作「郾」，與燕國之「燕」為二地。許慎作《說文》時，地下材料所見文字有限，無法判斷「郾」與「燕」通，因此只能依當時之考證，將「郾」依漢代行政區釋為「潁川郡」之「郾縣」。

---

87 《戰國策》卷二十二，〈魏〉一，頁 775。
88 《漢書》卷九十九下，〈王莽列傳〉第六十九下，頁 4182。
89 《殷周金文集成》9735。
90 《殷周金文集成》11226。
91 《殷周金文集成》10305。
92 《殷周金文集成》10303。
93 董蓮池：《新金文編》（北京：作家出版社，2011 年），頁 829。
94 張世超等著《金文形義通解》（京都：中文出版社，1996 年），頁 1606。

（十三）鄛、巢

「鄛」字為邑名專名，《說文‧邑部》釋云：

南陽棗陽鄉。从邑巢聲。

釋義之「棗陽」者，文獻皆作「棘陽」，如《漢書‧地理志》及《後漢書‧郡國志》南陽郡下所見「棘陽縣」，《後漢書‧馬成列傳》：「馬成字君遷，南陽棘陽人也。」[95]《說文》釋義「棗陽」之「棗」為誤字，當為「棘陽」[96]。邑名專名「鄛」字，許書僅釋其為南陽郡棘陽縣之鄉名。但是「鄛」於先秦兩漢文獻用例中，一為東周之「巢國」，其地後為縣名「居巢」，又作「居鄛」。邵瑛《群經正字》考之甚詳：

> 許所云云，未考其地。而《春秋》有巢國，〈文十二年〉：「楚人圍巢。」杜注：「巢，吳楚間小國。廬江六縣東北有居巢城。」按：居巢，漢縣。〈地理志〉屬廬江郡，應劭注引楚人圍巢：「巢，國也」是也。字亦作「鄛」。〈項籍傳〉云：「居鄛人范增。」《史記‧項羽紀》同。師古注：「居鄛，縣名」，垃引〈地理志〉及《春秋》、《書》。〈索隱〉又云：「是故巢國，夏桀所奔。」則居巢古作居鄛，而凡巢國古原作鄛也。……又《後漢書‧宦者鄭眾傳》：「封為鄛鄉侯。」章懷注引《說文》云：「南郡棘陽縣有鄛鄉。」與今本《說文》異，存攷。[97]

古有「巢國」，《漢書‧地理志》有縣名「居巢」，但是〈項籍傳〉又作「居鄛」，說明「巢」、「鄛」二字混用。地下材料亦見「居鄛」，如〈鄂君啟舟節〉：「抵居鄛，抵郅。」字則作「」[98]，隸為「鄛」，通作「鄛」。從「巢國」到「居巢」，證明「鄛」為一名多地之專名字，但是《說文》釋義卻未記載「巢國」及「居鄛」之例，僅記南陽棘陽之鄛鄉。「鄛鄉」得名之已難

---

95 《後漢書》卷二十二，〈朱景王杜馬劉傳堅馬列傳〉第十二，頁 778。
96 余風：《說文解字邑部及其地理文化之研究》（臺中：逢甲大學碩士論文，1994 年），頁 107。
97 《說文解字詁林》，頁 5-1334。
98 《殷周金文集成》12110。

考，《漢書・地理志》及《後漢書・郡國志》亦無「鄵鄉」，是以《說文》保
存了漢代鄉名之資料；而「居鄵縣」即古巢國，事實上更適合用為《說文》
釋義之內容。

　　唯邵氏所云「古作鄵」，可商。就地名專名結構化的概念而言，先有巢
國，用為國族之名，其國名假借「巢」字為之。而後其國邑都城有加邑旁作
「鄵」，遂發展成為國邑專名本字。因此先有侯國名「巢」，為假借既有文字
做為國名專名，而後結構化再依國名之字加上邑旁形成專名本字。

（十四）鄳、黽

　　「鄳」字為邑名專名，《說文・邑部》釋云：

　　　鄳　江夏縣。從邑黽聲。

「鄳」之釋義僅云其屬江夏郡之縣名，作「鄳縣」。其字因城邑之名而從邑
旁作「鄳」，又因地近關塞，故有「黽阨」之稱，字又假借為「冥」。詳細論
證見本文第二章第五節〈結構化地名字見用別字例〉第（八）例「鄳、
冥」。

（十五）鄂、咢

　　「鄂」字為邑名專名，《說文・邑部》釋云：

　　　鄂　江夏縣。從邑咢聲。

專名「鄂」之釋義，許書云為江夏郡之縣名。文獻用例，字皆作從邑之
「鄂」，與《說文》同。除了江夏郡之鄂縣，亦有「鄂侯」、「東鄂」、「西
鄂」之用例。[99]

---

99 詳見余風：《說文解字邑部及其地理文化之研究》（臺中：逢甲大學碩士論文，2006 年），頁 115-
　116。

考之於地下材料，「鄂」字從邑從噩，隸作「䣍」，與篆文字形從邑屰聲有別，如「𤲃」〈顎君啟舟節〉[100]，〈包山楚簡〉有「鄂君之司敗舒丹受期」，字作「𤲃」[101]字在金文國名用例字作「𤲃」〈鄂侯簋〉[102]。另外，亦有不從邑的「噩」，如「𤲃」〈噩侯鼎〉[103]、「𤲃」〈噩叔毁〉[104]。羅振玉：

> 許書無「噩」字而有「㖾」，注：「譁訟也。」《集韻》：「㖾，或從噩。」以是例之，知「噩」即許書之「㖾」矣。……知《史記》之鄂侯，即金文之噩侯。卜辭中噩為地名，殆即噩侯國。許書之「㖾」，蓋後起之字，此其初字矣。[105]

至於包山楚簡之「鄂」，吳良寶：「《鄂君啟節》之『鄂君』，和包山楚簡中的『鄂君』都生活在楚懷王時，二者是同一人的可能性比較大。」[106]而地下材料之「噩」，字至小篆已作「㖾」，故《說文》無收「噩」字。地名專名中，結構化之前作「噩」，為侯國名，屬地名假借；結構化之後從邑作「䣍」，到了小篆字又作「鄂」，文獻亦多作「鄂」，則是地名之專名本字。

（十六）酅、庸

「酅」字為邑名專名，《說文·邑部》釋云：

𨟣 南夷國。從邑庸聲。

「酅」之釋義以南夷之國名義界之，而「酅」之用例，常見用為不從邑之「庸」。段玉裁認為：

---

100 《殷周金文集成》12113。
101 《包山楚墓竹簡》2.164。
102 《殷周金文集成》3928。
103 《殷周金文集成》2810。
104 《殷周金文集成》3574。
105 羅振玉：《增訂殷虛書契考釋》（臺北：藝文印書館，1981年），頁76。
106 吳良寶：《戰國楚簡地名輯證》（武漢：武漢大學出版社，2010年），頁81。

今字「庸」行而「鄘」廢。於《詩》風之邶庸作「鄘」，皆非。又按，南夷國當作漢南國。[107]

依段氏古今字之觀點，「庸」為今，「鄘」為古，可商。王筠《說文句讀》：「鄘詩、鄘風，當依〈地理志〉作『庸』」[108]。從古今文獻用例知，有作「鄘」，亦有作「庸」者。從地名結構化原則而言，結構化之前「庸」為假借既有文字為侯國名者，而後表其國邑、城邑之義，故從邑旁作「鄘」，成為邑名本字。

（十七）邡、方

「邡」字為邑名專名，《說文・邑部》釋云：

> 𨙅　什邡，廣漢縣。从邑方聲

「邡」為雙音節地名專名，《說文》依例於釋義前，標註地名全名為「什邡」。而「什邡」者，先秦兩漢文獻用例有不同的文字，如《漢書・張良列傳》：「於是上置酒，封雍齒為什方侯。」[109]而《漢書・地理志》廣漢郡縣名作「汁方」[110]；《後漢書・郡國志》廣漢郡下縣名則作「什邡」[111]；〈儒林列傳〉：「帝知其忠，愈善之，拜什邡令。」[112]亦作「什邡」；《漢書・高惠高后文功臣表》：「汁防肅侯雍齒」[113]，則作「汁防」。王筠《說文句讀》：「《漢書・功臣表》作『汁防』，迻邑于左也。〈地理志〉作『汁方』，省形存聲也。」[114]

先秦兩漢文獻用例見有「什邡」、「汁邡」、「汁方」、「汁防」等例，《後漢書》均作「什邡」，與《說文》合，蓋東時已作「什邡」；西漢則仍有「汁

---

107 段玉裁：《說文解字注》，頁 296。
108 《說文解字詁林》，頁 5-1346。
109 《漢書》卷四十，〈張陳王周列傳〉第十，頁 2032。
110 《漢書》卷二十八上，〈地理志〉第八上，頁 1597。
111 《後漢書》卷二十三，〈郡國志〉第五，頁 3508。
112 《後漢書》卷七十九下，〈儒林列傳〉第六十九下，頁 2574。
113 《漢書》卷十六上，〈高惠高后文功臣表〉第四上，頁 555。
114 《說文解字詁林》，頁 5-1348。

「邡」、「汁方」、「汁防」等用例。其中從邑之「邡」，雖為地名專名本字，但文獻亦見用為「方」。

（十八）邧、冄

「邧」字為邑名專名，《說文・邑部》釋云：

> 𨚦　西夷國。从邑冄聲。安定有朝邧縣。

《說文》釋義一云「邧」為西夷之國名，而後又補充說明安定郡之朝邧縣，字亦用邧。而西夷國之邧，段玉裁論文甚詳：

> 其地當在今四川之西。《史記》：「自筰以東北，君長以什數，冄駹最大，在蜀之西。」又謂：「牂柯為南夷，邛筰為西夷。」「邧」蓋即冄駹之「冄」字，古今字也。[115]

西夷之「冄駹」，名號用了「冄」字，再因城邑名而加邑旁作「邧」形成專名本字。不過證據單薄，此備一說。

（十九）鄶、會

「鄶」字在先秦兩漢文獻用例中，見用省邑旁作「會」，或更改邑旁為木旁作「檜」。金文國名用例字見「🔳」〈鄶奻鬲〉[116]。詳細論述，見本文第二章第四節〈一　更替邑旁〉第（十一）例「鄶、檜」。

（二十）鄫、曾

「鄫」字為邑名專名，《說文・邑部》釋云：

---

115 段玉裁：《說文解字注》，頁 296。
116 《殷周金文集成》536。

鄫　姒姓國。在東海。从邑曾聲。

鄫字在地名用例上，文獻多用「繒」字，金文則有作「曾」，不从邑旁。〈曾伯霥匿〉：「隹王九月初吉庚午，曾白霥慎元武。」「曾白」即「鄫伯」，字作「曾」[117]。李棪云：

> 阮元云：「曾當即鄫。夏之後，國爵為伯。春秋作子者，意後王貶之也。」按，古代地名如庸、如奠、寺。後人每加邑偏旁寫為邖、廓、邿，是知以曾為鄫，未嘗不可。[118]

古文字所見地名構形，如「庸」、「奠」、「寺」，以及「曾」字，均屬假借現有文字而用之為地名。而後加上邑旁以別義，避免與假借之文混淆。因此就「鄫」、「曾」而言，「曾」為侯國名，而後加上邑旁作「鄫」成為結構化專名本字。

　　姒姓之國「鄫」，字又作「繒」，詳細說明參本文第二章第四節〈更替邑旁〉第（十一）例。

（二十一）戜、弌

　　「戜」字為邑名專名，《說文・邑部》釋云：

戜　故國，在陳留。从邑弌聲。

「戜」之釋義僅云「故國」，定位於陳留郡，其字屬地名專名本字。

　　考之於金文，則見〈弌叔朕鼎〉之「弌叔」[119]，字不从邑，作「弌」。容庚《金文編》隸於「戜」下，云：「不从邑。經典作戴。」[120]另外亦有用作「畄」字者，詳後文討論[121]。

---

117 《殷周金文集成》4631。
118 李棪：《金文選讀》第一輯，《古文字詁林》，頁 6-348。
119 《殷周金文集成》2692。
120 容庚編著：《金文編》（北京：中華書局，1985 年），頁 449。
121 詳本文第二章第五節〈結構化地名字之別字例〉第（九）例「戜、畄」。

（二十二）鄿、臺

「鄿」字為邑名專名，《說文・邑部》釋云：

> 地名。从邑臺聲。臺，古堂字。

「鄿」字釋義僅云「地名」，乃未詳其地之義界方式。文字構形从邑，表其為城邑名，聲符从「臺」，許書釋形後補「臺，古堂字」；通檢〈土部・堂〉字下，有「 古文堂。 籀文堂从高。」「臺」於〈邑部・鄿〉下云「古文堂」，於〈土部・堂〉下則云「籀文堂」。

考之於地下材料，金文見有「 」〈𢦏方鼎〉，上半从京，下半為止，字不从邑，與《說文》「 」字下半構形不同，《金文編》將「 」收於「堂」下：「《說文》籀文堂作 ，小異。孳乳為鄿。」[122]劉釗則隸為「堂」[123]。金文「臺」用為地名，作「臺𠂤（師）」[124]，為「專名（臺）+通名（師）」之地名格式，由通名「師」可判斷其屬軍事類地名。

（二十三）邾、耒

「邾」字為邑名專名，《說文・邑部》釋云：

> 今桂陽邾陽縣。从邑耒聲。

許書釋義云「桂陽邾陽縣」。徐鍇《說文繫傳》：

> 臣鍇按：字書縣有邾水，下入郴也。[125]

而《漢書・地理志》桂陽郡轄「耒陽縣」，顏師古注：「在耒水之陽也。」[126]

---

122 容庚編著：《金文編》（北京：中華書局，1985 年），頁 449。
123 劉釗：《古文字構形研究》（長春：吉林大學博原論文，1991 年），頁 134。
124 《殷周金文集成》4322。
125 《說文解字詁林》，頁 5-1355。
126 《漢書》卷二十八上，〈地理志〉第八上，頁 1594。

《後漢書‧郡國志》見有較多用例，如於桂陽郡云「耒陽。有鐵。」[127]〈循史列傳〉有「嘗行春到耒陽縣。」[128]兩部有關桂陽郡郲陽縣之漢代文獻，「郲」均作不从邑之「耒」。段玉裁注云：

> 耒，各本作郲，今正。許謂郲，即今之耒陽縣。如鄎即今之新息；鄻即今之穰縣也。其字既異，其地則一，故言今以說之。[129]

段氏直接將釋義正文之「郲陽」改作「耒陽」，其所憑依之證據即《漢書‧地理志》及《後漢書‧郡國志》。

　　根據顏師古注〈地理志〉「耒陽」下云「在耒水之陽」，以及徐鍇校說文云「縣有郲水」，知「耒陽」之縣名乃因「耒水」而得名。在地名用字的形成過程，先有耒水，而後於耒水南方的縣名，即因耒水而名之為「耒陽」。而為了表現其屬城邑專名，以和耒水義區別，因此縣名結構化从邑旁作「郲」，成為邑名專名本字，因此亦作「郲陽」。小徐本《說文》作「郲水」，可商。就地名用字的概念而言，「郲水」之郲已从邑旁，若水名作「郲」，就成為先有「郲」地而後因「郲」而名為郲水，類似例證在《說文》中罕見。

（二十四）郕、成

　　「郕」字為邑名專名，《說文‧邑部》釋云：

> 𩒆　魯孟氏邑。从邑成聲。

「郕」字釋義為魯國孟氏之邑，是以歷史事實定位之方式。文獻中，从邑之「郕」，亦見有不从邑之用例。王筠《說文句讀》論之甚詳：

> 《春秋‧桓三年》：「公會杞侯于郕。」注云：「郕，魯地。」〈襄十六

---

127 《後漢書》卷二十二，〈郡國志〉第四，頁3483。
128 《後漢書》卷七十六，〈循史列傳〉第六十六，頁2472。
129 段玉裁：《說文解字注》，頁297。

年〉:「秋,齊侯伐我北鄙,圍郕。」杜云:「郕,魯孟氏邑。」案:
此二事作「郕」。《春秋·桓六年》:「公會紀侯于成。」杜云:「成,
魯地,在泰山鉅平縣東南。」《春秋·昭二十六年》:「公圍成。」杜
云:「孟氏邑。」《左·昭七年傳》:「晉人來治杞田,季孫將以成與
之,謝息為孟孫守,不可。」案:此三事皆作「成」。[130]

王筠以歸納的方式,在《左傳》的同一事件中,舉出二例作「成」、三例作
「郕」之例。從地名結構化的脈絡而言,當先有「成」字,屬假借之地名;
而後受結構化影響,為了表其城邑之屬性,故從邑作「郕」成為地名專名本
字,因此造成兩字於文獻材料多有互見。王筠又云:

> 至於〈僖二十四年傳〉:「郕,文之昭也。」則〈隱五年〉:「衛人入
> 郕」〈文十二年〉:「郕伯來奔是也。」許君言魯孟氏邑,不言周文王
> 子所封者,上下皆魯邑,因便也。[131]

本考證說明「郕」不僅是單純的地名,《左傳》見有「郕伯」,足見「郕」為
侯國之名。而於諸侯國名,字當做「成」,又因國邑之名而加上邑旁作
「郕」,此例常見,如上文「曾白」即「鄫伯」。至於王氏認為《說文》釋義
不云「周文王子所封」,乃因〈邑部〉列字次序,於「郕」的前後文「耶」、
「郠」均屬魯地,因此「郕」之釋義亦云魯地,乃為了符合通例之故。

(二十五)郶、奄

「郶」字為邑名專名,《說文·邑部》釋云:

> 郶　周公所誅郶國。在魯。从邑奄聲。

許書釋義所云「周公所誅郶國」,即文獻常見之「奄」,如《左傳》之「及武

---

130 《說文解字詁林》,頁 5-1377。

131 《說文解字詁林》,頁 5-1377。

王克商，蒲姑、商奄，吾東土也。」[132]字不从邑。段玉裁注云：

> 《玉篇》作「周公所誅叛國商奄」是也。奄、郼二字周時竝行，今則「奄」行而「郼」廢矣。單呼曰「奄」。系呼曰「商奄」。《書序》、《孟子》、《左傳》皆云奄。如「踐奄」、「歸自奄」、「伐奄」，〈昭元年〉「周有徐奄」是也。[133]

段氏認為「奄行而郼廢矣」，然就地名字演變脈絡而言，地名專名先以無本字假借他字，而後為了別義，故加邑旁。因此，當以「奄」為假借的地名，「郼」則為从邑旁之專名本字。只是在用例上，仍多以「奄」為主。許書於〈邑部〉收有「郼」字，且以「郼國」釋之，與文獻用例「商奄」互參，保存了假借本字及結構化的邑旁的專名字。而在侯國名上加上邑旁，以表其屬國城之名，亦如上文所見「成、郕」、「會、鄶」、「登、鄧」等例。

（二十六）鄪、馮

「鄪」字為邑名專名，《說文·邑部》釋云：

> 𨟻　姬姓之國。从邑馮聲。

鄪之釋義僅云其為周朝侯國，未加以地理定位。桂馥《說文義證》：

> 姬姓之國者，通作「馮」。《廣韻》：「馮，姓。畢公高之後，食采於馮城，因而命氏。」[134]

段玉裁鄪字下注云：

> 然則鄪為姬姓國，其後以國氏省作馮也。師古云：「馮，歸姓」，恐

---

132 《春秋左傳注疏》卷四十五，〈昭公九年〉，頁778。
133 段玉裁：《說文解字注》，頁299。
134 《說文解字詁林》，頁5-1416。

非。字廁於此者,許不審鄗地所在。[135]

《廣韻》所云馮城,出於《後漢書・馮魴列傳》:

> 馮魴字孝孫,南陽湖陽人也。其先魏之支別,食菜馮城,因以氏焉。[136]

馮魴的食邑為馮城,其祖先則是姬姓魏國之旁支,與《說文》鄩「姬姓之國」於字形、歷史資料等均相合,因此將從邑之「鄩」與不從邑之「馮城」連結。是知「馮城」之「馮」為無本字之地名假借字;而後受地名結構化的影響,為了表示其「城邑」之意,因此字又從邑作「鄩」,成為專名本字。

(二十七)酄、樊

「酄」字為邑名專名,《說文・邑部》釋云:

> 酄　京兆杜陵鄉。从邑樊聲。

釋義「京兆杜陵鄉」,即京兆尹杜陵縣之酄鄉,則酄為鄉名,屬漢代地方行政的初級階層。小徐本《說文》則直接說明「酄」為「樊川」:

> 臣鍇曰:此即樊川,漢曰御宿,在長安城南,終南山北,連芙蓉曲江也。[137]

「樊川」為水名,「樊」為假借之地名專名,臨樊川之地名則作「酄」,從邑樊聲。由此知《說文》「酄鄉」因「樊川」而得名,為了區隔水名與邑名,用為邑名之「樊」以結構化地名原則從邑旁作「酄」,成為邑名本字。

---

135 段玉裁:《說文解字注》,頁 302。
136 《後漢書》卷三十三,〈朱馮虞鄭周列傳〉,頁 1147。
137 《說文解字詁林》,頁 5-1280。

二　省略水旁

　　《說文·水部》所見水名專名諸字，構形皆从水，以表其水名義。有部份水名在先秦兩漢的文獻用例中，見有未从水旁之用例，經本文統計，計有十例，分別為：「溺、弱」「滻、產」「溱、秦」「溜、留」「淨、爭」「泡、包」「洵、旬」「湶、乳」「淔、直」及「淺、妾」。水部專名一百四十五例中，僅有十例於用例不从水旁，相較於邑部一百六十九例專名，即有二十七例不从邑旁，水名不从水旁之用例偏低。

（一）溺、弱

　　「溺」字為水名專名，《說文·水部》釋云：

　　　𣸰　水。自張掖刪丹西，至酒泉合黎，餘波入于流沙。

許書將「溺」字釋為張掖郡刪丹縣西方所出，經酒泉郡合黎縣，最後流至大漠流沙之中，「溺」字本義依《說文》所釋為地名，屬水名專名本字。

　　通檢先秦兩漢文獻資料，「溺」字大多作溺水之意，罕見用為水名。文獻資料裡，用為水名之「溺水」，皆作「弱水」，自《尚書·禹貢》至《史記》、《漢書》，皆然，如〈禹貢〉：

　　　黑水西河惟雍州。弱水既西。涇屬渭汭。漆沮既從。……導弱水。至于合黎。餘波入于流沙。[138]

〈禹貢〉之「導弱水，至於合黎，餘波入于流沙」，明顯與《說文》之「至酒泉合黎，餘波入于流沙」合，「弱水」即「溺水」。

　　漢代著作亦作「弱水」，《漢書·地理志》於「臨羌縣」下之說解：「臨羌。……西有須抵池，有弱水、昆侖山祠。」[139]同樣在《後漢書·郡國志》

138《尚書注疏》卷六，〈禹貢〉第一，頁88。
139《漢書》卷二十八下，〈地理志〉第八下，頁1611。

於「刪丹縣」下亦作「弱水」[140]，皆是西北塞外的河流，可推知其與《說文》「溺水」指涉相同。

《說文‧彡部》「弱」字釋義云「橈也。上象橈曲，彡象毛氂橈弱也。」以彎曲之木示弱者之意，段玉裁注云：「直者多強。曲者多弱。」[141]。弱字用為水名者則加上水旁，隸於〈水部〉裡。《說文》另有「休」字，釋云「沒也。从水从人」，即人沒於水中義之本字。承培元《說文引經證例》：

> 溺，今作弱，而以溺為休，溺字遂擩有沒水義，而休字廢矣。[142]

因此，根據文字構形的變化，「弱」之本義為橈木，而後借為水名「弱水」。而後又因其屬水名，故依地名結構化的原則改从水旁作「溺」，成為水名專名本字；「休」之本義為人沒水中，而後假借為「溺」，導致「休」字廢而不用。

（二）滻、產

「滻」字為水名專名，《說文‧水部》釋云：

> 𣶒　水。出京兆藍田谷，入霸。从水產聲。

滻水源出於關中地區的京兆尹南陵縣藍田谷[143]，入於霸水。文獻中水名專名見用為「滻」者僅《後漢書》：「東臨霸、滻，西望昆明。」[144]此「霸、滻」二字為水名，形構與地理關係皆同《說文》。此外，「滻」字在其他文獻中，亦作「產」。如《史記‧封禪書》：

---

140 《後漢書》卷二十三，〈郡國志〉第五，頁3520。
141 段玉裁：《說文解字注》，頁429。
142 《說文解字詁林》，頁9-51。
143 《說文》水部釋義形式為「郡→縣→鄉里亭聚山谷」（詳見余風：〈說文水部水名釋義論析〉）；「藍田谷」屬南陵縣，桂馥《說文義證》：「當云京兆尹南陵。本書以水所出之縣屬於郡下，此獨無縣，非例也。」
144 《後漢書》卷八十，〈文苑列傳〉，頁2597。

其河加有嘗醪。此皆在雍州之域，近天子之都，故加車一乘，駵駒四。霸、產、長水、灃、澇、涇、渭皆非大川，以近咸陽，盡得比山川祠，而無諸加。[145]

《漢書·郊祀志》亦見用為「產」：

> 霸、產、豐、澇、涇、渭、長水，皆不在大山川數。[146]

《史記》、《漢書》與「產」並列的「霸、長水、灃、澇、涇、渭」「皆非大川」，「產」字與「霸」並舉，但形構則未見結構化偏旁「水」，但「澇、涇、渭」三字卻是具有結構化偏旁「从水某聲」的形聲字，此三字亦見於《說文·水部》。「灃」同「澧」例，《史記》作水旁「灃」，《漢書》卻未見水旁，而《說文·水部》未見「灃」字。

「滻」作「產」僅在〈封禪書〉和〈郊祀志〉有相關的記載，歷代多以異文處理之。而就地名專名結構化的角度而言，「產」應為水名假借字，而後因其屬河流名，故依結構化之原則从水作「滻」，成為水名專名本字。

（三）溱、秦

「溱」字為水名專名，《說文·水部》釋云：

> 溱　水。出桂陽臨武，入匯。从水秦聲。

溱水水出桂陽郡臨武縣，入於匯水[147]，屬匯水支流。先秦文獻中，已見有「溱水」的用例，如《毛詩·鄭風》：「子惠思我，褰裳涉溱。」[148]「涉溱」即跨越溱水之意。「溱水」在《漢書》作「秦水」。《地理志·桂陽郡》臨武

---

145 《史記》卷二十八，〈封禪書〉，頁 1374。
146 《漢書》卷二十五上，〈郊祀志〉第五上，頁 1206。
147 段玉裁認為此「匯水」應作「洭水」：「洭，各本作匯，今正。」桂馥認為洭水、匯水為上下游的關係，《說文義證》：「《水經》溱水出洭，浦關與桂水合。馥案：桂為洭之下流，即匯水。」參《說文解字注》，頁 534。
148 《毛詩注疏》卷七，〈國風〉，頁 173~2。

縣下載:「秦水東南至湞陽入匯。」[149]此「秦水」之地理資料,與《說文》「溱水」相同,屬相同之水,段玉裁認為「秦」是本字:

> 〈地理志〉鄭水作「溱」、粵水作「秦」。又《方輿紀要》載舊志云:「溱與尋同音。故《水經注》觀峽、亦名秦峽也。」據此可證溱水讀如秦國。前志「秦」為古字。[150]

由此推論知「秦」為溱水的所假借之水名字,而後復加水旁作「溱」字,成為水名專名本字。

另外,《後漢書・烏桓鮮卑列傳》亦有「秦水」:

> 聞倭人善網捕,於是東擊倭人國,得千餘家,徙置秦水上,令捕魚以助糧食。[151]

此段文獻中的「倭人」即是日本人的舊稱,而事發地點位於朝鮮半島,與地處今日湖南省之桂陽郡,地理定位相差甚遠,與「溱」字無關,與桂陽之「秦水」為異水同名之關係。

(四)溜、留

「溜」字為水名專名,《說文・水部》釋云:

> 𤂣 水。出鬱林郡。从水,雷聲。

今本先秦兩漢文獻中,未見「溜水」及「留水」的相關訊息。《水經注・溫水篇》有「留水」:「鬱水右則留水注之,水南出布山縣下,逕中留入鬱。」[152]《水經注》留水經中留縣,入於鬱水。《漢書・地理志》鬱林郡下有縣名

149《漢書》卷二十八上,〈地理志〉第八上,頁1594。

150 段玉裁:《說文解字注》,頁534

151《後漢書》卷九十,〈烏桓鮮卑列傳〉第八十,頁2994。

152《水經注疏》,頁2989。

「中留」,《後漢書・郡國志》鬱林郡作「中溜」,段玉裁以為:

> 〈前志〉有中雷縣。師古曰:「雷,力救反。水名。」蓋中雷、潭中
> 皆以水得名也。〈後志〉及《宋書・州郡志》作中溜。字從水。疑
> 〈前志〉亦當從水。[153]

從水之「溜」字為水名專名,段氏認為應皆作「溜」,因此〈地理志〉「中
留」應作「中溜」,而縣名「中留」則是因水名而得名。文獻上「溜」、
「留」並存,「留」為假借之地名,而後從水旁作「溜」,則屬水名專名本
字,並示其水名義。

(五)淨、爭

「淨」字為水名專名,《說文・水部》釋云:

> 𣴷　魯北城門池也。从水,爭聲。

淨為魯北城門之池名,是《說文》水名少數的池名。《公羊傳》見有「爭
門」:「桓公使高子將南陽之甲,立僖公而城魯。或曰:自鹿門至于爭門者是
也。」[154]段玉裁、桂馥皆認為此「爭門」即為「淨池」的城門。段玉裁云:

> 淨者,北城門之池,其門曰爭門,則其池曰淨。[155]

「爭門」者,「爭」為專名,「門」為通名,因此門邊池即曰「淨」,換句話
說,「淨池」之「淨」乃由「爭」字爭加水旁,以示其水名之義。顧炎武
《日知錄》卷五〈爭門〉:

---

153 《說文解字注》,頁 535。
154 《公羊注疏》卷九,〈閔公二年〉(臺北:藝文印書館景印清嘉慶二十一年阮元主刻重刊宋本《十
　　三經注疏》,1997 年),頁 116。
155 《說文解字注》,頁 162。

按：《說文》：「淨，魯北城門池也。」从水爭聲，士耕切。是爭門即以此水名省文作爭爾。後人以瀞字省作淨，音才性切。而梵書用之，自南北史以下俱為才性之淨，而魯之爭門不復知矣。[156]

桂馥、王筠等學者均認同此說，將「淨」視為水名，「爭」則是「淨」字之省。易言之，先有「淨」字，後省水旁作「爭」以用為北城門之名。桂氏又引《廣韻》云

馥案：字或作埩。《廣韻》：「埩，魯城北門池也。」[157]

此條引《廣韻》淨字則作埩，疑即形近之訛。

就文字的發展來看，甲骨文即有「爭」字，字作「」，朱歧祥認為本義為耕，象手持農具翻土挖井形，至金文增生符作「靜」[158]。而「淨」字甲、金文未見，先秦兩漢文獻亦少用淨字，「爭」之起源比「淨」字早。因此「爭」當非「淨」之省。從地名結構化原則而言，地名使用之初，魯北城門池假借「爭」字為名，而後又因水名之需，結構化从水旁作「淨」，成為水名專名本字。

（六）泡、包

「泡」字為水名專名，《說文・水部》釋云：

水。出山陽平樂，東北入泗。从水，包聲。

許書記載「泡水」乃源自山陽郡平樂縣，東北流入泗水。先秦文獻不見泡水，亦未見「包水」。《漢書・地理志》於山陽郡平樂國下則有相關記載：「侯國。包水東北至沛入泗。」[159]平樂國下的「包水」或「淮水」，王先謙

---

[156] 〔清〕顧炎武：《日知錄》（臺北：文史哲出版，1979 年），頁 124。
[157] 《說文解字詁林》，頁 9-195。
[158] 朱歧祥：〈說爭〉，《朱歧祥學術文存》（臺北：藝文印書館，2012 年），頁 15。
[159] 《漢書》卷二十八上，〈地理志〉第八上，頁 1570。

《漢書補注》版作「淮水」[160]，段玉裁、桂馥所持《漢書》版本則作「包水」，《水經》則作「泡水」，與《說文》同。

由於先秦兩漢文獻「包水」僅此一例，且有異文的情況。《漢書》成書之時的東漢時期作「泡水」或「包水」，已無可考。但《說文》作「泡」，《水經》亦見「泡水」，文獻多用「泡水」而未見「包水」，而段、桂二人所持之《漢書》作「包水」，是知水名「包」為假借字，亦曾行於世，而後依地名結構化原則從水作「泡」，成為水名專名本字。

（七）洵、旬

「洵」字為水名專名，《說文·水部》釋云：

> 𣲖　過水中也。从水旬聲。

「過水中也」與《說文》釋水通名不合，段玉裁改作「灉水出也」，王筠認為當作「灉水別也」。

《爾雅·釋水》說明水氾濫時，排比並舉：

> 水自河出為灉，濟為濋，汶為灛，洛為波，漢為潛，淮為滸，江為沱，過為洵。[161]

因此諸家校《說文》均認為「過水」應改作「灉水」，不過《說文》未收「灉」字，先秦兩漢文獻及《水經》亦未見「灉水」、「過水」之用例。

至於「洵水」，先秦兩漢文獻亦未見。未加水旁的「旬」字，《漢書·地理志》漢中郡下有「旬水」：「旬陽。北山，旬水所出，南入沔。」[162]旬水自旬陽縣北山而出，縣名「旬陽」即「旬水之陽」，位處旬水南邊，因此得名，是古代地名常見的由來。《說文》水名專名的「洵水」，應即〈地理志〉旬陽縣之「旬水」。「旬」為水名假借字，後因地名結構化影響，從水作

---

160 〔漢〕班固撰；〔唐〕顏師古注；〔清〕王先謙補注：《漢書補注》二十八上，〈地理志〉，頁725。
161 《爾雅注疏》卷七，〈釋水〉，頁119~2。
162 《漢書》卷二十八上，〈地理志〉第八上，頁1596。

「洵」，成為水名專名本字。

（八）湡、乳

「湡」字為水名專名，《說文・水部》釋云：

    🔲   水也。从水乳聲。

「湡水」的地理位置不詳，《說文》亦未交待。如忽略水旁作「乳水」，《山海經》及《水經注》有相關記載。《山海經・中山經》於良餘山下載：

    又東十里，曰良餘之山，其上多穀柞，無石。餘水出于其陰，而北流注于河；乳水出于其陽，而東南流注于洛。[163]

今本《山海經》良餘山南邊有「乳水」，東南入於洛水，屬洛水支流。《水經注》亦見洛水支流的「乳水」：「洛水又東得乳水，水別出良餘山，南流注于洛。」[164]《水經注》所載之「乳水」，亦出良餘山，亦屬洛水支流，地理定位與《山海經》相同。而《史記》、《漢書》、《後漢書》則未見「乳水」、「良餘山」等記載，《說文》則收有从水偏旁的水名「湡」，但〈乚部〉的「乳」字卻未見水名的釋義。是知水名「乳」為假借，而受結構化影響，从水作「湡」，形成水名專名本字。

（九）渲、直

「渲」字為水名專名，《說文・水部》釋云：

    🔲   水也。从水直聲。

因為沒有更多資料，許書釋義僅云「水也」，文獻不見「渲水」之資料。《水

---

163 《山海經》卷五，〈中山次五經〉（上海：上海古籍出版社，1983 年），頁 134。
164 《水經注疏》，頁 1289。

經・漢水》篇見有「直水」：「漢水又東合直水，水北出子午谷岩嶺下。」[165]
《水經》所見直水，屬漢水支流，出於子午谷之岩嶺。此「直水」可用為
《說文》「淔」所釋「水也」之參佐。

（十）湬、姜

「湬」字為水名專名，《說文・水部》釋云：

　　　湬　水也。从水妾聲。

「湬水」由《說文》記載，僅知其用為水名專名。《水經注・羌水》篇見有
「姜水」：「（羌水）又東南逕五部城南，東南右合姜水，傍西南出，即水源
所發也。」[166]楊守敬疏云：「朱訛作右姜水合，《箋》曰：『一作接水。』趙
右下增與字，戴移合字於姜上。」[167]羌水經五部縣城的南邊，至東南與「姜
水」合流。而〔明朝〕朱謀㙔《水經注箋》又補充「一作接水」。《水經注》
有「湬」無「湬」，明代版本有作從手之「接」，疑即「湬」字之訛。供參。

三　省略山旁

地理專名中，從山之專名省略山旁者，僅見一例：「屼、几」。《說文・
山部》「屼」下釋云：

　　　屼　山也。或曰，弱水之所出。从山几聲。

屼字為單音節地名，加上通名可作「屼山」。《說文》釋云「山也」，表現為
山名專名本字，未有地理定位，東漢時可能已失「屼山」之地理訊息及定位
資料，僅補充說明曰「弱水之所出」。考之於《說文・水部》溺字條：

---

165 《水經注疏》，頁 2330。
166 《水經注疏》，頁 2716。
167 《水經注疏》，頁 2716。

水。自張掖刪丹西，至酒泉合黎，餘波入于流沙。

「溺水」僅於《說文‧水部》見用為「溺」字，文獻多作「弱水」[168]，甚至《說文》釋義中亦作「弱水」。若然，則「氒山」可定位於漢代西塞的涼州刺史部（約今甘肅省）。不過許書「或曰」一語，也說明了「弱水出氒山」的不確定性。

徐鍇整理《說文》時，於氒字條下云：「《山海經》曰：『女几山。』」[169]小徐本《說文》以《山海經》的「女几之山」，段玉裁表示認同：

> 《玉篇》、《廣韻》皆曰女氒，山名。」按：〈中山經〉曰：『中次九
> 經，岷山之首曰女几之山。』凡岷山之首，自女几之山至于賈超之
> 山、凡十六山。許立文「嶰」、「氒」系聯，與《山經》合。豈古本作
> 女氒山與？[170]

《山海經》岷山之首為女几之山，而《說文》中的「嶰」、「氒」二次相序，段玉裁根據《說文》通例以及列字次序的考量，認為《說文》原本的釋義，可能作「女氒山」，屬雙音節山名。根據《說文》山名大多作雙音名，且文獻無單作「氒山」用例的情況而言，段氏之推論可從。而從山之「氒」，則屬山名專名之本字。

第四節　結構化地名字部件更替例

一　更替邑旁

「更替邑旁例」，即《說文‧邑部》所收之從邑專名本字，在先秦兩漢文獻及地下材料之用例中，見有偏旁「邑」改從其他偏旁者，計有二十五例。如「邲、岐」「邨、涇」「邙、芒」「郗、絺」「坥、沘」「鼇、黎」「鄭、穰」「那、栩」「邾、黿」「邶、沛」「鄶、檜」「鄒、騶」「邿、徐」「酄、讙」

「䣜、繪」「郭、勃」「鄲、譚」「鄒、歈」「郝、裘」「邢、騈」「邦、詩」
「鄝、蓼」「郜、舒」「鄶、蓋」「戠、載、戴」。以下分別說明之。

（一）郊、岐

「郊」字為邑名專名，《說文・邑部》釋云：

> 郊 周文王所封。在右扶風美陽中水鄉。從邑支聲。

「郊」地為右扶風美陽縣中水鄉之地，許書並以歷史材料釋之，是知從邑之
「郊」為地名專名本字。

而成先秦兩漢之文獻用例中，則多見從山支聲的「岐」字，少見從邑之
「郊」，段玉裁注云：

> 經典有岐無郊。惟漢〈地理志〉曰：「大王徙郊，文王作酆。」〈匈奴
> 傳〉曰：「秦襄公伐戎至郊。」師古曰：「郊，古岐字。」岐專行而郊
> 廢矣。許所見豳岐作郊，猶所見薊作鄭也。〈地理志〉志曰：「右扶風
> 美陽、禹貢岐山在西北。」[171]

《漢書》可見許多「郊」用為地名之例，雖然文獻又多作「岐」，說明了
「郊」、「岐」二字在漢代混用。段玉裁認為「郊」為古字，「岐」為今字。
《說文・山部》未收「岐」字，但在「郊」字後則收有重文「岐」、「嵤」
字：

> 岐 郊或從山支聲。因岐山以名之也。嵤 古文郊。從枝從山。

「郊」字或體「岐」乃因為「岐山」而從山旁，此亦符合上古地名造字原
則。鈕樹玉《說文校錄》：

---

171 段玉裁：《說文解字注》，頁 287。

《文選・西京賦》薛綜注引《說文》曰:「岐山,在長安西美陽縣界,山有兩岐,因以名焉。」[172]

「岐山」乃因山有兩歧,因而名之曰「岐」,以從「山」專名表示山名義;因此岐山臨近之城邑名,則從邑偏旁表其為地名義而作「邨」字。就地名文字結構化脈絡而言,「岐」、「邨」二字應非古今字的歷時關係,而是同一時代的共時關係,再依其地名類別、功能的不同,分別加上相關的偏旁,使其專名具有辨義作用,因此表城邑名作「邨」,表山名作「岐」。

(二)郖、洹

「郖」字為地名專名,《說文・邑部》釋云:

郖　弘農縣庾地。從邑豆聲。

釋義所云「弘農縣庾地」,段玉裁認為當「渡地」之誤:

二〈志〉宏農郡首宏農縣,郡縣同名,故但言宏農縣也。庾當作渡之誤也。[173]

在釋義中,並未說明「郖」地的詳細地理概況,「郖」地亦不見於先秦兩漢文獻用例中。《水經注・河水》篇有「洹津」,各家均認為即「郖」,如王筠《說文句讀》:

《水經注・河水》篇曰:「宏農縣故城東,河水於此有洹津。」洹即郖也。[174]

《水經注》原文作:

門水側城北流而注於河，河水於此有洹津，以河北有洹水，南入於河，故有洹津之名也。[175]

楊守敬校疏云：

> 守敬按：《大典》本、明抄本並作「洹」。《通鑑‧漢獻帝建安十年》注引此作「邔」。〈宋元嘉二十九年〉注引作「洹」。考《說文》作「邔」；《魏志‧杜畿傳》作「邔津」；《穆天子傳》作「洹津」。「邔」、「洹」通。[176]

從上引資料知，《水經》所見「洹津」之名，乃因黃河支流「洹水」而得名。「洹」字從水豆聲，偏旁從水，表其為水名專名，然則《說文‧水部》未收「洹」字。而用為水名的「洹」，文獻用例亦見於《水經》之後，可推東漢《說文》成書時，尚未有「洹」字，但已有邑名之「邔」。

就地名字之構形而言，從邑的「邔」屬城邑之邑名專名本字，而後世「邔」地附近之河流因「邔」字而名之，但偏旁改為從水旁作「洹」，表其為水名。而後文獻用例之「洹津」又作「邔津」，說明「洹」、「邔」二字有混用的現象。

（三）邙、芒

「邙」字為邑名專名，《說文‧邑部》釋云：

> 𨛍　河南洛陽北亡山上邑。从邑亡聲。

其中釋義「洛陽北亡山」，段注本改作「雒陽北芒山」，其云：

> 「芒」，宋本或作「亡」，或作「土」。《玉篇》、《集韵》、《類篇》作土，今定作「芒」。……是則山本名「芒」，山上之邑則作「邙」。後

---

175 《水經注疏》，頁335。
176 《水經注疏》，頁335。

人但云「北邙」，憨知芒山矣。「亡」者，譌字也；土者，淺人肊變之也。[177]

段氏將「芒」定為山名專名，而从邑之「邙」，則是邑名專字。就文獻用例而言，「芒」、「邙」二字確實混用，如《後漢書・宗室四王三侯列傳》：「葬於洛陽北芒」[178]，而〈桓帝鄧皇后紀〉則云「葬於北邙」[179]，《史記》、《漢書》均有類似狀況，說明此二字混用已久。

　　先秦兩漢文獻用例中，「芒」、「邙」混用，因此產生「邙」之邑名更替邑旁為「芒」之情況。就文字之源而言，「芒」為山名，字不从山，乃假借現有文字用為山名，未另造山名專字；而从邑之「邙」則屬結構化之城邑專名本字。考之於地下材料，東周金文亦見从邑「邙」字，〈十年邙令差戈〉邙字作「🔲」，从邑令聲，用為姓氏。是知「邙」字於先秦即有用例，而後與假借「芒」字作為山名專名之字相混用。

（四）郗、絺

　　「郗」字為邑名專名，《說文・邑部》釋云：

> 周邑也。在河內。从邑希聲。

「郗」為漢代河內郡之邑名，亦為先秦之周天子之直轄邑。先秦兩漢文獻用例中，「郗」多用為姓氏，未見地名用例，而《後漢書・郡國志》於「河內郡」所轄之「波縣」下云「波有絺城」，可連結「郗」與「絺」之關係。段玉裁曰：

> 按：郗者本字，絺者古文假借字也。前〈志〉河內郡波縣，孟康云：「有絺城」；後〈志〉亦云河內波有絺城。按：許但云河內，不云某縣者，有所未審也。[180]

---

177 段玉裁：《說文解字注》，頁290。
178 《後漢書》卷十四，〈宗室四王三侯列傳〉第四，頁560。
179 《後漢書》卷十，〈桓帝鄧皇后紀〉，頁445。
180 段玉裁：《說文解字注》，頁290。

段氏從《說文》通例說明「郗」為地名專名本字,「綌」則為地名之假借。雖然兩字均從「希」聲,但形符一從邑為本字,一從糸另有其本義。石刻漢印材料中,亦見有從邑「郗」,如《漢印文字徵》之「」[181],說明了從邑之「郗」字應為漢代通行之專名本字,從糸之「綌」為假借字。

(五)邶、氷

「邶」字為邑名專名,《說文・邑部》釋云:

　故商邑。自河內朝歌以北是也。從邑北聲。

許書釋義除了說明「邶」為商朝舊都外,並進行地理定位,以漢地名「河內郡朝歌縣」以北之地定位之。先秦兩漢文獻用例亦常見「邶」,如《漢書・地理志》朝歌縣下註云:「自紂城而北謂之邶。」[182]

「邶」字在甲骨文地名作「、」,隸為「氷」,且因地域廣大,尚見有「東氷、南氷、西氷、北氷」等加上方位詞之例,屬殷王朝的農業區及田獵區[183]。是從水的「氷」,最早為水名,再因水名而用為地名,而後有城邑,其邑名專名則結構化從邑旁作「邶」。

(六)𥚃、黎

「𥚃」字為邑名專名,《說文・邑部》釋云:

　殷諸侯國。在上黨東北。從邑㛱聲。,古文利。《商書》:「西伯戡𥚃。」

「𥚃」字為殷商時期諸侯國「戡𥚃」之諸侯國名,字從「邑」,是為專名本

---

181 漢語大字典字形組編:《秦漢魏晉篆隸字形表》(成都:四川辭書出版社,1985年),頁430。
182 《漢書》卷二十八下,〈地理志〉第八下,頁1647。
183 詳見余風:《殷墟甲骨刻辭地名字研究》(臺中:逢甲大學中國文學系博士論文,2013年),頁97。

字。然而，在先秦兩漢文獻用例中，字均作「黎」，未見有「𩫈」。段玉裁〈注〉云：

> 今《商書》西伯戡黎，今文《尚書》作耆。《尚書・大傳》：「文王受命五年伐耆」、〈周本紀〉：「明年敗耆國」是也。或作阢，或作飢，皆假借字也。許所據古文《尚書》作𩫈，〈戈部〉作黎，蓋俗改也。[184]

「戡黎」之「黎」，除了「黎」字之外，先秦兩漢文獻用例尚見有假借「耆」、「飢」、「阢」者。根據結構化的觀點，從邑之「𩫈」為本字，再由城邑專名發展成為諸侯國名，因此段氏以為作「黎」者為俗改字。

本條材料未見其他證據，文獻用例如《史記》、《漢書》亦皆用假借字「黎」，如《後漢書・郡國志》上黨郡壹關縣下之「黎亭」、「戡黎」，僅《說文》從邑作「𩫈」，是知《說文》保存了「戡黎」之「黎」的邑名專名本字。

（七）酅、穰

「酅」字為邑名專名，《說文・邑部》釋云：

> 酅　今南陽穰縣是。从邑襄聲。

酅字於《說文・邑部》之釋義方式較為不同，直接以「今某地是」義界，王筠認為其中「疑有挩文」[185]，段注本則改作「今南陽穰縣」。

《說文》所釋「南陽穰縣」，即東漢時期的南陽郡穰縣，直接將從邑旁的邑名專名「酅」與不從邑旁的假借地名字「穰」字連結。就先秦兩漢文獻用例而言，從邑旁的邑名專字「酅縣」未見於文獻，僅在《漢書・地理志》的「左馮翊」下的「𧸒縣」中記載「酅祠三所」，顏注云：「孟康曰：『酅音穰。』」[186]

---

184 段玉裁：《說文解字注》，頁 291。
185 《說文解字詁林》，頁 5-1337。
186 《漢書》卷二十八上，〈地理志〉第八上，頁 1545。

「穰」為秦國魏冄所封之邑，又稱「穰侯」，《史記·秦本紀》：「穰侯魏冄為相」，張守節〈正義〉：「《括地志》云：『穰，鄧州所理縣，即古穰侯國。』」[187]而後「穰」設置為縣，直至明朝廢縣，今河南省鄧州市仍存有「穰東鎮」。

然就地下材料而言，《包山簡》「襄陵」之「襄」字作「」（包2.115），从邑襄聲。「襄陵」兩漢時期屬河東郡，距離《說文》所載南陽郡甚遠。而「襄陵」之「襄」為假借之地名，表其為城邑作从邑旁作「鄴」，用為邑名專名本字。雖然河東襄陵與南陽穰縣為二地，但從地名字的結構用例，《包山簡》之「鄴」字亦可與《說文》「鄴」字互證。

綜上所述，漢代「穰縣」之「穰」，為假借之地名字，而受地名結構化影響，表其為城邑之字則从邑作「鄴」。而在文獻傳抄過程中，多用更易偏旁的假借字「穰」，《說文》則保存了專名本字「鄴」。

（八）那、栶

「那」字為邑名專名，《說文·邑部》釋云：

　　　南陽舞陰亭。从邑羽聲。

許書「那」之釋義為南陽縣舞陰縣之「亭」，即「那亭」，是縣級以下的地名。先秦兩漢之文獻用例中，未見「那」用為地名之例，是以《說文》保存了漢代亭名「那亭」之資料。

徐楷《說文繫傳》於「那」下按語云：

　　臣錯按：「《漢書·藝文志》有〈別栶陽亭賦〉。那，假借。」[188]

關於「栶」即「那」之假借，朱文藻於《說文繫傳考異》認為：

　　班〈志〉作〈別栶陽賦〉五篇，無亭字。栶陽，地名；那，是南陽舞

---

187 《史記》卷五，〈秦本紀〉，頁210。
188 《說文解字詁林》，頁5-1339。

　　　陰亭名。截然兩地。《繫傳》云:「那,假借」,未詳其故,豈舊本
　　《漢書》借那為栵耶?[189]

王筠《說文繫傳校錄》則云:

　　　朱氏云漢〈志〉無亭字。筠案:庾子山賦曰:「栵陽亭有別離之賦。」
　　　「那」假借。案,當作邠之假借。[190]

地名「栵」,僅見於《漢書·藝文志》所列之賦篇名〈別栵陽賦〉,小徐本
《說文》引作「〈別栵陽亭賦〉」,今本《漢書》則未見亭字,作「〈別栵陽
賦〉」。王筠則引庾信所云「栵陽亭有別離之賦」證之,說明「栵陽」應即亭
名。若然,則「栵」為假借之地名字,「邠」則為加上邑旁之專名本字。段
玉裁〈注〉云:

　　　邠者,漢時亭名。庾信賦曰「栵陽亭有離別之賦」,〔漢〕〈藝文志〉
　　　之〈別栵陽賦〉也。栵陽亭豈即那字耶?[191]

段玉裁校注《說文》地理材料,在方法上通常以文獻上所見之地名,與《說
文》互相校證。「栵陽亭」是否即「邠亭」,目前仍缺乏其他證據。由於亭名
材料於文獻用例已屬少見,雖然〈藝文志〉、庾信賦有「邠陽亭」,但「邠
陽」為雙音節地名,是否即《說文》所云「南陽舞陰」之亭名?仍可商之。

(九)邾、龜

　　「邾」字為邑名專名,《說文·邑部》釋云:

　　　邾　江夏縣。从邑朱聲。

---

189 《說文解字詁林》,頁 5-1339。
190 《說文解字詁林》,頁 5-1339。
191 《說文解字注》,頁 295。

「邾」之本義為江夏郡邾縣，典籍均見用「邾」字，在金文國名用例字則見有作「🦎」〈邾公華鐘〉[192]，字從黽，隸為「鼄」，為「朱」字的繁形；另外尚見從邑朱聲的「🦎」〈邾公鈺鐘〉[193]、「🦎」〈邾大司馬戈〉[194]，亦說明了在金文階段，已見從邑之「邾」，或有增「黽」作「🦎」的繁形。

（十）邷、沛

「邷」字為邑名專名，《說文・邑部》釋云：

> 🦎　沛郡。从邑巿聲。

「沛郡」為漢代的郡制地名，西漢為郡制，東漢有封侯，因此改名為「沛國」。在邑部「邷」字下，許書用從水之「沛」字訓釋「邷」字，先秦兩漢文獻用例亦多作從水之「沛」。段玉裁注《說文》云：

> 邷、沛古今字。如鄎、息，鄭、穰，邾、朱之比。[195]

王筠《說文句讀》：

> 後漢之沛國，以酆下說證之可知。……以沛說邷者，謂邷為專字，沛為通借字。[196]

邵瑛《說文解字群經正字》：

> 正字當作邷，今作沛者，假借字。[197]

---

192 《殷周金文集成》245。
193 《殷周金文集成》102。
194 《殷周金文集成》11206。
195 段玉裁：《說文解字注》，頁297。
196 《說文解字詁林》，頁5-1357。
197 《說文解字詁林》，頁5-1357。

段氏將「邡、沛」視為古今字的關係，王筠、邵瑛則認為「邡」為正字，
「沛」為假借字。考之於《說文・水部》「沛」字：

> 水。出遼東番汗塞外，西南入海。从水市聲。

水部所載「沛水」，位於幽州遼東郡，與豫州的沛郡相隔千里，但根據現有
文獻，並通查《水經注》，在豫州境內沒有「沛水」，因此〈水部〉之「沛
水」，與豫州「沛郡」之「沛」並非相同的地名，是一字多地的關係。

　　就地名字之構形而言，从邑之「邡」，乃結構化之邑名專名本字；而从
水之「沛」，亦屬結構化之水名專名本字。雖然遼東郡之「沛」與沛郡之
「沛」應屬二地，但在字形的使用上，若以水名專字「沛」用為邑名，即屬
假借之範疇。

（十一）鄶、檜

「鄶」字為邑名專名，《說文・邑部》釋云：

> 鄶　祝融之後，妘姓所封。溜洧之間。鄭滅之。从邑會聲。

「鄶」為先秦侯國名及地名，从邑專名的「鄶」字亦常見於先秦兩漢文獻用
例，如《左傳・僖公三十三年》：「文夫人斂而葬之鄶城之下」[198]。除了
「鄶」字外，亦見从木之「檜」，或省邑作「會」。《漢書・地理志》：「子男
之國，虢、會為大。」顏師古注云：「會」讀曰『鄶』，字或作『檜』。檜國
在豫州外方之北，滎播之南，溱、洧之間，妘姓之國。」[199]席世昌《席氏讀
說文記》：

> 《漢書》作會，省文；今《詩》作檜，訛字。[200]

---

198 《左傳注疏》卷十七，〈僖公・三十三年〉，頁 291-2。
199 《漢書》卷二十八下，〈地理志〉第八下，頁 1652。
200 《說文解字詁林》，頁 5-1367。

在先秦兩漢文獻用例中，作「檜」者，用例少，或為同音假借，亦或為傳抄之訛。另有作「會」者，可考於西周晚期金文〈會妣鬲〉，之「〔圖〕」[201]；以及〈會妘鼎〉之「〔圖〕」[202]。此二例之「會」字用為人名及姓氏，是地名「鄶」之假借。

（十二）鄒、騶

「鄒」字為邑名專名，《說文・邑部》釋云：

〔圖〕　魯縣，古邾國，帝顓頊之後所封。从邑芻聲。

从邑的「鄒」，與「邾」、「郰」及从馬的「騶」字有密切關係，不但《說文》正文及釋義時常互見，且在先秦兩漢文獻用例亦然。段玉裁考證「鄒」字地名時論云：

魯國騶，二〈志〉同。二〈志〉作「騶」，許作「鄒」者，蓋許本作魯騶縣，如「今汝南新息」，「今南陽穰縣」之比，淺者乃刪去騶字耳。周時或云鄒，或云邾婁者，語言緩急之殊也。周時作鄒，漢時作騶者，古今字之異也。邾婁，各本無婁，今依《韻會》所據正。……邾婁之合聲為鄒，夷語也。[203]

段氏的論證中，「鄒」、「騶」為古今字，周作「鄒」，漢作「騶」，同時也提出《說文》「鄒」字釋義之疑。其中「騶」為漢字，其論據乃根據《漢書・地理志》及《後漢書・郡國志》魯國下均作「騶縣」。但周作「鄒」、漢作「騶」之說法。可商王筠《說文句讀》於「郰」字下釋云：

〈檀弓〉、《左傳》皆作「郰」，《論語》作「鄹」，《史記・孔子世家》作「陬」，移邑於左也。字又借「鄒」，《水經注》魯國鄒山，即嶧

---

201 《殷周金文集成》536

202 《殷周金文集成》2516。

203 段玉裁：《說文解字注》，頁298。

山，邾文公所遷。[204]

王筠提出了「耶」字又借為「阺」、「鄹」、「鄒」等字之現象，復又提出了山名「鄒」又作「嶧」。桂馥《說文義證》於「鄒」下云：

> 〈鄒山記〉：「驛山，古之嶧山，邾文公之所卜，山下是驛縣，本是邾國，魯穆公改驛山，從邑變，故謂鄒山。」〈世本〉：「邾顏居邾肥，徒郳。」馥案：徒郳者，後封為小邾子。[205]

此段引文，從「驛山」地名之變遷，說明驛縣的「嶧山」，原屬邾國，而後改名為「驛山」，再變為「鄒山」。

原在山東半島，魯國的鄰國「邾」，有山名曰「嶧山」。魯穆公時期，邾文公遷都於嶧山下，改稱之為「驛山」。從地名構形原則而言，從山睪聲之「嶧」，原屬「嶧山」之山名專字；從邑朱聲的「邾」，則是邑名專字。而後邾國遷都嶧山，新都之名借從馬之「驛」字，因此「嶧山」亦作「驛山」；而新建城邑之「驛」字，亦見有從邑旁之「鄒」行於世，即〈鄒山記〉所謂「從邑變」者。

《史記·秦始皇本紀》：「二十八年，始皇東行郡縣，上鄒嶧山。」[206]《漢書·地理志》魯國下設「驛縣」，並云「故邾國，曹姓，二十九世為楚所滅。嶧山在北。莽曰驛亭。」[207]到了秦漢時期，「驛山」則仍稱為「嶧山」，但是其地已劃歸「驛縣」。

是知文獻用例中多見從馬之「驛」，〈馬部·驛〉釋云「廄御也。從馬，芻聲。」「驛」字用為地名，為假借用例。段玉裁所謂「周時作鄒，漢時作驛者，古今字之異也。」及「邾婁合聲為鄒」者，亦可商之。《說文》收有「鄒」字，則足以說明其地專名本字作「鄒」，而文獻用例又多用假借之「驛」字。而桂馥所引〈鄒山記〉「魯穆公改驛山，從邑變，故謂鄒山」者，又可說明地名雖假借「驛」字，但又受到地名字結構化的影響，表其為

---

204 《說文解字詁林》，頁 5-1377。
205 《說文解字詁林》，頁 5-1377。
206 《史記》卷六〈秦始皇本紀〉，頁 242。
207 《漢書》卷二十八下，〈地理志〉第八下，頁 1637。

城邑者，又從邑作「鄒」字，形成鄒地的專名本字。兩字同時存在於同一時空中，非古今異字之歷時關係。

（十三）邾、徐

「邾」字為邑名專名，《說文・邑部》釋云：

　　𨞔　邾下邑地。从邑余聲。魯東有邾城。讀若塗。

「邾」字《說文》釋云邾國之下邑，但未見於先秦兩漢文獻用例。《周禮》：「伯禽以出師征徐戎」〈注〉文：「《釋文》『徐戎』，劉本作『邾』，音『徐』。按：今文《尚書》蓋作『邾戎』。」[208]清代說文學家多依此說將「邾」與「徐」連結。

　　《史記・魯周公世家》：「（頃公）十九年，楚伐我，取徐州」。司馬貞索隱曰：

　　　按：《說文》：「邾，邾之下邑，在魯東」。又〈郡國志〉曰：「魯國薛縣，六國時曰徐州」。又《紀年》云：「梁惠王三十一年，下邳遷于薛，故名曰徐州」。則「徐」與「邾」並音舒也。[209]

現有文獻中，地名之用例多見「徐」字，僅於《說文解字》見有「邾」之專名本字。

　　考之於地下材料，金文見有大量「徐王」、「徐子」之銘文，字皆從邑作「邾」，如〈邾王糧鼎〉「邾王」之「𨛰」[210]，〈冉鈕鍼〉「伐邾」之「𨛰」[211]，〈沇兒鎛〉「邾王」之「𨛰」[212]《金文編》「邾」字下云：「經典通作『徐』」。[213]《包山楚簡》亦見「邾」，字作「𨛰」，用為人名。

----

208 《周禮注疏・秋官司寇下》卷三十六校勘記（清嘉慶二十年南昌府學刊本），頁 554~2。
209 《史記》卷三十三〈魯周公世家第三〉，頁 1547。
210 《殷周金文集成》2675。
211 《殷周金文集成》428。
212 《殷周金文集成》203。
213 容庚：《金文編》（臺北：中華書局，1985 年），頁 112。

　　《說文・邑部》所列「鄒」字，雖不見於文獻材料，但從金文、楚簡等
材料中，則大量保存了從邑之「鄒」，並能印證「鄒」、「徐」二字之關係。
《說文》所見從邑之「鄒」字，蓋屬結構化之邑名專名；而文獻所見「徐」
字，則屬假借用例。

（十四）酅、讙

　　「酅」字為邑名專名，《說文・邑部》釋云：

　　　酅　魯下邑。从邑雟聲。《春秋傳》曰：「齊人來歸酅。」

《說文》所引《春秋傳》「齊人來歸酅」，今本《春秋傳》皆作「讙」，段玉
裁謂「三經三傳皆同，許所作酅，容許所據異也。」[214]邵瑛於《群經正字》
則云：

　　　正字當作「酅」。今作「讙」，假借字。漢〈地理志〉「泰山郡」剛、
　　　鉅平二縣下，應劭注兩引《春秋傳》俱作「酅」，師古曰：「酅音
　　　驪」。[215]

目前文獻中，未見有「酅」用為地名的用例，僅見《說文》；而「讙」之用
例則常見於文獻中。除了「齊人來歸讙」之例外，又如《左傳・桓公三
年》：「九月。齊侯送姜氏于讙。公會齊侯于讙。」[216]《史記・齊太公世
家》：「悼公元年，齊取讙、闡。」[217]
　　考之於地下材料則見有從邑之「酅」字，例如《新蔡簡》有作「🈳」
（甲 3.32）、「🈳」（甲 3.294）二例，皆用為姓氏。是知「酅」字雖未見於
文獻，但仍可就出土之地下材料證之。就地名構形而言，〈言部・讙〉釋云
「讙也」，許書未釋之以地名義，「讙」用為地名，屬假借用字；而從邑之

---

214 段玉裁：《說文解字注》，頁 299。
215 《說文解字詁林》，頁 5-1380。
216 《左傳注疏》卷六，〈桓公三年〉。頁 103-1。
217 《史記》卷三十二，〈齊太公世家第二〉，頁 1507。

「酅」，許書釋為「魯下邑」，屬邑名本字，且為結構化之地名專名本字。但在傳抄文獻中，則多用假借之「讙」，本字「酅」則於《說文》保存之。

（十五）鄫、繒

「鄫」字為邑名專名，《說文・邑部》釋云：

姒姓國。在東海。从邑曾聲。

「鄫」字為文獻常見之國名，字从邑，亦屬邑名專名。部份文獻有作「繒」者，如《國語・周語》：「杞、繒由大姒。」[218]《漢書・地理志》東海郡有「繒縣」[219]。段玉裁整理鄫、繒用例云：

> 按：國名之字，《左傳》作「鄫」，《國語》作「繒」，《公羊》作「鄫」，《穀梁》作「繒」。《左釋文》於「鄫」首見處云：「亦作繒」。據許，則國名從邑也；漢縣名從糸。[220]

「鄫」、「繒」二字混用，段氏所云「國名從邑，漢縣名從糸」，則可商之。〈糸部・繒〉釋義云「帛也。」許書未釋之以地名，用為國邑名則為假借。而後受到地名結構化的影響，表其為邑名之繒从邑作「鄫」，成為邑名專名本字。但在文獻用例中，「繒」、「鄫」兩字仍同時使用，《說文》則於〈邑部〉保存了本字之「鄫」。

（十六）郭、勃

「郭」字為邑名專名，《說文・邑部》釋云：

郭海地。从邑孛聲。一曰地之起者曰郭。

218《國語》卷第二，〈周語〉（上海：上海古籍出版社，1978年），頁45。
219《漢書》卷二十八上，〈地理志〉第八上，頁1588。
220段玉裁：《說文解字注》，頁300。

《說文》所載從邑專名之「𨜘」，於文獻無用例，《玉篇》「𨜘」字則釋「𨜘海郡」。許書釋云「𨜘海地」，校釋諸家皆與「渤海」、「勃海郡」連結之。桂馥《說文義證》：

> 〈漢志〉有「𨜘海郡」，〈武帝紀〉作「教」。〈楊雄傳〉作「勃」。《淮南書》亦作「勃」。高誘曰：「勃，大也。」〈南山經〉：「丹水南流，注于渤海。」郭注：「渤海，海岸曲崎頭也。」本書〈澥〉下云：「勃澥，海之別名。」「勃」亦當作「𨜘」。[221]

桂氏從文獻中，連結了「教」、「渤」、「勃」與「𨜘」字之關係，由此可證「𨜘」為「勃海郡」之邑名專名。

雖然「𨜘」字於今本文獻中沒有用例，但地下材料已有從邑孛聲之「𨜘」。如戰國時代〈廿二年左𨜘矛〉之「𦨞」[222]，漢印亦有「𨜘」字之用例，如「𨜘」、「𨜘」[223]，足可證明《說文》「𨜘」字有實際之用例。

就形構而言，「勃地」之「勃」為假借地名字，受到地名結構化的影響，表示為海域之水名專名另從水旁作「渤」字，用為水名專名本字；又為了表示其屬城邑之名，故又從邑旁作「𨜘」字，成為邑名專名本字。至於作「教」者，則當屬形近之訛。

（十七）鄲、譚

「鄲」字為邑名專名，《說文・邑部》釋云：

> 𨜞　國也。齊桓公之所滅。从邑覃聲。

許書釋義齊桓公所滅之國，文獻作「譚」。段玉裁注云：

> 按：《詩》、《春秋》、《公》、《穀》皆作「譚」。許書又無譚字，蓋許所

---

221 《說文解字詁林》，頁 5-1339。
222 《殷周金文集成》11508。
223 漢語大字典字形組編：《秦漢魏晉篆隸字形表》（成都：四川辭書出版社，1985 年），頁 437。

據從邑。〈齊世家〉譌作郯，可證司馬所據正作「鄲」。「鄲」、「譚」，古今字也。許書有譚長，不以古字廢今字也。

段氏認為「譚」為今字，「鄲」為古字，《說文》收古字「鄲」。根據地名字的結構化脈絡而言，「譚」為地名假借字，而為了表現屬城邑之義，因此字從邑作「鄲」。文獻用例雖尚未見作從邑之「鄲」，但於《說文》保存其專名本字之形構。

（十八）鄯、歙

「鄯」字為地名專名，《說文・邑部》釋云：

> 鄯　地名。从邑翕聲。

許書〈邑部〉所收邑名專名之列字次序後段專名字，多為不明確者，故釋義多僅云「地名」，未有詳細之地理定位。「鄯」字僅釋云「地名」，即屬此例。「鄯」字於文獻中查無用例，徐鍇《說文傳繫》云：「今作歙縣也。」[224]此為「鄯」地唯一孤證。「歙」縣即今安徽歙縣，屬地名假借；「鄯」則為其邑名專名本字。

（十九）郲、裘

「郲」字為地名專名，《說文・邑部》釋云：

> 郲　地名。从邑求聲。

《說文》於「郲」字釋義未有明確的地理訊息，《玉篇》「郲」字下云：「郲鄉，在陳留。」[225]王紹蘭《說文段注訂補》：

---

224 《說文解字詁林》，頁 5-1408。
225 〔梁〕顧野王著，〔宋〕陳彭年重修：《大廣益會玉篇》（北京：中華書局，2004 年），頁 11。

補曰：《玉篇》：「郝鄉，在陳留。」案：《水經・渠水注》云：「沙水
又東南，逕陳留縣裘氏鄉、裘氏亭西。又逕澹臺子羽冢東。」《陳留
風俗傳》曰：「陳留縣裘氏鄉，有澹臺子羽冢，又有子羽祠，民祈禱
焉。然則陳留縣之裘氏鄉，即《玉篇》所云郝鄉，在陳留者。「郝」，
正字，「裘」段借字。單呼曰郝，累呼曰裘氏也。」[226]

王氏補充之資料，為「郝」地考證論述最詳者。《玉篇》所云陳留郝鄉，先
秦兩漢文獻用例亦作「裘氏鄉」。「郝」為从邑之邑名專用；从衣之「求」則
為地名假借字。

《包山楚簡》有从邑之「𨜠」（2.167）字，隸為「郝」，用為姓名，可
與《說文》互證。是以《說文》所載从邑求聲之「郝」雖不見於先秦兩漢文
獻用例，地理定位亦無考，但由地下材料可證明《說文》保存了上古地名專
名本字「郝」之形構資料。

（二十）邟、騈

「邟」字為地名專名，《說文・邑部》釋云：

> 𨙻　地名。从邑并聲。

「邟」地於《說文》釋義之地理定位不明確，考之於先秦兩漢文獻用例，
「邟」地均在齊地。如《左傳・莊公元年》：「齊師遷紀，邟、鄑、郚。」[227]
同樣的用例亦見於《公羊傳》及《穀梁傳》。又，《後漢書・郡國志》於「齊
國」下有縣「臨朐」，云：「有三亭，古邟邑。」

《漢書・地理志》於「齊郡」之「臨朐」縣下，未見有「邟」地。應劭
云：「臨朐山有伯氏騈邑。」[228]字作「騈」。此為「邟」字文獻用例中唯一从
「馬」不从「邑」之例，屬地名假借字。

---

226 《說文解字詁林》，頁 5-1408。
227 《左傳注疏》卷八，〈莊公元年〉，頁 137-1。
228 《漢書》卷二十八上，〈地理志〉第八上，頁 1583。

（二十一）郼、詩

「郼」字為邑名專名，《說文・邑部》釋云：

> 🔣 附庸國。在東平亢父郼亭。从邑寺聲。《春秋傳》曰：「取郼」。

許書「郼」之釋義除了註明為先秦附庸國外，復地理定位於東平國亢父縣之郼亭，屬亭名。不過《漢書・地理志》於東平國轄下之亢父縣云：「詩亭。故詩國。」[229] 亢父縣轄之「亭」級地名，《說文》作「郼」，〈地理志〉作「詩」，用例更替「邑」旁為「言」旁。段玉裁注云：

> 按：前〈志〉當作「詩亭，故郼國」，許書當作「東平亢父詩亭。」杜預《左》注亦當本作詩亭，皆寫者亂之耳。郼、詩，古今字也。[230]

本條材料中，段玉裁以《說文》及《漢書》互校，並提出「詩」、「郼」乃古今字之關係。可商。

在下地材料中，金文亦見有从邑寺聲之「郼」，用為侯國名，如〈郼艅鼎〉之「🔣」[231]、〈郼伯祀鼎〉之「🔣」[232]。亦有不从邑者，如〈寺季故公簋〉之「🔣」[233]，用為人名。從由文構形及地名發展之概念而言，「寺」為侯國名之假借字，而後加邑旁作「郼」，到了小篆則結構化成為固定从邑寺聲之「郼」，是為專名本字。金文作「寺」、「郼」，未見作「詩」，〈地理志〉所云「詩國」、「詩亭」，恐為假借字，或即「郼」之誤。

（二十二）鄝、蓼

「鄝」字為邑名專名，《說文・邑部》釋云：

---

229 《漢書》卷二十八下，〈地理志〉第八下，頁 1637。
230 段玉裁：《說文解字注》，頁 299。
231 《殷周金文集成》2422。
232 《殷周金文集成》2602。
233 《殷周金文集成》3817。

𨟥　地名。从邑翏聲。

許書未於「翏」字釋義交待其地理定位，僅云「地名」。而「翏」字於先秦兩漢文獻用例亦少，僅《穀梁傳・宣公八年》之「楚人滅舒、翏。」陸德明釋文云：「翏音了本，又作蓼，國名也。」[234]同樣的材料，文獻用例字又從艸作「蓼」，如《左傳・宣公八年》之「楚人滅舒、蓼」[235]。〈艸部・蓼〉：「辛菜，薔虞也。」用於地名則為假借。

　　考之於地下材料，《包山楚簡》有字作「翏」，字作「𨟥」（包 2.143），從邑翏聲，與《說文》同，多用為人名，亦有用為地名者，如〈包 2.153〉之「翏易」。因此從邑之地名專名「翏」在先秦時期已廣為通用，文獻用例之「蓼」，則屬假借。

（二十三）䣝、舒

　　「䣝」字為邑名專名，《說文・邑部》釋云：

𨝵　地名。从邑舍聲。

「䣝」字於《說文》亦未見有地理定位，釋義僅云其為也名。段玉裁認為：

> 按：《玉篇》引《春秋》：「徐人取䣝。」杜預云：「今廬江舒縣。」按：〈僖〉三年、三《經》皆作「舒」。〈魯頌〉亦作「舒」。二〈志〉廬江舒縣，亦皆作「舒」，未審希馮所據。[236]

目前先秦兩漢文獻用例不見作「䣝」者，僅《玉篇》引《春秋》見有「徐人取䣝」，因此段玉裁對《玉篇》所引《春秋》之材料來源提出質疑。先秦之「舒」國，若即《說文》邑名專名字「䣝」，則「舒」為國名之假借字；「䣝」則屬結構化之邑名本字。

234《重刊宋本穀梁注疏》卷第十二，〈宣公八年〉，頁 119-1。
235《重刊宋本左傳注疏》卷十二，〈宣公八年〉，頁 379-1。
236 段玉裁：《說文解字注》，頁 302。

（二十四）䣄、蓋

「䣄」字為邑名專名，《說文‧邑部》釋云：

䣄　地名。从邑盍聲。

許書於「䣄」字釋義僅云「地名」，「䣄」字於文獻亦無用例。段玉裁從古籍尋找與「䣄」形構相關的地名「蓋」，試著與「䣄」地連結：

二〈志〉春山郡皆有蓋縣，《孟子》有「蓋大夫」。《廣韻》「蓋」姓，字書作䣄。[237]

段玉裁為清代精通地理學及文字學之學者，因此《說文》未加地理定位之邑名專名，段氏多根據文獻用例，將《漢書‧地理志》、《後漢書‧郡國志》所見「蓋縣」與「䣄」地連結。是知漢代文獻所見「蓋」字，為地名之假借字；而《說文》則保留了其結構化所从邑作「䣄」之專名本字。

（二十五）戩、戴、載

「戩」字地名於於先秦兩漢文獻用例，有更替邑旁作「戴」、「載」者，聲符則均从𢦏聲。詳見本文第二章第三節〈一　省略邑旁〉第（二十一）例「戩、𢦏」及第二章第五節〈結構化地名字之別字例〉第（九）例「戩、甾」。

在專名構形省略例中，「省略邑旁」的二十五個字例，如上所呈現。另外，在〈邑部〉所收之「郯」字，金文亦見有「炎」地，過去多將此二地連結之，不過根據兩地之地理定位，應非同地。「郯」，《說文‧邑部》釋云：

郯　東海縣，帝少昊之後所封。从邑，炎聲。

---

237 段玉裁：《說文解字注》，頁 302。

釋義除了交待「郯」為東海郡之郯縣外，亦補充其歷史資料，文獻資料皆作「郯」，金文地名用例有不從邑者，如〈作冊矢令簋〉：「隹王于伐楚白，才炎。」「炎」字作「山」[238]，為伐楚路線，與《說文》定位之東海郡（今山東省一帶），地理位置不同。楊善群認為：

> 征伐在「南鄉」、「南土」的楚國，卻跑到今山東境內，這實在是不可
> 能的。近來有學者主張：《令簋》的『炎（郯）即在今河南許（昌）、
> 郯（縣）一帶。』（陳昌達：《「周公奔楚」考》，《史學月刊》一九八
> 五年第五期。）這一意見糾正了過去把「炎」定在今山東境內的錯
> 誤，然許昌、郯縣離楚國所在的丹淅地區仍覺太遠。從地域和音韻上
> 來觀察，《令簋》的「炎」可能是「郾」的借字。……（〈周公東征時
> 間和路線的考察〉，《中國史研究》一九八六年第三期。）[239]

古文字地名通假之現象非常普遍，〈作冊矢令簋〉所見「炎」是，是否即《說文》所載之「郯」，從彼此資料比對顯然是不相符的；另一種情況即〈作冊矢令簋〉之「炎」，與《說文》之「郯」，屬二地二名，彼此不相關聯。因此「郯」、「炎」二字，不列入本文「從邑專名省略邑旁」之屬，存此備參。

二　更替水旁

　　「更替水旁例」，即〈水部〉所見從水之水名專名，於先秦兩漢文獻用例中，見有更替水旁而用其他偏旁者，計有四例：「灃、醴」「洵、細」「沭、術」及「濰、惟」。以下分別說明之。

（一）灃、醴

　　「灃」字為水名專名，《說文・水部》釋云：

醴　水。出南陽雉衡山，東入汝。从水豊聲。

---

238 《殷周金文集成》4300。
239 《古文字詁林》，頁 8-721。

澧水位於南陽郡雉衡山，屬汝水支流。《漢書・地理志》見有「澧水」，亦有相關地名如「澧州」、「澧中」等，未見不從水的「豐」字為水名。東周青銅器〈鄂君啟節〉亦見有「澧」字，從水豐聲，字作「」，用為水名，文例如：「內𣵈、沅、澧、灘。」與沅水並稱，地在東南，即《說文》之「澧水」。

　　《水經注》則作「醴水」：「汝水又東，得醴水口，水出南陽雉縣，亦云，導源雉衡山，即《山海經》云衡山也。」[240]熊會貞疏云：「《漢・志》作澧水，澧、醴同。」是知其字與《說文》、〈地理志〉不合。《說文・酉部》有「醴」字，釋義云「酒一宿孰也」，形符將原本表意用為河流之「水」旁，改從「酉」旁作「醴」，屬水名用字之假借。

（二）洇、細

　　「洇」字為水名專名，《說文・水部》釋云：

 水。出汝南新郪，入潁。從水囟聲。

洇水源自汝南郡新郪縣，屬潁水支流。先秦兩漢文獻未見「洇水」的相關資料，段玉裁、桂馥疑即「細水」。《說文義證》：

> 水出汝南新郪者，或借細字。〈地理志〉汝南郡細陽，顏注：「居細水之陽，故曰細陽。」細水本出新郪。《水經注・潁水》云：「細水上承陽都陂，陂水枝分東南，出為細水。[241]

〔東漢〕顏師古注《漢書》時曾記載「細陽」乃因「細水之南方」而得名之縣名。「洇」字小篆作「」，「細」則作「」[242]，形符「水」、「糸」有別，聲符「囟」、「田」則無別。就地名結構化脈絡而言，「洇」為水名本字，而後形符訛從「糸」旁作「細」。

---

240 《水經注疏》，頁 1768
241 《說文解字詁林》，頁 9-169。
242 「細」字小篆，段注本改作「細」。

（三）沭、術

「沭」字為水名專名，《說文・水部》釋云：

　　　　☶　水。出青州浸。从水术聲。

沭水為青州之湖澤所形成之河流。《周禮・職方氏》有「沭」之載：

　　青州。其山鎮曰沂山，其澤藪曰望諸，其川淮、泗，其浸沂、沭。[243]

〈職方氏〉之「沭」，《漢書・地理志》亦見用之。不過〈地理志〉琅邪郡東莞縣下又有「術水」：「術水，南至下邳入泗，過郡三，行七百一十里，青州浸。」[244]顏師古注云：「術水即沭水也，音同。」《漢書》並見「沭」與「術」。「沭」為从水之水名本字，而「術」字从行术聲，《說文》釋義為「邑中道」，偏旁與「沭」差異較大。

（四）濰、惟

「濰」字為水名專名，《說文・水部》釋云：

　　　　☶　水。出琅邪箕屋山，東入海。徐州浸。《夏書》曰：「濰、淄其道。」从水維聲。

「濰水」用例見於《史記・淮陰侯列傳》：「遂戰，與信夾濰水陳。」[245]而《說文》所引《尚書・禹貢》「濰、淄其道」，《漢書・地理志》則作「惟、甾其道」[246]，顏師古注云：

---

243 《周禮注疏》卷三十三，〈職方氏〉（臺北：藝文印書館景印清嘉慶二十一年阮元主刻重刊宋本《十三經注疏》，1997 年），頁 499-2。下引均簡作《周禮注疏》卷某〈篇名〉，頁某。

244 《漢書》卷二十八上，〈地理志〉第八上，頁 1586。

245 《史記》卷九十二，〈淮陰侯列傳〉，頁 2621。

246 《漢書》卷二十八上，〈地理志〉第八上，頁 1526。

惟、甾，二水名。皆復故道也。惟水出琅邪箕屋山。甾水出泰山萊蕪
縣。惟字今作濰，甾字或作淄，古今通用也。[247]

東漢時期，從水之專名「濰」，即與從心隹聲的「惟」字形混。顏注將
「濰」、「惟」視為古今通用之情況，然就地名字的構形而言，從水之「濰」
為水名專名，「惟」則是形近而訛。

三　更替山旁

「更替山旁例」，即《說文・山部》所見從山之山名專名，於先秦兩漢
文獻用例中，見有更替山旁而用其他偏旁者，見有三例：「嶧、繹」、「崋、
華」及「崵、陽」。

（一）嶧、繹

「嶧」字為山名專名，《說文・山部》釋云：

> 嶧　葛嶧山。在東海下邳。從山睪聲。《夏書》曰：「嶧陽孤桐。」

《說文》釋義云「嶧」為雙音節之山名專名，作「葛嶧山」。此訓釋方式與
雙音節之邑名、水名相同，於釋義開頭均先說明全名，如「滄浪水」、「菏澤
水」之類。「葛嶧山」之名，見於《漢書・地理志》東海郡下邳縣：「葛嶧山
在西，古文以為嶧陽。」[248]《說文》及《漢書》，關於「葛嶧山」的地理定
位皆相同，位於東海郡的下邳縣，即今山東省邳州市。「古文以為嶧陽」即
《說文》引《尚書》「嶧陽」者，說明「葛嶧山」亦稱為「嶧陽山」，此則
「嶧」之另一雙音節地名。

小徐本《說文》於「嶧」字下按語[249]：

---

247 《漢書》卷二十八上，〈地理志〉第八上，頁 1526。
248 《漢書》卷二十八上，〈地理志〉第八上，頁 1588。
249 詳余風：〈說文水名釋義研究〉，《第二十九屆中國文字學國際學術研討會論文集》（臺北：聖環書
　　局，2015 年）。

臣鍇曰：「即秦刻石處也。在魯山積石絡繹而成也。」[250]

關於秦刻石之山，《漢書・郊祀志》作「騶嶧山」[251]，段、桂引〈地理志〉則作「鄒嶧山」。《漢書・地理志》於魯國「騶縣」云：「嶧山在北。莽曰騶亭。」[252]騶嶧山、鄒嶧山，〈地理志〉作「嶧山」，位於鄒縣，字又作騶，因此又有「騶嶧山」及「鄒嶧山」之別。桂馥《說文義證》：「自唐以後，多誤為鄒嶧山。」[253]魯國鄒縣，即今山東省濟寧市鄒城市，今市區南有「嶧山景區」。為了區別下邳之葛嶧山，鄒縣的嶧山冠上縣名作「鄒嶧山」。而下邳與鄒縣之間，距離二百公里遠，「葛嶧山」與「騶嶧山」屬於不同的山系。徐鍇於「嶧」字條下所謂「秦刻石者」，顯非釋義之「葛嶧山」。

騶縣的嶧山，原名即「嶧」，亦是秦始皇刻石處，比起下邳的葛嶧山更具代表性。然而《說文》釋義僅釋下邳的「葛嶧山」，且引經說明葛嶧山的別稱「嶧陽山」，卻未交待騶縣的「嶧山」。根據清儒的考證，騶縣的「嶧山」，原作「繹山」。段玉裁注《說文》云：

> 《史記》秦始皇上鄒嶧山刻石，頌功德。〈地理志〉魯國騶縣，嶧山在北。此山字作繹，从糸不从山，與東海葛嶧山字从山不同。《史記》作鄒嶧，《漢志》作嶧山，乃譌字也。秦時石刻字作繹。[254]

承培元《說文引經證例》：

> 嶧山與繹山異地。葛嶧山在今徐州府邳州；繹山在今兗州府鄒縣，古為邾地，即秦始皇刻石處，名鄒繹山，今亦作嶧。[255]

根據宋太宗淳化四年鄭文寶據徐鉉所存拓本摹刻之〈嶧山刻石〉，「登于繹

250 《說文解字詁林》，頁 8-14

251 《漢書》卷二十八上，〈地理志〉第八上，頁 1201。

252 《漢書》卷二十八上，〈地理志〉第八上，頁 1588。

253 《說文解字詁林》，頁 8-14

254 段玉裁：《說文解字注》，頁 442。

255 〔清〕承培元：《說文引經證例》（上海：上海古籍出版社《續修四庫全書》海辭書出版社圖書館藏清光緒二十一年刻廣雅書局叢書本）。

山」，字從糸作「」可以推知漢代字仍作「繹」，因此《說文》在「嶧」字的釋義，僅釋下邳的「葛嶧山」，而不見秦刻石的「繹山」。

就地名結構化的影響而言，山名專名字從山旁，以示其為山之專名，此一規則於水名、邑名尤為常態，甲骨文亦多有從山之地名。但是在小篆之後的山名，卻少見從山旁之專名本字。因此秦始皇刻石之「繹山」，《說文》所見從山之「嶧」字，反而被段玉裁認為誤字。「嶧」、「繹」字形相近，易致混用，正如嶧山所在之「鄒縣」，古作「騶縣」，亦有偏旁混用的情形。本文根據地名專名的結構化原則推論，葛嶧山、秦刻石之繹山，「嶧」字均為其專名本字，形成一名二山的狀況。秦刻石之繹山，或形混，或為假借別用「繹」字。

（二）崋、華

「崋」字為山名專名，《說文・山部》釋云：

> 　山。在弘農華陰。從山華省聲。

崋字即今「華山」，《說文》云「華省聲」。「華山」之「華」為山名專名的假借字，而後受地名結構化的影響，表示山名的華從山作「崋」。而又因為從山華聲的「崋」字構形複雜，故省華之草頭而作「崋」字。今本先秦兩漢文獻用例中，「崋」字少見，多用「華」，《說文》華山名皆作「華」；而華山所在位置的「弘農郡華陰縣」之「華陰」，其地即在華山之南，屬日光照射的背陽面，因此命名為「華陰」而不作「崋陰」。嚴可均認為「崋」字來源可商：

> 此篆恐後人所加。〈釋山〉釋文：「華」引《字林》作「崋」，不引《說文》嶽」下云「西華」不云崋。又此字得從驊聲，而云華省聲，皆可疑也。[256]

---

256 《說文解字詁林》，頁 8-23。

嚴氏以「崋」為後人所加，段玉裁則認為：

> 西嶽字，各本書皆作華，華行而崋廢矣。漢碑多有從山者。[257]

段玉裁根據漢代石碑材料推論「崋」為古字，「華」為後來通行的字。考之於漢代碑刻，從山的「崋」及從艸的「華」字並見，如〈華山廟碑〉作「崋」、〈修華嶽碑〉作「崋」[258]等。證明了《說文》從山之專名本字「崋」字，在漢代確實曾通行使用。是知山名假借之「華」字，又因結構化從山作「崋」，後於文獻上又習作假借之「華」字，便產生「後世華行而崋廢」的狀況。

（三）嵎、陽

「嵎」字為山名專名，《說文・山部》釋云：

> 嵎　嵎山。在遼西。從山易聲。一曰：嵎鐵嵎谷也。

單音節地名《說文》釋義均云「山」、「水」等語，僅雙音節地名交待全名。而「嵎」字於《說文》釋義云「嵎山」，不符《說文》釋地名的通例。而山名「嵎」字，段玉裁《說文解字注》、王筠《說文解字句讀》，均在正文「嵎」字上補「首」字；《玉篇》、《廣韻》「嵎」字條下皆云「首嵎山」，今本大、小徐《說文》「嵎山」之釋應有脫文。因此《說文》釋義「嵎山」當為「首嵎山」，是為雙音節地名，也符合《說文》通例。

　　就地理定位而言，許書云「在遼西」，即遼西郡，而未言縣名。漢代遼西郡即今遼寧省西半部，遼東灣西，屬邊塞地區，春秋時為燕國之地。而《史記》之首陽山，〈集解〉馬融認為在「河東郡蒲阪縣華山之北」、〈正義〉張守節認為「在隴西首」，又「洛陽東北首陽山有夷齊祠」，《孟子》認為「夷齊避紂，居北海之濱」[259]。王筠於《說文句讀》認為「馬氏為

---

257 段玉裁：《說文解字注》，頁443。
258 詳參〔清〕顧藹吉：《隸辨》（臺北：世界書局，1984年），頁601。
259 《史記》卷六十一，〈伯夷列傳〉，頁2123。

近。……許君云首崵山在遼西，不言為夷齊之所餓之地，不必以首崵山之名牽合之也。且遼西為孤竹之地。」[260]諸家定位首陽山時，眾說紛云，地點分散；然則《說文》已清楚明列「在遼西」，保存了古代地理資訊的定位材料，王筠亦引證「遼西」即伯夷、叔齊之父孤竹君的領地。因此遼西首崵之地理材料，應無同名異地的問題。

《史記・伯夷列傳》伯夷、叔齊之隱地為「首陽山」，陽字从阜旁。〈阜部・陽〉：「高明也。」其字用作為「首陽山」，則為假借例；而《說文》从山作「崵」，為結構化之山名本字，並與「首」連結作「首陽山」，屬雙音節山名。

四　更替阜旁

「更替阜旁例」，即於《說文・阜部》所見从阜之丘阜專名，於先秦兩漢文獻用例中，見有更替阜旁而用其他偏旁者，僅見一例：「隒、郰」。

「隒」字，《說文・阜部》釋云：

> 𨻶　鄭地阪。从阜為聲。《春秋傳》曰：「將會鄭伯于隒。」

隒字釋義云「鄭地阪」，定位方式為以歷史地名釋之，並引《左傳》「鄭伯會於隒」之典故說明之。不過从阜為聲之「隒」，與从邑為聲之「郰」，二字在文獻用例無別。段玉裁云：

> 隒，今經傳皆作郰。[261]

〈邑部〉「郰」字釋云「地名。从邑為聲。」「郰」字釋義並未有具體之地理定位。王筠於《說文繫傳校錄》云：

> 隒，本阪名，因以為地名，或人不知，故于〈邑部〉增郰也。[262]

---

260 《說文解字詁林》，頁 8-27。
261 段玉裁：《說文解字注》，頁 742。
262 《說文解字詁林》，頁 11-513。

又於《說文句讀》云：

> 言隉者，鄭國地名也。地名而不從邑者，以其本是阪名，因為地名
> 也。大徐刪也字，便不可通，昧者且於〈邑部〉增鄒字矣。[263]

王筠從地名專名及地名命名的歷史脈絡，說明先有阪名之「隉」，而後於隉阪之地所建城邑亦名為隉，因屬邑名，故其字從邑作「鄒」。此說可從。

就地名結構化而言，從阜者乃丘阜名專名，從邑者乃城邑專名。因此，「隉」字依例當為丘阜名，加上通名則為「隉阪」；「鄒」為城邑專名，加上通名則為「鄒邑」。

古籍傳抄者或混用「鄒」或「隉」，造成古籍有作「鄒」亦有作「隉」，但所指涉之地卻屬一地，此案於其他地名專名亦有例可循，大多發生於該地具有多數地形描述者。例如〈邑部〉從邑之「郂」與或體從山之「岐」，兩字文獻混用；或如〈水部〉從水之「沛」及〈邑部〉從邑之「邟」[264]。傳抄者若未細加分析，則容易偏旁混用。若以地名結構化判斷，「隉」屬阜名專名，「鄒」為邑名專名，亦可知於「隉」地有丘阜，亦有城邑，兩者一地。先秦兩漢文獻用例中，析而言之「隉」、「鄒」當細分為「阜名」及「邑名」，兩者有別。

五　更替聲符

所謂更替聲符，即在文獻及地下材料的用例中，地名專字所從的部首偏旁不變，但是聲符置換為其他構形，計有二十七例。在《說文》結構化地名中，「邑名」更替聲符的文獻用例並不多，僅「鄂、扈」、「郤、郄」、「鄔、鄢」、「耶、鄋」、「鄘、酆」、「鄡、郲」等六例；但「水名」卻有大量更替聲符之文獻用例，其更替聲符之原因，或音近假借，或形近而混，或有誤字。以下說明之。

---

263 《說文解字詁林》，頁 11-513。
264 參余風：〈《說文》邑部專名構形用例探論〉，《第二十八屆中國文字學國際學術研討會》（臺北：臺灣大學中國文學系，2017 年）。

（一）鄠、扈

「鄠」、「扈」二字《說文》均收為正文，於〈邑部〉相次。二字《說文》釋云：

鄠　右扶風縣名。从邑，雩聲。

扈　夏后同姓所封，戰於甘者。在鄠，有扈谷、甘亭。从邑，戶聲。

㞣，古文扈从山马。

「鄠」字釋義云其為右扶風之縣名，即右扶風轄下之鄠縣；「扈」則釋之以古諸侯國之名，並云「在鄠」。兩字均列為正篆、正文。

《漢書・地理志》及《後漢書・郡國志》右扶風所轄縣均見有「鄠縣」，〈地理志〉云：「古國。有扈谷亭。扈，夏啟所伐。」[265]兩字亦為邑名專名本字。但就釋義內容而言，兩字所指，實屬一地。段玉裁：

鄠，即扈，如斄即邰、薊即郪，皆古今字。姚察《史記訓纂》云：「戶、扈、鄠三字一也。」按：扈為周字，鄠為秦字。《通典》云：「至秦改為鄠。」[266]

就文字構形而言，段玉裁認為「扈」古「鄠」今，其根據亦是先秦皆作「扈」，漢代文獻字皆作「鄠」，如右扶風之「鄠縣」，以及《說文》於「扈」下釋義時定位其地理位置時以「在鄠」釋之。其說可從。今文獻用例，夏之侯國均作「扈」、「有扈國」；而於漢代右扶風所屬縣名，則多作「鄠」字。

是以《說文》於「扈」之釋義下已說明「扈」為夏之扈侯國，復以「在鄠」定位其地理位置，且有「扈谷」，又於「鄠」下云其為右扶風之縣名，均指二個地名專名實指一地。而「鄠」、「扈」均為从邑專名本字，一从「雩聲」，一从「戶聲」，兩字所从之聲符不同。而《廣韻》「鄠」、「扈」二字均為侯古切，匣母姥韻，上古歸魚韻；而所从之聲符中，「戶」亦為侯古切、

---

265 《後漢書》卷十九，〈郡國志〉第一，頁 3406。
266 段玉裁：《說文解字注》，頁 288。

魚韻;「雩」則為羽俱切,虞魚云韻,上古亦歸魚韻。是知兩字音近,雖然侯國名「扈」與郡縣名「鄠」用字不同,實際上僅為音近之聲符替換。

先秦兩漢文獻用例中,亦見「扈」字用於地名,如《左傳・文公經七年》:「秋八月,公會諸侯晉大夫,盟于扈。」注云:「扈,鄭地滎陽卷縣西北有扈亭。」[267]《後漢書・郡國志》於河南尹所轄「卷縣」下有「扈城亭」[268],與右扶風鄠縣則是二地。

(二)郤、郤

「郤」字為邑名專名,《說文・邑部》釋云:

> 郤　晉大夫叔虎邑也。从邑谷聲。

「郤」地為晉國大夫叔虎之封邑,許書釋義僅釋為先秦侯國封地,未以漢地定位。从邑谷聲之「郤」字,偏旁「谷聲」又見有从「夲聲」作「郤」者。桂馥《說文解字義證》:

> 晉大夫叔虎邑也者,即《國語》郤虎也。或作「郤」。《聲類》:「郤鄉,在河內。漢有郤。」[269]

邵瑛《說文解字群經正字》關於「郤」之聲符作「夲」旁者,提出說明:

> 俗又有譌作「郤」者,亦「郤」之變。〈漢學師宋恩等題名〉:「師郤達」,偏旁从夲,與「夲」相似,俗遂變作「郤」。《玉篇》云:「郤,俗从夲。」[270]

邵氏之論,「郤」本作「郤」,因形構相近,譌作夲、谷等形。不過桂氏所

---

267 《左傳注疏》卷十九上,〈文公七年〉,頁 316-2。
268 《後漢書》卷十九,〈郡國〉一,頁 3389。
269 《說文解字詁林》,頁 5-1305。
270 《說文解字詁林》,頁 5-1305。

引《聲類》,朱駿聲《說文通訓定聲》則作「郤鄉,在河內」[271],今本文獻資料亦多用為《說文》邑名本字「郤」,如《左傳》晉國之「郤芮」。而《玉篇》所云「郤,俗从𠫓」則為形近之混,故有作「郄」者。

(三)鄡、郻

「鄡」字為邑名專名,《說文・邑部》釋云:

> 　鉅鹿縣。从邑梟聲。

意即鉅鹿郡鄡縣,其用例見於《後漢書・郡國志》,鉅鹿縣下有「鄡縣」,《後漢書・光武劉秀紀》:「秋,光武擊銅馬於鄡。」李賢等注:「縣名,屬鉅鹿郡,故城在今冀州鹿城縣東。」[272]但是在《漢書・地理志》,鉅鹿郡「鄡縣」則作「郻縣」;另外,《漢書・地理志》、《後漢書・郡國志》豫章郡另有「鄡陽縣」。《說文解字》收有「鄡」,無「郻」字。關於「鄡」、「郻」之用法,清儒討論甚多,如鈕樹玉《說文校錄》:

> 鉅鹿郡有郻縣,《廣韻》:「鄡陽,縣名,在鄱陽;郻,縣名,在鉅鹿郡。」並分為二字,與〈地理志〉合。《說文》無郻。[273]

段玉裁則認為《說文》原文恐遭改動:

> 鉅鹿縣也,二〈志〉同。前〈志〉作「郻」,「郻」與「梟」一字,但前〈志〉鉅鹿郻縣、豫章鄡陽縣,《玉篇》、《廣韵》皆「郻」與「鄡陽」二縣字別。然則許書此字作「鄡」,及後〈志〉二縣字皆作「鄡」,非是。許書當是淺人改之。如「県首」之改為「梟首」也。[274]

段氏認為《漢書・地理志》作「郻縣」為正確,並以《玉篇》、《廣韻》證

---

271 《說文解字詁林》,頁 5-1305。
272 《後漢書》卷一,〈光武帝紀〉第一,頁 17。
273 《說文解字詁林》,頁 5-1317。
274 段玉裁:《說文解字注》,頁 288。

之。至於《後漢書‧郡國志》作「鄡」，以及《說文》邑部「鄡」字，則恐遭後人所改。王筠另外提出不同的看法：

> 〈地理志〉鉅鹿郡鄎縣，豫章郡鄡陽縣，二字有異。《玉篇》、《廣韻》同，〈郡國志〉並作「鄡」，意許君當分收「鄎」、「鄡」，後乃合為一耳。[275]

王氏認為，「鄎」、「鄡」二字應當分別收於《說文》，但最後竟合為一字「鄡」，至於為何鄎、鄡合為一字，並未有更進一步的推論。朱珔《說文假借義證》認為其中有誤：

> 本部有「鄡」無「鄎」，而「鄡」屬鉅鹿，不屬豫章，疑許所據與〈志〉異，抑或偶誤舉與。「鄡」與「鄎」，本亦可通借也。[276]

「鄡」、「鄎」，偏旁之「梟」、「県」音近。「梟」，《說文》：「不孝鳥也。日至，捕梟磔之。从鳥頭在木上。」「県」，《說文》：「到首也。賈侍中說：『此斷首到縣、県字。』」兩字《廣韻》皆「古堯切」。馬敘倫《說文解字六書疏證》：

> 或此是東漢時字，彼時「鄎」已易而為「鄡」，故後〈志〉兩縣字並作「鄡」也。至前〈志〉「鄡陽」與「鄎」別者，「鄎」字蓋未經傳寫變改耳。[277]

〈邑部〉所收从邑「鄡」字，為邑名專名，而《說文》又無「鄎」字。依馬敘倫之推論，《漢書‧地理志》縣名雖作「鄎」，但「鄡陽縣」又作「鄡」字。而「鄡」、「鄎」二字同音，構形意義也相近，易致混用。因此兩漢之縣名均應以《說文》所收邑名本字作「鄡」，文獻用例則因傳抄或形義相近而作「鄎」。

---

275 《說文解字詁林》，頁 5-1317。
276 《說文解字詁林》，頁 5-1317。
277 《古文字詁林》，頁 6-304。

（四）郰、鄹

「郰」字為邑名專名，《說文‧邑部》釋云：

> 🔡 魯下邑。孔子之鄉。从邑取聲。

釋義以魯國小邑、孔子之鄉釋之。先秦兩漢文獻用例有作「鄹」者，《論語‧八佾》：「子入太廟，每事問，或曰：「孰謂鄹人之子知禮乎？」[278]除了《論語》見用為「鄹」字外，先秦兩漢文獻用例多用「郰」字，如《左傳‧襄公十年》：「縣門發，郰人紇抉之以出門者。」[279]阮元校云：

> 惠棟云：酈元引作鄹人，《論語》同。案：「郰」字，古或省文从取。《說文》曰：「郰，魯下邑，孔子鄉。从邑取聲」[280]

阮氏認為「鄹」為正字，「郰」為省文从取者。王筠《說文句讀》云：

> 〈檀弓〉、《左傳》皆作「郰」，《論語》作「鄹」，《史記‧孔子世家》作「陬」，移邑於左也。字又借「鄒」，《水經注》魯國鄒山，即嶧山，邾文公所遷。[281]

「郰」不但聲符偏旁有从聚作「鄹」者，尚見有「陬」，王筠認為「鄒」亦為借字。《說文‧邑部》「鄒」字釋云：「魯縣，古邾國，帝顓頊之後所封。从邑芻聲。」《廣韻》「鄒」、「郰」二字皆為「側鳩切」。而「鄒」字本身在《漢書‧地理志》及《後漢書‧郡國志》的魯國下，又作「騶縣」，字不从邑[282]。

278《論語注疏》卷三，〈八佾〉第三，頁 28~2。
279《春秋左傳注疏》卷三十一，〈襄公‧十年〉，頁 538-1。
280《春秋左傳注疏》卷三十一，〈襄公‧十年〉，頁 538-2。
281《說文解字詁林》，頁 5-1377。
282 詳本文第二章第四節〈一　更替邑旁〉第（十二）例「鄒、騶」。

（五）䣜、酇

「䣜」字為邑名專名，《說文・邑部》釋云：

䣜　沛國縣。从邑，盧聲。

「䣜」為郡級侯國「沛國」之縣名「䣜縣」，小徐本《說文》於釋形之後補充說明「今酇縣」。段玉裁云：

> 謂本為䣜縣，今為酇縣，古今字異也。班固〈泗水亭長碑〉曰：「文昌四友。漢有蕭何。序功第一。受封于䣜。」正作「䣜」。《水經注》曰：「渙水又東徑酇縣城南。《春秋・襄公十年》：『公會諸侯及齊世子光於䣜。』今其地䣜聚是也。」按：今三經皆作䣜，酈所據作䣜，此皆古字作䣜之證。許云今酇縣者，謂當時皆作酇，故著之。[283]

段玉裁根據《水經注》以及《說文》小徐本之補充說明「今酇縣」，推論「䣜」為古字，漢代則作「酇」，為今字，字又作「䣜」。《廣韻》「酇」字在九切，從母桓韻；「䣜」字昨何切，從母歌韻，兩字雙聲。是以「酇」、「䣜」為因聲假借之聲符更替例。

《說文・邑部》正文亦收「酇」字，釋義云：

酇　百家為酇。酇，聚也。从邑，贊聲。南陽有酇縣。

「酇」為「百家」之單位之邑名通名，許書亦於釋形後補充說明「南陽有酇縣」，是以「酇」亦假借為邑名專名，位於南陽郡，約為今河南省南陽市；而「䣜」所在之「沛國」，約為今江蘇省沛縣，兩地相距甚遠。在地名用例上，沛國縣名本字「䣜」亦假借「酇」字；而南陽郡另有縣名「酇」[284]，「䣜」字假借後的縣名「酇」與南陽「酇縣」同名異地。

283《說文解字詁林》，頁 5-1358。
284 詳本文第三章第三節〈一　假借為縣名〉第（十五）例「酇」。

（六）汃、邠

「汃」字為水名專名，《說文・水部》釋云：

> 　西極之水也。从水八聲。《爾雅》曰「西至汃國，謂四極。」

許書「汃水」於〈邑部〉水名序置於首，「西極之水」亦說明了水名專名的排序由西方開始。文獻上不見「汃水」的用例，《說文》引《爾雅》曰「西至汃國」，今本《爾雅》則為「西至於邠國」[285]，顯與《說文》異文。王玉樹《說文拈字》：

> 按：古本《爾雅》如此，今本作「邠」。音義云：「《說文》作「汃」，音同。」是因聲而誤字也。考〈埤蒼〉云：「汃」字有兩音，《爾雅》西至汃國之「汃」，悲巾切，音同「邠」，後誤為「邠」。[286]

由上可知，「汃」與「邠」的關係為聲之誤，因此从水的專名「汃」同音而假借為「邠」字，導致今本《爾雅》作「邠」，而《說文》保存了「汃」之本字。不過文獻亦未見有「邠水」之用例，目前僅《說文》記載「汃」用為水名，而《爾雅》之「汃」、「邠」則因「汃水」而名之的地名專名用例。

（七）澮、決

「澮」字為水名專名，《說文・水部》釋云：

> 　水。出廬江，入淮。从水惠聲。

許書僅載「澮水」源出自廬江郡，入於淮水，未見更詳細的縣名定位，先秦兩漢文獻，亦未見有「澮水」之用例，段玉裁云「澮水未詳」[287]。桂馥則根

---

285 《爾雅注疏》卷七，〈釋地〉，頁 110。
286 《說文解字詁林》，頁 9-6。
287 《說文解字注》，頁 536。

據《漢書‧地理志》廬江郡所見之「決水」，疑其即為「潕水」。《說文解字義證》：

> 洪君亮吉曰：「《漢‧志》廬江之決水，疑即《說文》之潕水，以音近而淆。」馥案：徐邈讀決為古惠反，則與潕聲近矣。[288]

桂氏採用洪亮吉之意見，並以徐邈讀決為「古惠反」，示其與「潕」音近。因此推論「潕水」即「決水」。《廣韻》「潕」字胡桂切，匣母霽韻；「決」則有二音，一為古穴切，又音呼決切，見母屑韻，二字僅聲母相近。考之於文獻，僅《水經注》有「決水」，但通篇未提及「潕水」。〈水部〉另有「決」字，釋義為「行流也。廬江有決水，出於大別山。」因此《說文》已將「決」字列入水名專名之假借字，且另有其水名義；「潕」字於《說文》則有獨立之水名釋義，屬水名專名本字。若廬江郡「潕」、「決」為一水多名，則此例當類似「鄂」、「扈」之例。

（九）泠、清

「泠」字為水名專名，《說文‧水部》釋云：

> 𣳾　水。出丹陽宛陵，西北入江。从水令聲。

泠水源出丹陽郡宛陵縣，屬長江支流。文獻未見「泠水」用例。徐鍇《說文繫傳》按語曰：

> 臣鍇按：《漢書》丹陽宛陵有清水，至蕪湖入江也。此云泠水出丹陽宛陵，然則清、泠同也。[289]

小徐之意見，清代治《說文》者皆表認同。如段玉裁：

---

288 《說文解字詁林》，頁 9-129。
289 《說文解字詁林》，頁 9-134。

許之冷水，即班之清水。應劭零陵道下注引《說文》此條，則應氏未知清、冷異名同實也。[290]

「清」、「冷」二字異名同實，兩字之混亦與聲音有關。《廣韻》「清」字七情切，清母清韻；「冷」字郎丁切，來母青韻。清、青二韻，上古同屬耕部，二字疊韻。因此水名專名本字作「冷」，而又假借為音近「清」字。

（十）澶淵、繇汙

「澶」字為水名專名，《說文・水部》釋云：

〔篆〕　澶淵水。在宋。从水亶聲。

澶字釋義云「澶淵水」，說明「澶」為雙音節水名，因此釋義先標註全名為「澶淵水」，如「汨」字之「汨羅淵」、「荷」之「荷澤水」之例。「澶淵」用例見於《左傳・襄公二十年》：「夏六月，庚申。公會晉侯、齊侯、宋公、衛侯、鄭伯、曹伯、莒子、邾子、滕子、薛伯、杞伯、小邾子，盟于澶淵。」杜預注云：「澶淵在頓上縣南，今名繁汙。」[291]而《漢書・地理志》魏郡繁陽縣下見「繁水」，注云：「應劭曰：『在繁水之陽。』張晏曰：『其界為繁淵。』」[292]先秦之「澶淵」，漢時則作「繁淵」，三國則作「繁汙」。段玉裁認為澶淵即繁水：

按：「繇」與「澶」疊韻，「汙」與「淵」雙聲。[293]

考之《廣韻》，「繁」，附袁切，奉母元韻；「澶」，市連切，禪母仙韻。中古仙、元二韻，上古皆歸元部；「汙」，烏路切，影母暮韻；「淵」，烏玄切，影母仙韻。「澶」、「繁」與「淵」、「汙」，二組字各有聲韻關係，彼此假借，因

---

290 《說文解字注》，頁 536。
291 《左傳》卷三十四，〈襄公二十年〉，頁 588-1。
292 《漢書》卷二十八上，〈地理志〉第八上，頁 1573。
293 《說文解字注》，頁 543。

此文獻見有「潭汙」、「潭淵、「繁汙」、「繁淵」等用法，屬較為複雜的因聲假借之水名用例。

（十一）灅、㴖

「灅」字為水名專名，《說文・水部》釋云：

> 🔲 水。出右北平浚靡，東南入庚。从水壘聲。

灅水位於右北平郡之浚靡縣。《漢書・地理志》右北平郡俊靡縣下亦有記載：「俊靡。灅水南至無終，東入庚。」[294]漢代仍見有灅水，但《水經・鮑丘水》記載源出右北平俊靡，入於庚者卻為「㴖水」，段玉裁於此考證甚詳，並說明㴖、灅之間的聲音關係：

> 「灅」、「㴖」，一聲之轉。灅水俗呼㴖河，因使所入之庚水冒稱㴖河，而巨梁河冒稱庚水。[295]

「灅」、「㴖」二字為「一聲之轉」，考之《廣韻》，「灅」，落猥切，來母賄韻；「㴖」，力脂切，來母脂韻。兩字雙聲，因此漢代之後，水名「灅」字因聲假借為「㴖」字。

又，戰國出土材料〈鄂君啟舟節〉有水名作「🔲」，隸為「灡」，轉讀為「涞」[296]，但〈鄂君啟舟節〉所見地名及水名均在東南方，與「灅」所載「右北平郡」屬二地，因此「灅」、「🔲」二字，屬二條不同的河流。

（十二）滬、沮

「滬」字為水名專名，《說文・水部》釋云：

---

294 《漢書》卷二十八上，〈地理志〉第八上，頁 1624。
295 《說文解字注》，頁 546。
296 馬承源主編：《商周青銅器銘文選》（北京：文物出版社，1990 年），頁 423。

🖹　水。出北地直路西，東入洛。从水盧聲。

瀘水源自北地郡直路縣西，東流入洛水。先秦兩漢文字未見「瀘水」之記載，但《漢書·地理志》北地郡直路縣則有「沮水」：「直路，沮水出東，西入洛。」[297]此外，《水經注·沮水》篇亦作「沮水」，其地理定位亦在北地郡直路縣。因此「瀘水」於《說文》从水盧聲作「瀘」，先秦兩漢文獻用例則从水且聲作「沮」。

　　《說文·水部》另有「沮水」，屬漢中郡房陵縣之水名。房陵之沮水，先秦文獻亦有用例，與北地郡的「瀘水」為二地，是兩條河流。

　　甲骨文亦見「瀘」，字作「🖹」，如《合集》20364：「乙巳卜：巫叶[史]瀘☐」，由詞例內容判斷，卜曰「巫」是否叶（協）史（事）於「瀘」，「瀘」當為國族名。目前無證據直接證明卜辭「🖹」即《說文》之「🖹」，但文字所从偏旁相同，因此錄「🖹」於此，以供參考。

（十三）郲、郲、漆

　　「郲」字為邑名專名，《說文·邑部》釋云：

　　🖹　郲，齊地也。从邑來聲。

「郲」字釋義僅云「齊地」，知為地名專名字，而定理定位較為模糊，亦未見於先秦兩漢文獻用例，因此關於「郲」地之屬，有主張為「郲」者。如劭瑛《群經正字》：

> 按，郲於齊地無考，《春秋傳》亦不見，疑或郲字之譌。《襄十四年左傳》：「齊人以郲寄衛侯。」杜注：「郲，齊所滅郲國。」按，郲即萊，〈襄六年〉：「齊侯滅萊，遷萊于郳。」〈二十八年〉：「齊慶封田于萊。」……則萊本國也，而竟為齊地矣。或郲旁漫滅而譌為漆。二徐不加深考，加以郲字之翻切，未可知也。《左襄二十一年》：「郲庶以

漆閭邱來奔。」釋文:「漆,本或作淶。」此亦其證。漆隸或作淶,
見〈韓勑禮器碑〉。漆字偏旁或作來,見〈新莽候鉦〉及〈鄭固碑〉。
縢字偏旁來,與來之俗體相近,來更相類,故易致譌。[298]

劭氏以「桼」、「來」構形相近、聲音相近,推論「郂」即「邾」,且《說
文》未收「邾」字,此說可從。此外,另有將「郂」與「漆」連結者,如李
振興《說文地理圖考》:

> 今案:《左傳・襄公二十一年》:「邾庶其以漆閭丘來奔。」杜注:
> 「漆,閭丘二邑,在高平南平陽縣東北,有漆鄉。」《漢書・地理
> 志》:「山陽郡有南平陽縣。」孟康曰:「邾庶期以漆來奔,又城漆,
> (今漆鄉)是。」……案:漆本水名,疑以名地去水加邑。[299]

劉雨〈信陽楚簡釋文與考釋〉亦云:

> 此字在「遺冊」中幾十見,有「郂緹履」、「郂青黃之緣」、「郂本
> 挟」、「郂彤䯒」、「郂案」、「郂緣」等。此「郂」即「漆」的假
> 借。……《春秋・襄公二十一年》「邾庶其以漆閭邱來奔」,此「漆」
> 即齊地之「郂」的假借字。[300]

「漆」字亦為从水之水名專名本字,《說文》「漆」字釋云「水。出右扶風杜
陵岐山,東入渭。一曰入洛。」其流域皆不在齊地。而《春秋》之「邾庶其
以漆閭邱來奔」者,「邾」國位於魯國旁,地近齊,但《說文》釋義中的地
理定位,「齊」、「魯」分明。因此「邾」若「漆」與「郂」相同,則从水之
「漆」當與源出岐山之漆水屬多地一名。

---

298 《說文解字詁林》,頁 5-1395。

299 李振興:《說文地理圖考》(臺北:政治大學中國文學研究所碩士論文,1972 年),頁 143。

300 劉雨:〈信陽楚簡釋文與考釋〉,《信陽楚墓》(北京:文物出版社,1986 年),頁 128。

（十四）㵏、漚夷

「㵏」字為水名專名，《說文·水部》釋云：

> 🔲 水。起北地靈丘，東入河。从水寇聲。㵏水即漚夷水，并州川也。

許書㵏水的釋義，除了說明其源於北地郡（代郡）[301]靈丘縣外，亦補充說明「㵏水即漚夷水」，與「灢」云「或曰治水也」同屬補充異名材料之例。而「㵏水及漚夷水」，亦屬引經之屬，原文出自《周禮·職方氏》：「正北曰并州，……其澤藪曰昭餘祁，其川虖池、嘔夷。」[302]〈職方氏〉字作「嘔夷」，字从口，《說文》則从水，用為水名專名。文獻「嘔（漚）夷」的用例，也僅見於《周禮》。用為水名，仍多用「㵏」字。

「㵏水」在《漢書·地理志》代郡靈丘縣作「㵏河」，是漢代少數河流通名使用「河」字者：「靈丘，㵏河東至文安入大河，過郡五，行九百四十里。并州川。」[303]〈地理志〉此條材料與《說文》同，並補充說明為「并州川」，即《周禮·職方氏》之「嘔夷」。

考之於聲，《廣韻》「㵏」字恪侯切，溪母侯部；「漚」字烏侯切，影母侯部，侯、候二韻，上古韻諸家皆歸於「侯部」，兩字屬疊韻假借。

（十五）㳊、潗

「㳊」字為水名專名，《說文·水部》釋云：

> 🔲 水。出蜀汶江徼外，東南入江。从水我聲。

㳊水位於蜀郡汶江縣的境外，屬長江支流。先秦兩漢文獻上並無「㳊」用為水名之例，《漢書·地理志》蜀郡所轄「汶江縣」則見有「潗水」：「潗水出

---

[301] 《漢書》、《水經注》及先秦兩漢材料皆見「㵏水」在「代郡」，非北地郡。段玉裁亦云：「北地當作代郡。」

[302] 《周禮注疏》卷三十三，〈職方氏〉，頁500。

[303] 《漢書》卷二十八下，〈地理志〉第八下，頁1622。

徼外，南至南安，東入江。」[304]地理定位與《說文》同，唯專名作「溮」不
作「涐」。鈕樹玉《說文解字校錄》：

> 〈地理志〉作「溮」。《水經注・江水》條下引呂忱曰：「溮水出
> 蜀。」許叔重以為涐水也。[305]

《水經・江水注》則云：

> （大渡）水發蒙溪，東南流與涐水合。水出徼外，逕汶江道。呂忱
> 曰：「溮水出蜀。」許慎以為涐水也。從水我聲。[306]

楊守敬於「涐」下疏云：「朱溮作涐，戴、趙改。」另又於「許慎以為涐水
也」下疏：「戴也下增出蜀汶江徼外六字。」，又云：

> 「溮」乃「涐」之誤，即《禹貢》之和夷也。和、涐同音，道元故引
> 《說文》以正之。[307]

《說文》有「涐」無「溮」，「涐」為水名本字，聲符偏旁「我」字小篆作
「![我]」，「哉」字作「![哉]」，兩字皆从戈，傳抄的過程中，疑因形近而訛。因
此段玉裁將「涐」字改作「溮」，釋形亦作「從水𢦏聲」。

（十六）灊、潛

「灊」字為水名專名，《說文・水部》釋云：

> ![灊] 水。出巴郡宕渠，西南入江。从水鬵聲。

---

304 《漢書》卷二十八上，〈地理志〉第八上，頁 1598。
305 《說文解字詁林》，頁 9-26。
306 《水經注疏》，頁 2773。
307 同上。

灊水源自巴郡之宕渠縣，在先秦兩漢文字中，「灊」字多作為邑名及山名，如《史記・伍子胥列傳》：「吳伐楚，取六與灊」[308]《後漢書》：「後憲餘黨淳于臨等猶聚眾數千人，屯灊山，攻殺安風令。」[309]而在水名的用例，字則作「潛」。《地理志・巴郡》宕渠縣：「宕渠，符特山在西南。潛水西南入江。不曹水出東北，南入灊。」[310]〈地理志〉所見「灊」、「潛」二字同時見於一文中，宕渠縣有「潛水」，後文又云其支流不曹水南入「灊」，顯見「灊」、「潛」二字混用。灊字篆文作「」，潛字作「」，兩字僅「鬲」、「曰」兩部件不同，或因形近而訛，或省「鬲」為「曰」作「潛」字，屬字形上的混用。

（十七）溴、潩

溴、潩二水，釋義相似，學者多視為異體字。《說文》於兩字之釋云：

> 溴 水。出河南密縣大隗山，南入潁。从水異聲。
> 潩 水。出河南密縣，東入潁。从水翼聲。

二字皆釋為水名，皆屬水名專名本字，其河流皆出河南郡密縣，二水亦皆流入潁水，屬潁水支流。《漢書・地理志》河南郡密縣下有「溴水」，云：「故國。有大騩山，溴水所出，南至臨潁入潁。」[311]段玉裁於「潩」下注：

> 按：此溴字之異體，後人收入，如「潿」、「汩」之實一字也。《淮南書》曰：「澤受潩而無源。」許慎云：「潩，湊、漏之流也。」見《文選注》。但造《說文》不收潩字。[312]

段玉裁認為「潩」為後人所收，許書原本無收此字。鈕樹玉《說文解字校錄》：

---

308 《史記》卷六十六，〈伍子胥列傳〉，頁 2175。
309 《後漢書》卷十二，〈王劉張本彭盧列傳〉，頁 501。
310 《漢書》卷二十八上，〈地理志〉第八上，頁 1603。
311 《漢書》卷二十八上，〈地理志〉第八上，頁 1556。
312 《說文解字注》，頁 537。

樹玉謂:《說文》溳、灉二字,音訓並同,疑有後人增益。《六書故》曰:「溳,《說文》作灉。」然灉字次弟又不應在後,或後人因《漢志》補入溳字,又顛亂其次弟耳。[313]

鈕氏亦疑灉字為後人所增,大抵清儒治《說文》者多有此疑。且「溳」、「灉」相次甚遠,「溳」字位於〈水部〉第三十七字,「灉」之排序則為第六十六,若溳、灉為密縣附近之二條河流,按例應當相次。而先秦兩漢文獻用例,僅《漢書・地理志》所載之「溳水」,「灉水」則未見於文獻中。因此「溳」字應為本字,「灉」則為形近而訛者。

(十八)濦、灊

「濦」字為水名專名,《說文・水部》釋云:

水。出潁川陽城少室山,東入潁。从水㥯聲。

濦水為潁川支流,源自潁川郡陽城縣少室山。先秦兩漢文獻未見「濦水」的相關記載,而《漢書・地理志・汝南郡》灊強縣下,應劭注見有「灊水」:「灊強。應劭曰:『灊水出陽城。』」[314],〔東漢〕應劭所注「灊水出陽城」,與《說文》出陽城少室山之「濦水」,資料吻合。唯字形結構,一作「濦」,為水名本字;一从阜旁作「灊」,从水隱聲,為形近之訛。

(十九)濄、渦

「濄」字為水名專名,《說文・水部》釋云:

水。受淮陽扶溝浪湯渠,東入淮。从水過聲。

濄水,由淮陽郡扶溝縣所出,入於淮水。《水經注》見有「濄水」,而兩漢文

獻作「渦」。《漢書・地理志》淮陽國扶溝縣下載:「《淮陽國》扶溝,渦水首受狼湯渠,東至向入淮,過郡三,行千里。」[315]此外〈地理志〉陳留郡陳留縣下,渦水之通名不用水,而改用「渠」作「渦渠」:「陳留,魯渠水首受狼湯渠,東至陽夏,入渦渠。」[316]依《說文》水名通名之例,凡云「渠」者,屬人工運河之屬[317]。

　　《說文》水名專名以及《水經注》皆作「濄水」,依《說文》釋義,濄為水名專名本字;《漢書》、《後漢書》則作「渦」,聲符省略了「辵」旁部件,為字形相近之混。

(二十) 濕、漯

「濕」字為水名專名,《說文・水部》釋云:

> 𤁖　水。出東郡東武陽,入海。从水㬎聲。桑欽云:「出平原高唐。」

濕水源自東郡東武陽縣,流入海。《後漢書・郡國志》東郡東阿縣、平原郡高唐縣下下有「濕水」之記載:

> （東　郡）東阿。有清亭。東武陽濕水出。[318]
> （平原郡）高唐。濕水出。[319]

〈郡國志〉所見「濕水」記載,與《說文》合,《說文》引通人桑欽所云「出平原高唐」,〈郡國志〉亦記之。不過,《史記》、《漢書》以及《玉篇》則作「漯」。如《史記・河渠書》:「東闚洛汭、大邳,迎河,行淮、泗、濟、漯、洛渠」[320]。《漢書・地理志・平原郡》高唐縣云:「高唐。桑欽言漯

---

315 《漢書》卷二十八上,〈地理志〉第八上,頁1636。
316 《漢書》卷二十八上,〈地理志〉第八上,頁1558。
317 詳本文第四章第二節〈一　地名通名為本義者〉第（十一）例「渠」。
318 《後漢書》卷二十一,〈郡國志〉第三,頁3450。
319 《後漢書》卷二十一,〈郡國志〉第三,頁3472。
320 《史記》卷二十九,〈河渠書〉,頁1415。

水所出。」[321]現存文獻中,「濕」、「濕」並見。漢代版本作「濕」,《說文》
及《後漢書》作「濕」。鈕樹玉《說文解字校錄》:

> 《玉篇》作濕。注云:「《說文》亦作濕。」瞿云:「〈地理志〉作
> 濕。」蓋漢人隸書𣊾字多省去一系,又變日為田耳。[322]

鈕氏以漢代隸書多作「累」為例,說明兩字為形近之混。段玉裁則認為與假
借有關:

> 漢隸以濕為燥溼字,乃以濕為涑濕字。累者,俗絫字。[323]

段氏由訓詁之觀點認為「濕」字由水名借為為潮溼之「濕」,因此水名則改
用「濕」字代之。

　　《說文》「濕」字作「㶕」,小篆作「」,與「濕」篆之「濕」差異甚
遠。因此鈕樹玉以漢隸解釋,《隸辨》亦收有「濕」字,置於「濕下」。就文
字構形而言,鈕說較段說為是。水名「濕、濕」之混,乃因形近而然,由此
知「濕」為水名本字,「濕」則為漢隸形近之訛字。

(二十一) 渨、渠

　　「渨」字為水名專名,《說文・水部》渨字釋云:

　水。出趙國襄國之西山,東北入寖。从水禹聲。

漢時「渨」為水名專名,位於趙國襄國縣。《漢書・地理志》趙國襄國縣出
西山之河流則作「渠」,但亦見「渨」:

> 襄國。故邢國。西山,渠水所出,東北至任入潯。又有蓼水、馮水,

---

321 《漢書》卷二十八上,〈地理志〉第八上,頁 1579。
322 《說文解字詁林》,頁 9-197。
323 《說文解字注》,頁 541。

皆東至朝平入渦。[324]

〈地理志〉襄國的「西山，渠水水出」，顯為《說文》出襄國西山之「渦水」。王先謙補注時認為〈地理志〉西山之渠水應當作「渦水」[325]，段玉裁亦說明「渠水當是水之譌」[326]。

　　「渦」，《廣韻》遇俱切，疑母虞韻；「渠」，強魚切，群母魚部，上古韻一在侯，一在魚。兩字形構、聲韻皆無關聯，因此「渠」當為「渦」之誤字。

（二十二）泜、沮

　　「泜」字為水名專名，《說文·水部》釋云：

　　　　𤃬　水。在常山。从水氐聲。

泜水源出於常山郡。《史記·淮陰侯列傳》有「泜水」例：「於是漢兵夾擊，大破虜趙軍，斬成安君泜水上，禽趙王歇。」[327]《漢書·張耳列傳》亦有泜水：「漢遣耳與韓信擊破趙井陘，斬餘泜水上。」[328]「泜水」用例見於兩漢文獻中。《漢書·地理志》常山郡元氏縣下有「沮水」，段玉裁注云：

　　　　〈前志〉常山郡元氏下曰：「沮水首受中丘西山窮谷，至堂陽入黃河。」按：「沮」當作「泜」。〈北山經〉注云：「今泜水出中邱縣西，窮泉谷東注於堂陽縣，入於漳水。」以郭正班，知沮為字之誤。[329]

由於《漢書》、《後漢書》乃至《山海經》文獻常見「泜水」，而〈地理志〉作「沮水」，「沮水」已見於沮字下，屬漢中郡房陵縣之水名，常山郡所見「沮水」，應即「泜水」之誤。「沮」，《廣韻》七余切，清母魚韻；「泜」，

---

324 《漢書》卷二十八下，〈地理志〉第八下，頁 1631。
325 《漢書補注》卷二十八，〈地理志〉，頁 835。
326 《說文解字注》，頁 5-545。
327 《史記》卷九十二，〈淮陰侯列傳〉，頁 2616。
328 《漢書》卷三十二，〈張耳陳餘列傳〉第二，頁 1839。
329 段玉裁：《說文解字注》，頁 546。

《廣韻》直尼切，澄母脂韻，澄母脂部，上古韻一在魚，一在脂，形構及音讀皆差異甚遠，非屬形近或音近而訛的假借。

（二十三）沔、沮

「沔」字為水名專名，《說文・水部》釋云：

> 沔　水。出武都沮縣東狼谷，東南入江。或曰入夏水。从水丏聲。

沔水源出自武都郡沮縣之東狼谷，屬長江流域，即今之「漢水」。先秦兩漢文獻，常見沔水的用例，如《山海經・東山經》「末塗之水出焉，而東南流注于沔。」[330]《漢書・五行志》：「南陽沔水流萬餘家。」[331]《後漢書・郡國志》武都郡沮縣下有沔水，云：「沔水出東狼谷。」[332]而在《漢書・地理志》武都郡沮縣，卻言為「沮水」：「沮。沮水出東狼谷，南至沙羨南入江。」[333]《漢書・五行志》作「沔水」，而〈地理志〉沮縣卻云「沮水」，亦與《後漢書・郡國志》所載不合。《水經注・沔水》：

> 沔水出武都沮縣東狼谷中。沔水一名沮水。闞駰曰：「以其初出沮洳然，故曰沮水也。縣亦受名焉。」[334]

沔水的源流武都郡，有因「沮水」而名的「沮縣」；沮縣東方的漢中郡，則有「沔陽縣」，縣名即得名於沔水之南。因此漢代時，有因沮水而名之縣，亦有因沔水而得名之縣。「沔」，《廣韻》彌兗切，明母獮韻；「沮」，《廣韻》七余切，清母魚韻。兩字於字形結構、字音上沒有關係。因此純屬一水二名之情況。

---

330 《山海經》卷四，〈東山經〉，頁 104。
331 《漢書》卷二十七上，〈五行志〉第七上，頁 1346。
332 《後漢書》卷二十三，〈郡國志〉第五，頁 3518。
333 《漢書》卷二十八上，〈地理志〉第八上，頁 1609。
334 《水經注疏》，頁 2295。

（二十四）灅、治

「灅」字為水名專名，《說文・水部》釋云：

> 灅　水。出鴈門陰館累頭山，東入海。或曰治水也。从水纍聲。

灅水出鴈門郡陰館縣之累頭山，《說文》釋義另有補充「或曰治水也」。因此，許書直接標示「灅水」的異名「治水」，屬一水二名之情況。

　　文獻資料中，《漢書・地理志》鴈門郡陰館縣有「治水」：「陰館，樓煩鄉。景帝後三年置。累頭山，治水所出，東至泉州入海。」[335]「累頭山，治水所出」合於《說文》釋義，而水名為「治水」。《水經注》則作「灅水」，說明當時「灅水」、「治水」同時用於該條河流，成為一水二名之例。

（二十五）浍、涔

「浍」字為水名專名，《說文・水部》釋云：

> 浍　水。出北囂山，入邙澤。从水舍聲。

浍之釋義與其他水名專名相同，具有完整的源頭及終點等地理訊息，屬水名專名本字。不過其地理定位「北囂山」僅見於《山海經》。段玉裁注云：

> 〈北山經〉曰：「又北三百里曰北囂之山，涔水出焉，而東流注於邙澤。」許所據「涔」作「浍」。如「柘」作「樜」、「颮」作「猋」，皆與今本不同也。其地未詳。[336]

王筠《說文句讀》云：

> 〈北山經〉曰：「北囂之山，涔水出焉，而東流注于邙澤。」是

---

335 《漢書》卷二十八下，〈地理志〉第八下，頁 1621。
336 段玉裁：《說文解字注》，頁 549。

「洂」譌「涔」也。[337]

就《山海經》所見「北嚻之山」，與「涔水」之源頭及所注之卬（印）澤者，是知「洂水」作「涔水」。「洂」字《廣韻》始夜切，書母禡韻；「涔」字鋤針切，崇母侵韻，音韻皆不同，字形結構亦無法對應其相似之處。若以許慎《說文》所載水部「洂」字為本，則《山海經》之水名「涔」則屬誤字。

（二十六）嶓、岷

「嶓」字為山名專名，《說文‧山部》釋云：

𡾋　山在蜀湔氐西徼外。从山嶓聲。

嶓為山名專名，即「嶓山」，透過形符「山」即可表達其為山名之區別義。文獻材料，嶓山多作「岷」字，如《尚書‧禹貢》：「岷嶓既藝，沱潛既道。」[338]錢大昕《說文答問疏證》：

《說文》無岷字，嶓山在湔氐西徼外，是正體。《漢書‧地理志》作「崏」，蓋由嶓而省為崏，復由崏而省為岷。遷變之跡，顯然可尋。[339]

錢氏認為，嶓字為山名專名的本字，而後省攵旁作「崏」，再變換聲形為「岷」字。今本傳世文獻中，亦多作「岷」或「崏」，少見用為「嶓」字。因此，山名「嶓」，已因字形的變易後改作「岷」。

　　嶓山的定位，《說文》作蜀郡湔氐縣，與《漢書‧地理志》、《後漢書‧郡國志》相符。「西徼外」即西方郊區之外，屬《說文》常見的郊野地理定位方式。

---

337 《說文解字詁林》，頁 9-268。
338 《尚書注疏》卷六，〈禹貢〉第一，頁 85。
339 《說文解字詁林》，頁 8-20

（二十七）嵫、嶰、嶩

「嵫」字為山名專名，《說文・山部》釋云：

嵫　山，在齊地。从山狙聲。《詩》曰：「遭我于嵫之間兮。」

嵫字為《說文・山部》山名專名，其地在齊，即今山東半島。釋義作「山，在齊地」，其訓釋方式與〈水部〉云「水。出某地」相同。段玉裁則改作「嵫山也。在齊地。」因為「嵫山」為歷史材料，故《說文》不以漢代地名定位，而是以先秦古國名作為地理定位。

先秦兩漢文獻用例中，罕見山名「嵫」的使用，目前僅見於《詩經・齊風・還》：「子之還兮。遭我乎嵫之間兮。」[340]〈還〉詩是齊地獵人的互相稱讚，並且在「嵫山」裡相遇，說明齊地嵫山屬於當時的田獵場所。但是嵫山之專名，並未傳至後世，因此專名亡佚，但仍保留於《詩經》，許慎將之保留並載於《說文》裡。

桂馥考證嵫山的用例，又說明「嵫」可另作「嶩」、「嶰」：

字或作嶩。《廣韻》：「嶩，平嶩，山名，在齊。」與嵫同。《漢志》：「臨菑名營邱，故〈齊詩〉曰：『子之營兮，遭我虖嶩之間兮。』」顏注：「嶩，山名也。字或作嵫，亦作嶰。」[341]

《漢書・地理志》引〈齊詩〉作「遭我虖嶩之間兮」，與今本《詩經》「遭我乎嵫之間兮」相照，可知同屬从山之「嶩」為假借。「嶩」字《說文》正文未收，《玉篇零卷》則將「嶰、嶩」二字收於「嵫」下，為嵫之異體字。[342]

第五節　結構化地名字之別字例

別字者，即在先秦兩漢文獻用例中，使用與「从邑某聲」專名本字全然

---

340 《詩經注疏》卷八，〈齊風〉，頁 189~1。
341 《說文解字詁林》，頁 8-13。
342 《玉篇零卷》，山部，頁 429。

不同的別字，形符、聲符均與本字不同。《說文》計有十三例見有假借別字的文字用例，「郪、薊」、「邰、嫠」、「邠、豳」、「郁、崛」、「郊、雎」、「鄦、許」、「郾、燕」、「郿、冥」、「𡐦、甾」、「㳛、馮」、「潼、馳」、「泒、滹沱」、「淶、巨馬」。等

（一）郪、薊

「郪」字為邑名專名，《說文·邑部》釋云：

> 𨜅　周封黃帝之後於也。从邑契聲，讀若薊。上谷有郪縣。

《說文》以讀若例之「薊」，除表示讀音之外，亦兼明其通假為「薊」字。考之於《廣韻》，「郪」、「薊」皆為古詣切，見母霽韻，兩字同音。段玉裁注云：

> 〈樂記〉曰：「武王克殷，及商未，及下車，而封黃帝之後於薊。」按：郪、薊，古今字也。薊行而郪廢矣。漢〈地理志〉、〈郡國志〉皆作薊。則其字假借久矣。[343]

蔡信發師對於段注「薊行而郪廢矣」云：

> 段氏以《說文·邑部》之字為正字，段字為今字，並以前者為古字，後者為今字，是實昧於方名衍變之迹，故有此誤。薊義為「芺」，與方名無涉。郪、薊皆屬牙聲見紐、阿攝入聲，二字同音，以薊為方名，乃無本字用字段借，郪則薊之後起形聲方名專字。[344]

「郪」於《說文》屬邑名專名本字，受地名結構化影響而从邑旁。文獻用例中用為無本字假借的「薊」字。因此「郪」之先秦兩漢文獻用例多作「薊」，如《史記·周本紀》：「帝堯之後於薊」[345]、〈項羽本紀〉：「燕將臧荼

343 段玉裁：《說文解字注》，頁287。
344 蔡信發：〈段注《說文·邑部》古今字商兌〉（《輔仁國文學報》第三十四期，新北：輔仁大學，2012年4月），頁60。
345 《史記》卷四，〈周本紀〉，頁127。

從楚救趙，因從入關，故立荼為燕王，都薊。」[346]是以《說文・邑部》「讀若薊」除了兼明通假，也說明「薊」為地名之假借字。

（二）邰、斄

「邰」字為邑名專名，《說文・邑部》釋云：

> 邰　炎帝之後，姜姓所封，周棄外家國。从邑台聲。右扶風斄縣是也。《詩》曰：「有邰家室。」

〈邑部〉邑名專名字「邰」之釋義，直接以其為炎帝後姜姓所封國地釋之，是以歷史資料釋地名專名。許書在釋形之後，復補充了「右扶風斄縣是也」。段玉裁云：

> 周人作邰，漢人作斄，古今語小異，故古今字不同。〈郡國志〉無斄縣。〈郿〉下曰：「有邰亭。」蓋斄縣併入郿也。[347]

在先秦兩漢文獻用例中，「邰」字多指古侯國之名，《史記》、《漢書》則用「斄」，如《史記・曹相國世家》：「從還定三秦，初攻下辯、故道、雍、斄。」〈索隱〉：「〈地理志〉二縣名，屬右扶風。」張守節〈正義〉云：「斄作『邰』，音貽。《括地志》云：『故雍縣南七里。故斄城一名武功，縣西南二十二里，古邰國也。』」[348]《漢書・翟方進傳》：「趙明、霍鴻等自稱將軍，攻燒官寺，殺右輔都尉及斄令。」[349]《漢書・地理志》中央郡級直轄單位「右扶風」有斄縣，而在文獻中，亦多有關於在斄縣發生之資料，且為軍事要塞區，履有軍事衝突。

「邰」，《廣韻》土來切，透母咍韻，上古屬之韻；「斄」，里之切，來母之韻，又音土來切，是知上古二字疊韻。因此古用「邰」字為邑名專名本

---

346 《史記》卷七，〈項羽本紀〉，頁 316。
347 段玉裁：《說文解字注》，頁 287。
348 《史記》卷五十四，〈曹相國世家〉第二十四，頁 2024。
349 《漢書》卷八十四，〈翟方進傳〉第五十四，頁 3437。

字,「鬱」則為無本字地名假借,但習用於後世,即段玉裁所云「周人作邠,漢人作鬱」。

(三)邠、𡶬

「邠」字為邑名專名,《說文‧邑部》釋云:

> 𨙮 周太王國。在右扶風美陽。从邑分聲。𡶬 美陽亭即𡶬也。民俗以夜市,有𡶬山。从山从豩,闕。

許書釋義中,「邠」以先秦國名釋之,復定位於漢地名之「右扶風美陽縣」;而又見重文「𡶬」,再定位為美陽縣之「𡶬亭」。段玉裁認為邠為邑名,𡶬為山名,一如「郂、岐」之例[350];王筠認為𡶬字無重文之法,疑為由山部移來者。[351]《漢書‧地理志》栒邑縣云:「有𡶬鄉,《詩》𡶬國,公劉所都。」[352]《後漢書‧郡國志》栒邑縣亦云:「有𡶬鄉」[353],〈地理志〉及〈郡國志〉均見有「𡶬鄉」,其轄縣與《說文》「美陽」異,「𡶬鄉」與「𡶬亭」之通名所呈現的行政單位亦不同。段氏亦就「邠」字釋義之內容提出五項可疑之處,王筠《說文釋例》:

> 𡶬字,段氏所疑是也。《玉篇》亦云:「在右扶風栒邑」,是書以《說文》為本者也。且以事實度之,太王去邠遷岐以避狄也,豈有不出美陽縣境之理?[354]

根據種種證據均顯示「邠」的地理定位應為右扶風栒邑縣。考之於《中國歷史地圖集》,右扶風美陽縣位於今陝西扶風縣東,屬渭水北岸;栒邑縣則在涇水之北,兩地非為相鄰,也排除了「𡶬亭」或「𡶬鄉」屬縣改隸之可能。許書「美陽」應作「栒邑」為是。

---

350 段玉裁:《說文解字注》,頁 288。
351 余風:《說文解字邑部及其地理文化之研究》(臺中:逢甲大學碩士論文,2006 年),頁 46。
352 《漢書》卷二十八上,〈地理志〉第八上,頁 1547。
353 《後漢書》卷十九,〈郡國志〉一,頁 3409。
354 《說文解字詁林》,頁 5-1263。

「邠」字於文獻用例見《史記‧貨殖列傳》：「自虞夏之貢以為上田，而公劉適邠」[355]《孟子》：「昔者大王居邠，狄人侵。」[356]是知「邠」、「豳」二字在先秦兩漢文獻皆有用例，從邑分聲之「邠」字為邑名專名本字，重文「豳」字用例亦見有「豳山」，是知「豳」應即山名專名，但屬「邠」之重文，雖然一從分聲，一從豩聲，但兩字為重文關係，是知因音近而假借。而受地名結構化影響，「邠」字從邑，為邑名別義者；「豳」則從山，以示山名專名之用。

（四）郁、嵎

「郁」字為邑名專名，《說文‧邑部》釋云：

> 𨛜　右扶風郁夷也。从邑有聲。

「郁」屬中央直轄之右扶風下轄之「郁夷縣」，縣名作「郁夷」。《漢書‧地理志》右扶風下見有「郁夷縣」。《尚書》則見「嵎夷」：

> 乃命羲和，欽若昊天，厤象日月星辰，敬授人時，分命羲仲，宅嵎夷，曰暘谷。[357]

「嵎」字從山禺聲，屬山名專名本字[358]，此作「嵎夷」為假借。《史記‧五帝本紀》引尚書之文，則作「郁夷」：「分命羲仲，居郁夷，曰暘谷。」[359]則與《說文》合。

（五）郯、𦶎

「郯」字為邑名專名，《說文‧邑部》釋云：

---

355 《史記》卷一百二十九，〈貨殖列傳〉第六十九，頁 3261。
356 《孟子注疏》卷二下，〈梁惠王〉（臺北：藝文印書館景印清嘉慶二十一年阮元主刻重刊宋本《十三經注疏》，1997 年），頁 46~1。
357 《尚書注疏》卷二，〈堯典第一〉，頁 21~1。
358 詳見本文第二章第二節〈三　山名專名〉第（一）例「嵎」。
359 《史記》卷一，〈五帝本紀〉，頁 16。

𨛜　河東臨汾地，即漢之所祭后土處。从邑癸聲。

𨛜地許書釋「𨛜」為河東臨汾水之地[360]，且為祭后土之處者，為地名專名本字。而在先秦兩漢文獻用例中，「𨛜」字則見作「脽」者。《漢書·武帝紀》：「十一月甲子，立后土祠于汾陰脽上。」顏師古注云：

> 蘇林曰：「脽音誰。」如淳曰：「脽者，河之東岸特堆掘，長四五里，廣里餘，高十餘丈。汾陰縣治脽之上，后土祠在縣西，汾在脽之北，西流與河合。」師古曰：「二說皆是也。脽者，以其形高起如人尻脽，故以名云。一說此臨汾水之上，地本名𨛜，音與葵同，彼鄉人呼葵音如誰，故轉而為脽字耳，故漢舊儀云葵上。」[361]

顏師古由轉讀的概念試圖解釋「𨛜」與「脽」通假之原因，乃因「𨛜」與「葵」同音，而後地方人士轉讀為「誰」，又轉而為「脽」字。「𨛜」，大徐本作「切唯切」，段玉裁上古韻歸為十五部；「脽」字大徐本示隹切，段氏上古韻亦歸十五部，可知「𨛜」、「脽」二字本有疊韻關係，「𨛜」、「脽」因疊韻而通假，「𨛜」為專名本字，「脽」則為假借字。

（六）鄦、許

「鄦」字為邑名專名，《說文·邑部》釋云：

𨟺　炎帝太嶽之胤，甫侯所封，在潁川。从邑無聲，讀若許。

許書於「鄦」字下釋其歷史淵源，並定位於漢地之「潁川郡」，說明「鄦」為專名本字。釋形之後復以讀若例註明其「讀若許」，例與上引「𨜕」之「讀若薊」相同，皆是兼明假借之例。〈言部·許〉：「聽也。从言午聲。」文獻所見之地名用例，字皆以假借之「許」為主，如《漢書·地理志》潁川

---

360 此「臨汾」作「臨汾水之地」解，非為河東郡臨汾縣。詳參余風：《說文解字邑部及其地理文化之研究》（臺中：逢甲大學碩士論文，2006 年），頁 81。

361 《漢書》卷六，〈武帝紀〉第六，頁 183。

郡之「許縣」云：「故國，姜姓。」[362]邑名專名本字「䣕」，先秦兩漢文獻用例見於《史記・鄭世家》：

> 悼公元年，䣕公惡鄭於楚，悼公使弟睔於楚自訟。[363]

段玉裁認為「䣕」、「許」為古今字：

> 䣕、許，古今字。……潁川郡許，二〈志〉同，漢字作許，周時作䣕。……今《春秋》經、傳不作䣕者，或後人改之，或周時已假借，未可定也。[364]

蔡信發師根據魯實先論述「斤」、「許」、「無」、「䣕」、「𤓰」之論，對於段氏之論提出商兌：

> 後世「𤓰」、「許」二字並行於世，《春秋》經傳作「許」，是承用初文；《史記・鄭世家》作「𤓰」，是以後起形聲方名專字改借字不盡所致。[365]

「許」為假借之初文，而後受地名結構化的影響，從邑造「䣕」字，又與「許」並行於世。

　考之地下材料，西周金文多「䣕」不從邑作「無」，如[圖]〈無㠱簋〉[366]，或有從皿作[圖]〈鄦仲尊〉[367]、[圖]〈鄦姬鬲〉[368]等。東周金文則從邑旁，作〈䣕子盤〉，或增甘形作[圖]〈蔡大師鼎〉[369]、增口作[圖]〈䣕戈〉[370]等形，是可知「䣕」字於東周金文已見有從邑之專名行於世。

---

362 《漢書》卷二十八上，〈地理志〉第八上，頁 1560。
363 《史記》卷四十二，〈鄭世家〉，頁 1770。
364 段玉裁：《說文解字注》，頁 293。
365 蔡信發：〈段注《說文・邑部》之商兌〉，《第十七屆中國文字學全國學術研討會論文集》（臺中：逢甲大學，2006 年 5 月），頁 5。
366 《殷周金文集成》4225。
367 《殷周金文集成》5963。
368 《殷周金文集成》575。
369 《殷周金文集成》2738。
370 《殷周金文集成》11045。

考之於音韻,「許」字《廣韻》虛呂切,曉母語韻;「無」則為武夫切,微母虞韻,兩字皆歸遇攝,上古歸魚韻,是知「許」、「無」二字疊韻。文獻多見「許」之用例,屬無本字地名假借,而西周金文則見有「無」字之用例,亦屬無本字假借。「許」、「無」二字疊韻,音近通假,因此「許」地與「無」地同指一地,均為假借地名字。之後受到地名用字結構化的影響,「無」字從邑旁作「鄦」,成為後起的地名專名本字。因此在地下材料、文獻用例上,均見「許」、「無」、「鄦」之用例,其中又習用「許」字,因此用例相對多數。《說文》釋義則以本字「鄦」字下釋其地名義,復以讀若例「讀若許」兼明通假。

(七)郾、燕

「郾」字為邑名專名,《說文·邑部》釋云:

郾　潁川縣。从邑匽聲。

「郾」字釋義僅云其屬潁川郡之「郾縣」,屬地名專名本字。段玉裁云:

二〈志〉同。前〈志〉曰:「南陽郡雉衡山,澧水所出,東至郾入汝。」郾,今本譌作郾。全氏祖望勘以《水經》正之今河南許州郾城縣是其地。[371]

「郾」用為縣名,而金文亦見有「郾」字,字作 〈燕侯載器〉[372]、〈中山王方壺〉[373]、〈匽侯盂〉[374]等形,通常轉讀為「燕」,用為侯國名。《金文形義通解》:

金文與小篆同構。此燕國名字,西周時止作「匽」,東周文字增

---

371 段玉裁《說文解字注》,頁 294。
372 《殷周金文集成》10583。
373 《殷周金文集成》9735。
374 《殷周金文集成》10305。

「邑」而為燕國專字。後世改作「燕」，殆從秦系文字之故。《說文》專屬之潁川縣名，非是。[375]

地下材料出土大量「郾」、「匽」之文字，大多於今之「燕國」之字，是知古用「匽」，今用「燕」。「匽」、「燕」二字均屬無本字地名假借，而後受到地名結構化的影響，「匽」字從邑作「郾」，成為地名專名本字；而文獻時代之後則習用假借之「燕」字。

　　至於許書釋義僅以「潁川縣」釋之，就《說文》通例而言，並非所有古侯國名均得釋以古侯國名之義；而「郾」與其前、後相次之專名如「郏」、「邡」等字，皆釋云「潁川縣」，均是直接以漢代地名定位之，亦與〈邑部〉部中字序相關。

（八）鄳、冥

「鄳」字為邑名專名，《說文・邑部》釋云：

　　鄳　江夏縣。从邑黽聲。

釋義僅云其屬江夏郡之縣名，作「鄳縣」，屬地名專名字。《漢書・地理志》、《後漢書・郡國志》於江夏郡轄縣均有縣名「鄳」。《後漢書・鄧彪列傳》：「父邯，中興初以功封鄳侯」[376]，是以「鄳縣」亦曾封有侯國，依《漢書・百官公卿表》：「列侯所食曰國」[377]在封侯時期應稱之為「鄳國」。此外，又有地名「黽阨」，段玉裁注云：

　　縣蓋以黽阨得名也。《戰國策》、《史記》二書，或云「黽阨」，或云「黽塞」，或云「黽阨之塞」，或云「鄳隘」，或云「冥阨之塞」，其實黽、冥、鄳一字，阨、隘一字。……黽，古音讀如忙，與冥字為陽庚之轉。

---

375 張世超等編撰：《金文形義通解》（京都：中文出版社，1996 年），頁 1606。
376 《後漢書》卷四十四，〈鄧張徐張胡列傳〉第三十四，頁 1495。
377 《漢書》卷十九上，〈百官公卿表〉第七上，頁 742。

縣名「鄖」，字形單純，未見其他用例，但「鄖陬」則見有相當多的字形，如作「冥」者。《說文》釋「鄖」地時，未以雙音節要塞地名「鄖陬」釋之，僅以漢代縣名「江夏郡鄖縣」為釋，段玉裁認為縣名「鄖」乃因「黽陬得名」，此說可商。考之於「黽陬」之「陬」，《說文》：「塞也」，其字從阜，而《說文》從阜地名多有丘阜、險關要塞之內涵，因此「黽陬」之「陬」具有地名通名的概念，與「塞」、「隘」等地理通名之意義相近。《史記》亦有作「黽塞」及「黽隘」，由上可知不論是「黽陬」、「黽塞」、「黽隘」之「陬」、「塞」、「隘」，均是地理通名字，義近而混用，而非音近之轉。

另外，就地名文字的發展歷程考量之，江夏郡之「黽地」，「黽」為地名假借字，是無本字地名假借，而後受到地名結構化的影響，從邑旁作「鄖」，遂為邑名專名本字。「黽地」立縣之後，縣名作「鄖」。該地又屬地勢險惡之要塞，成為兵家必爭之地，因此地名「黽」又復結合相關之通名「陬」、「塞」、「隘」等作「黽陬」、「黽塞」或「鄖隘」，屬「專名（黽）＋通名（陬／塞／隘）」格式之地名。「黽」又與「冥」音近假借，故又作見有「冥陬」之例。後又因通名專名化，「黽陬」之「陬」從通名專名化，「黽陬」成為雙音節地名，故又有「黽陬之塞」之說。

（九）戴、戋

「戴」字為邑名專名，《說文‧邑部》釋云：

> 戴 故國，在陳留。從邑，㦰聲。

「戴」字見有省略邑形之用例作「戋」[378]，其字又更替邑旁作「載」、「戴」。徐鍇《說文繫傳》補充說明曰：「按：《春秋傳》：『宋以伐戴，召蔡人。』即戴國。」王筠《說文句讀》曰：

> 然故國當作國也。邘、鄦二篆可證。〈地理志〉于漢縣之沿襲古國名者，即說之曰故國。《說文》系字為說，不當云故國也。〈郡國志〉陳

---

378 詳本文第二章第三節〈一　省略邑旁〉第（二十一）例「戴、戋」。

留郡考城，故戴地。〈地理志〉曰：「梁國戴縣，故戴國。《春秋・隱十年》：「宋人、蔡人、衛人伐戴。」三經皆作載，惟《穀梁》音義曰：「載，本或作戴。」古載、戴同音通用，許作戴，葢所據《春秋》固然。[379]

是知「戴」於文獻用例中，有作「載」、「戴」，聲符均作「弋」，形符從邑之外，尚見从車等其他構形。

　　而「戴」字又可作「甾」，段玉裁注云：

　　　前〈志〉云：「梁國甾，故戴國。」後〈志〉云：「陳留郡考城，故戴。」注引〈陳留志〉云：「古戴國，今河南衛輝府考城縣，縣東南五里有考城故城，漢之甾縣，古之戴國也。」甾與戴，古音同。戴，古字；甾，漢字。許云在陳留者，章帝改名考城，屬陳留也。《水經注・汳水》篇曰：「《陳留風俗傳》曰：秦之穀縣，後遭漢兵起邑多災年，故改曰甾縣。王莽更名嘉穀，章帝東巡詔曰：『甾縣名不善，其改曰考城。』」按：莽、章帝不達同音譌字之源委，故不能正為戴字。而《風俗傳》云秦之穀縣，則更無稽之言也。[380]

「戴」字又通「菑」字，段氏論二字「古音同」而發生假借。因此復見用為「甾」字，又見用為「菑」字，皆為「戴」字之借字。上古文獻中，「甾」、「菑」已混用，而在用例中，見有「菑川王賢」，「菑川」即其地望，屬於地名；又見有「臨菑」，即「菑」亦可成雙音節之地名

　　因此，從邑之邑名本字「戴」，於地下材料及文獻用例，因聲音相近，構形相近，復又假借無「弋」、「載」、「戴」、「甾」、「菑」等字，均屬地名假借字之用例。

（十）㴚、馮

　　「㴚」字為水名專名，《說文・水部》釋云：

---

379 《說文解字詁林》，頁 5-1404。
380 段玉裁：《說文解字注》，頁 292。

水。出趙國襄國，東入湡。从水虒聲。

溗水為郡級侯國「趙國」所轄之縣級侯國「襄國」所源出之河流，入於湡河。「溗」為水名專名本字，而文獻中未見「溗水」之記載。段玉裁云：

> 〈前志〉襄國下云：「又有蓼水、馮水。皆東至廣平國朝平入湡。」按：馮水當是溗水之譌。字之誤也。[381]

桂馥《說文義證》亦持相同的看法：

> 水出趙國襄國，東入湡者，〈地理志・趙國〉襄國：「馮水東至搬平入湡。」馮水即溗水。不知何以譌為馮。[382]

段玉裁、桂馥則皆認為「溗」即《漢書・地理志》趙國所轄襄國之「馮水」，並以《說文》為本字，認為〈地理志〉之「馮水」為訛字。「溗」、「馮」，小篆分別作「𣽅、𤲞」，一从水，一从冰，聲符亦不同，構形差異甚遠。而《廣韻》「溗」，息移切，心母支韻；「馮」為扶冰切，又防戎切，並母蒸韻，兩字音讀亦截然不同，因此桂馥云「不知何以譌為馮」。就水名文字構形發展的脈絡而言，从水之「溗」為本字，更替水旁之「馮」者，應屬傳抄之誤。

（十一）潼、馳

「潼」字為水名專名，《說文・水部》釋云：

水。出廣漢梓潼北界，南入墊江。从水童聲。

潼水源自廣漢郡梓潼縣北，《史記》、《漢書》、《後漢書》「潼」皆用為地名，未見水名。而《漢書・地理志》梓潼縣五婦山見有「馳水」：「梓潼。五婦

山，馳水所出，南入涪。」同樣在梓潼縣由北南流的河流，〈地理志〉有馳水南入涪水。應劭於「涪」後補充：「潼水所出，南入墊江。墊音徒浹反。」[383]因此，馳水、涪水、潼水、墊江之間的關係，由上游至下游，應為「馳水→涪水→潼水→墊江」。段玉裁於「潼」下注云：

> 按：馳水、潼水、梓潼水，異名同實。[384]

是知「馳水」及「潼水」，以及《水經注》所見之「梓潼水」，段云「異名同實」，而根據〈地理志〉及《說文》的資料，應屬同一水系的幹支流關係，廣義上亦可視為「異名同實」，即一水二名。

（十二）沠、滹沱

「沠」字為水名專名，《說文・水部》釋云：

> 沠　水。起鴈門葰人戌夫山，東北入海。从水瓜聲。

「沠水」為鴈門郡[385]葰人縣戌夫山之河流專名本字。文獻未見「沠水」用例，但有作「滹沱」者，又作「呼沱」、「虖沱」。段玉裁考之甚詳：

> 戌夫山，即泰戲之山也。〈北山經〉曰：「泰戲之山，虖沱之水出焉，而東流注於漊水。」郭云：「今虖沱水出鴈門鹵城縣南武夫山。」李吉甫曰：「泰戲之山，一名武夫山，在繁峙縣東南，虖沱水出焉。」[386]

「沠」作「滹沱」，嚴可均《說文校議》：

> 「沠」即「呼沱」合聲也。[387]

---

383 《漢書》卷二十八上，〈地理志〉第八上，頁 1597。
384 《說文解字注》，頁 522。
385 《漢書・地理志》葰人屬太原郡，嚴可均認為今本《說文》之「鴈門葰人」為晉時所改，當言水出代郡鹵城。
386 段玉裁：《說文解字注》，頁 548。
387 《說文解字詁林》，頁 9-257。

水名「泒」為从水的專名。上古地名發展脈絡，大多以單字為主，水名則加水旁以示其水名義。及至後世，單音節地名已不敷使用，因此雙音節地名、水名大量取代單音節地名。「滹沱」若合聲作「泒」，或即為「泒」之「瓜聲」的得音之源。但就地名發展而言，雙音節地名合而為單音節者，其例甚少，絕大多數都是由單音節發展成為雙音節地名。《說文》未見「滹」字，而「泒」之釋義「鴈門郡葰人縣」，西漢時葰人縣屬太原郡，東漢時裁併葰人縣，直到西晉才又設置鴈門郡葰人縣[388]。

（十三）淶、巨馬

「淶」字為水名專名，《說文・水部》釋云：

淋　水。起北地廣昌，東入河。从水來聲。幷州浸。

「淶水」之源「北地郡廣昌縣」，《漢書・地理志》廣昌縣屬代郡。此將代郡誤作北地郡，與「滱」下之「北地靈丘」相同。〈地理志〉代郡廣昌縣云：「廣昌。淶水東南至容城入河，過郡三，行五百里。」[389]〈地理志〉之「淶水」，《後漢書・郡國志》則作「巨馬水」：「瓚將步騎三萬人追擊於巨馬水，大破其眾。」[390]《水經注・巨馬河》則云：

巨馬河出代郡廣昌縣淶山。即淶水也。[391]

先秦兩漢文獻用例中，「淶水」、「巨馬水（河）」並見，大抵西漢以前云「淶水」，東漢以後則多稱之為「巨馬水（河）」，屬一水二名之例。

---

388 嚴可均：《說文校議》：「今此作鴈門葰人，考葰人，西漢屬太原，東漢省入鹵城，晉復置葰人，屬鴈門，則鴈門葰人乃晉人語，或校者以《字林》改《說文》，因涉晉事矣。」《說文解字詁林》，頁9-257。

389 《漢書》卷二十八下，〈地理志〉第八下，頁1622。

390 《後漢書》卷七十三，〈劉虞公孫瓚陶謙列傳〉，頁2362。

391 《水經注疏》，頁1111。

第六節　結構化地名字未見用例者

　　未見用例者，在《說文》結構化地名專名本字中，於在先秦兩漢文獻及地下材料暫未發現相關的地名專名字用例。換句話說，該專名本字僅存在於《說文》，而於文獻及地下材料亦難考其地理相關資料。此類地名，大部份於許慎成書當時就沒有更進一步的資料，因此釋義僅云「地名」、「水名」、「阜名」等訊息。其中〈山部〉所見十一例山名專名本字中，於先秦兩漢文獻皆見用例；而〈阜部〉所見十五例丘阜專名本字，則有達六例專字於先秦兩漢文獻未見用例。

一　未見邑名用例

　　〈邑部〉所見從邑專名本字在文獻未見用例者，計有三十三例，分別為「郖、叩、部、郞、郖、郎、郱、鄂、鄿、郢、鄀、鄯、䣝、䣊、刨、邜、郖、郇、郊、邱、娜、邢、邝、鄄、䣛、䣂、炢、䡆、䢊、屾、鄇、郵、鄾」等字。其中「刨、邜、郖、郇、邱、娜、邢、邝、鄄、䣛、䣂、炢、䡆、䢊、屾、鄇、鄾」。在《說文》的釋義上，僅釋云「地名」，而未見其他更詳細的地理定位以及歷史考證，說明了在許書成書之時，這些專名並未有更詳盡的資訊，僅憑其從邑之偏旁，依例歸納其為「地名」。因此，在文獻及地下材料中，也無法獲得更多的地名用例資訊。

　　另外，〈邑部〉未見地名用例者，從釋義內容分析，除了只云為「地名」者，其餘大部份皆是「鄉、里、亭、聚」等小地名。這部份的資料，對於漢代縣級以下的地名資訊的補充非常重要。如：

　　郖　右扶風鄠鄉。從邑且聲。
　　䣊　河東聞喜聚。從邑虡聲。
　　郖　汝南邵陵里。從邑自聲。
　　郢　南陽西鄂亭。從邑里聲。

　　此四地「郖、郖、郖、郢」，依行政區劃而言，地理資訊分別為「右扶風鄠縣郖鄉」、「河東郡聞喜縣郖聚」、「汝南郡邵陵縣郖里」、「南陽郡西鄂縣

郢亭」，其餘釋為「鄉、里、亭、聚」者，尚有「邔、邸、郱、鄂、鄭、鄩、鄭、邞、郰」等專名。依漢代地理制度，最高層級為州，其次為郡（或郡級侯國），其次為縣（或縣級侯國），縣下則有鄉、里、亭、聚等基層單位，每單位負責之事務不盡相同[392]。而在先秦兩漢文獻及地下材料中，人文活動中所見的地名資料，大多是範圍較廣的，或國名，或郡名，或縣名，縣級以下的小地名，並不常見。《漢書‧地理志》及《後漢書‧郡國志》所載的地名，對於縣級以下的小地名亦未全盤羅列，僅舉其重要者而列之。

因此，《說文》部份專名，因小地名的因素，不見於先秦兩漢文獻用例，但卻透過《說文》系統化的收錄從邑專名，因而保留至今，並能與〈地理志〉、〈郡國志〉以及所載之小地名互為參考，補足先秦兩漢之小地名資訊。

二　未見水名用例

〈水部〉所見水名專名字中，大部份的專名字皆見文獻，另外有部份的用例雖於先秦兩漢文獻未見，但可於《水經注》發現相關資料。僅有十例水名於先秦文獻及《水經注》皆無用例，包括：「瀙」、「汋」、「濼」、「沇」、「洇」、「淉」、「湏」、「淲」、「汝」、「汙」等字。此十例專名字，《說文》釋義僅云「水也」。因為許慎未詳其地理訊息，又無文獻資料可以對應，《水經注》亦無相關資料，亦無字形結構相近之資料可互證，因此目前大多僅能存疑，或做為漢代河流材料僅見於《說文》之用例。

三　未見阜名用例

《說文》於〈阜部〉所見之地名專名字，於釋義上多屬丘阜專名字，計有十五例。其中六例從阜專名，於先秦兩漢文獻及地下材料，皆未見用例。另外八例，則僅見用為本字，未見其他構形。於釋義上，未見用例之丘阜專名多有完整的地理定位，卻無文獻相佐證，亦可說明《說文》保存了漢代丘阜名之基本資料。

---

392 余風：《說文〈邑部〉及其地理文化之研究》第五章第一節〈邑名通名與先秦兩漢地方行政區劃的關係〉（臺中：逢甲大學碩士論文，2006 年），頁 259-271。

（一）⿰阝無

「⿰阝無」字為丘阜專名，字从阜無聲，《說文．阜部》釋義：

 弘農陝東陬也。从𨸏無聲。

《說文》「⿰阝無」之地理定位為「弘農陝東陬」，即弘農郡陝縣之東陬。「陝」已見於上文分析；「⿰阝無」為「陝縣」轄區之地名，因此部中字序列於「陝」字之後。「陬」，《說文．阜部》：「阪隅也。」段玉裁注云：

謂阪之角也。……引申為凡隅之偁。陬與隅疊韵為訓。[393]

是知阜名通名之「陬」與「阪」為相同之地形，依上文「隴」、「⿰阝衣」之釋義可知「阪」為整座山脈之坡地，而「陬」則為「阪」地形之一角，而後「陬」字有引申為角落、偏遠之地之意。因此「⿰阝無」為弘農郡陝縣之東側阪之陬，由此亦知「陝縣」本身即屬「阪」之地形，但《說文》於「陝」之釋義中未交待說明，亦未以「阪」之地形釋之。

目前在先秦兩漢文獻用例上，未有「⿰阝無」之用例，《漢書．地理志》及《後漢書．郡國志》於弘農郡陝縣下亦未註明，本字僅存於《說文》。

（二）⿰阝卷

「⿰阝卷」字為丘阜專名，《說文．阜部》釋義云：

河東安邑陬也。从𨸏卷聲。

《說文》釋義定位於「河東安邑陬」，即河東郡安邑縣之「陬」。由上文知，「陬」為阪阜之隅，「⿰阝卷」既為安邑縣之「陬」，則安邑縣應有「阪」之地形。

---

393 段玉裁：《說文解字注》，頁 738。

〈阜部〉之「隖」及「陠」二字，釋義均云「某郡某縣之陬也」，此例與邑名釋義「某郡某縣之亭」、「某郡某縣之鄉」之義界方式相同。但是關於此二字所釋之「陬」，說文學者有持不同看法者。如桂馥《說文義證》：

> 河東安邑陬也者，《玉篇》：「陠，河東安邑縣。」《廣韻》：「陠，河東安邑聚名。」《集韻》：「陠，聚名，在河東。或作隙。」[394]

王筠《說文句讀》於「隖」字下云：

> 《玉篇》：「隖，陝縣。」此及陠下陬字，未詳何義，或阪之訛。[395]

馬敘倫《說文解字六書疏證》：

> 倫按：尋字次似王說為長。阪譌為陬，校者以陬字不可通，改為聚耳。[396]

釋義上，認為「隖」及「陠」之「陬」當為「聚」或「隙」者，多依《玉篇》以及宋代之《廣韻》、《集韻》所校。考之《說文》地名專名之釋義，以「聚」為釋者有二，如〈水部〉「洭」字：「水。出桂陽縣盧聚。」意即桂陽郡桂陽縣盧聚；以及〈邑部〉「鄐」：「河東聞喜聚。」意即河東郡聞喜縣鄐聚，其通名層級皆在「縣級」以下，地位同於鄉[397]。其中〈邑部〉之「鄐」，字從邑，釋為聚名，則其地名當屬邑名專名，與上、下文從邑專名之屬性相同。

以許慎《說文》「分別部居，不相雜廁」的編纂原則，同一部首、相同類型之正文，皆會安排在同一部首，並依其關係之遠近相次。因此〈邑部〉所見專名，絕大多數為邑名專名，且部中字序具地理脈絡。相對的，〈山部〉所見多為山名專名，〈水部〉所見多為水名專名。〈阜部〉之「隖」及

---

394 《說文解字詁林》，頁 11-509。

395 《說文解字詁林》，頁 11-508

396 《古文字詁林》，頁 826。

397 余風「〈說文地理通名字探析〉，《第二十二屆中國文字學國際學術研討會會後論文集》（臺北：聖環書局，2012 年），頁 15。

「隇」二字，釋義若為「聚」名，則此二從阜之地名將成為邑名專名，與上、下文皆為丘阜專名有所矛盾，亦非《說文》列字次序與部中字序之體例。

〈阜部〉「陝」字釋義云「弘農陝也。」字面上僅知「陝」為弘農郡之縣名，屬邑名專名，但同為〈阜部〉之「隇」，釋義為「弘農陝東陬也」，且「陬」見於《說文・阜部》，釋義為「阪隅」，是阜名通名之屬，是知通名「陬」用於專名之釋義並無疑義；且由「隇」之釋義「弘農陝東陬也」，說明「隇」為陝縣東側之阪隅，此一「阪」必位處陝縣，既為陝縣之阪，其名稱則為「陝阪」，是知「陝」亦屬阜名專名。因此，《說文》釋義以「陬」義界之「隇」、「隇」二篆，就其從阜之字形結構，以及〈阜部〉部中字序之排列關係而言，以阜名通名之「陬」字釋之，既能說明「隇」、「隇」二字為〈阜部〉所見阜名專名，亦能合於上下篆皆為丘阜專名之屬性。

（三）陪

「陪」為丘阜專名，《說文・阜部》釋義云：

> 𨸏　大𨸏也。一曰右扶風鄘有陪𨸏。从𨸏告聲。

陪之釋義云「大𨸏也」，則「陪」屬阜名通名；釋義結束後再以補充說明例之「一曰」將「陪」定位於「右扶風鄘縣」，又將「陪」義界為阜名專名。但考之於《說文》通例，〈阜部〉所見阜名通名，皆列於部首之前，自「隴」以下則皆為地名專名，因此於體例不合。段玉裁於「大𨸏也」下注云：

> 前云大𨸏曰「陵」矣。此云大𨸏曰陪，未聞。[398]

段玉裁無法解釋「陪」釋「大阜」之原因。王筠就《說文》通例判斷，認為釋義遭改。《說文釋例》：

---

398 段玉裁：《說文解字注》，頁 742。

阰下云「大阜也，一曰右扶風鄠有阰阜」，蓋一曰以下乃原文。讀者
以阰是阜名，改為阜也，率意加大耳。案：自𨸍至阮，凡九字，皆舉
其名以實之，而又舉郡名以定之。阰，繼其後例，當同文。故知其為
原文也。設誠為大阜，則當與陵、𨸏二字同列於首，乃得其次。校者
掇拾之，反以正義為別義。《玉篇》祇云「大阜也」，《廣韻》引《說
文》亦然，則祇據刪改之本，未見真本也。《集韻》引如今本。[399]

關於「阰」之列字次序王筠論之甚詳，並依體例認為「右扶風鄠有阰阜」之
一曰語，當為釋義之正文，如此則能與其他阜名專名同為一類並列字之。

通查先秦兩漢之文獻用例，未見有「阰」用為阜名專名之用例，也因此
無法考證「阰」之更多地理資料。目前僅能依《說文》所云「右扶風鄠縣」
之「阰阜」為據。

（四）陚

「陚」字為丘阜專名，《說文‧阜部》釋義云：

　　陚　　丘名。从𨸏武聲。

〈阜部〉之「陚」、「陙」、「汀」三字，釋義均僅云「丘名」，與〈邑部〉
「郫」等字僅云「地名」、〈水部〉「淶」、「㴩」等字僅云「水也」，均是無
法詳加地理定位之地名專名，因此僅能依其字形結構與地名專名之關係，以
「丘名」、「地名」、「水名」等義界之。目前文獻中，亦無「陚」之阜名專名
用例。

（五）陙

「陙」字為丘阜專名，《說文‧阜部》釋義云：

　　丘名。从𨸏貞聲。

陻字釋義僅云「丘名」，未知其詳細地理定位。朱駿聲《說文通訓定聲》：

> 疑即《爾雅》：「之水出其右正邱也。」但正邱，《釋名》又作沚邱。[400]

以「正」通「陻」，乃由音讀上之考量，但缺乏例證，文獻亦無「陻」之用例可證。

（六）阞

「阞」字，《說文・阜部》釋義云：

> 𨸏　丘名。从𨸏丁聲。讀若丁。

「阞」字亦無詳細之地理定位，《說文》釋義僅云「丘名」。先秦兩漢之文獻用例亦無「阞」之阜名用例。桂馥《說文義證》：

> 邱名者，通作定。〈釋邱〉：「左澤定邱」。[401]

桂氏從《爾雅・釋邱》同為丘阜專名之「定邱」，認為與「阞」通用。但僅孤證，缺乏其他證據，可備一說。

---

400 《說文解字詁林》，頁 11-512。
401 《說文解字詁林》，頁 11-513。

第三章
非結構化地名專名字

第一節　《說文》所見非結構化地名專名

　　除了〈邑部〉、〈水部〉、〈山部〉及〈阜部〉所見結構化的地名專名字，《說文》亦見有大量非从邑、水、山、阜偏旁的地名文字，即本文所云「非結構化地名專名」。文字的造字速度，趕不上語言發展的速度，其中也包括地名文字在內。在先秦時期，已透過大量借用現有文字用為地名，而後復加繁文以別義，或結合通名表達其功能。到了小篆系統，進入了結構化階段，《說文》所見邑、水、山、阜等專名，是為地名所造的結構化專名本字。但是大多數的地名，已不再造字，亦不增加偏旁或繁文。地名不斷發展，也不斷借用既有的漢字假為地名，且以雙音節地名居多。任何的漢字，都有可能被借為地名的可能，且緊密結合通名，更能精確表達地名的屬性

　　在這樣的條件下，《說文解字》除了〈邑部〉、〈水部〉、〈山部〉及〈阜部〉之外的非結構化地名專名，在許慎的釋義裡，計有八十一例。其中十二例非結構化專名，《說文》於其正文的本義釋義即為地名，是為〈邑部〉、〈水部〉、〈山部〉及〈阜部〉之外的非結構化地名專名之本字，包括「亳」、「秦」、「冀」、「螽」、「姜」、「鹽」、「姬」、「姚」、「姺」、「嬀」、「氏」、「堣」、「坶」等字。除了這十三例地名本字外，其餘不从邑、水、山、阜偏旁的非結構化地名專名，《說文》釋義均先釋其本義，再於釋義之後「補充說明」其地名之假借義。如「莽」字釋義：「艸多皃。从艸狋聲。江夏平春有莽亭。」「莽」之本義為「草多之貌」，許書復於釋形之後，補充了江夏郡平春縣有「莽亭」，屬漢代縣級以下的行政單位。

　　《說文》地名假借字的補充釋義中，體例多以「某地有某」的方式加註之。也因此，自清儒以來，不少學者懷疑這些補充說明的地名文字為後人所加。畢竟，尚有更多非結構化地名專名在《說文》釋義中並未被提及。具體原因及數量，則需進一步研究，本文暫時不論。

　　根據本文統計，《說文》所見非結構化地名專名字，其中屬「雙音節」

地名佔了三十七例，比例達六成以上；而雙音節地名又以「邑名」居多數，計有四十九例。所釋邑名之級別中，又以「縣名」居多，計有二十三例，其次則為「亭名」，計有九例。

第二節　非結構化之地名專名本字

　　《說文》所見非結構化地名專名本字見，見有十三例：「亳」、「秦」、「冀」、「盇」、「鹽」、「姜」、「姬」、「姚」、「姺」、「媯」、「氏」、「塙」及「坶」字。此十三例地名專名在《說文》釋義均直接云其為地名，且釋義之方式與邑名、水名、山名及丘阜名等結構化地名專名本字相同。其中「盇」為山名專名，「姜」、「姚」、「姬」、「鹽」為水名專名、「氏」為丘阜專名，其餘則為邑名專名。因此，此十三例非結構化地名專名字雖不從邑、水、山、阜，但在地名的形義上仍屬地名專名之本字。而「姜」、「姬」、「姚、「媯」、「姺」均見於〈女部〉，是非結構化地名所見部首之字數最多者。

（一）亳

　　「亳」字為邑名專名，見於〈高部〉，《說文》釋云：

　　　　亳　亳，京兆杜陵亭也。从高省，乇聲。

《說文》亳字釋義與〈邑部〉邑名專名之釋義例相同，直接釋以地名義，並以「某郡－某縣－鄉、里、亭、聚」的釋義格式釋「亳」之地名義。「京兆杜陵亭」，即指漢代之京兆尹杜陵縣亳亭，則「亳」為漢代之亭名，屬邑名專名。唯字不從邑，屬非結構化專名本字。

　　亳字見於甲、金文，甲骨文作「𩫏」，朱歧祥：「用為祭祀地名，習稱『亳土』」[1]，如《合集》28108：「其又燎亳土，又雨？」

　　先秦兩漢文獻用例中，「亳」字均用為商湯所遷之「亳」，其中單就專名專字「亳」直接呈現者為多，例如《尚書·胤征》：「自契至于成湯。八遷。

1　朱歧祥編纂，余風等合編：《甲骨文詞譜》（臺北：里仁書局，2013年），頁3-476。

湯始居亳。」[2]其次，先秦兩漢文獻用例亦有將「亳」字結合通名者，如
《左傳・襄公十一年》：「秋七月己未，同盟于亳城北。」[3]其例作「亳城」；
《左傳・襄公三十年》：「鳥鳴于亳社。」[4]其例則作「亳社」。作為殷商故城
之亳，與大邑商相同，是一座具有完整機能的城市，也包括了宗祠。但是
《說文》釋義所云「亳亭」，則非殷商之亳。段玉裁〈注〉云：

> 〈六國表〉：「湯起於亳」，徐廣曰：「京兆杜有亳亭。」錢氏大昕《史
> 記考異》曰：「〈殷本紀〉湯始居亳。」皇甫謐曰：「梁國穀熟為南
> 亳，湯所都也立政。」三亳皆非京兆之亳亭。……按：許不言三亳，
> 而獨言杜陵亳亭者，正為其字從高，則以此亭當之也。[5]

段玉裁從部首的角度，認為「亳」隸於〈高部〉，字形結構亦從高，因此以
杜陵之「亳亭」釋之。王筠則認為乃「古義失傳」的遷就：

> 〈高部〉亳下云：「京兆杜陵亭也。」亭名乃與高字形意有合。顧商
> 時無所謂亭，而有三亳，將何所從哉？此古義失傳而許君遷就其說
> 耳。[6]

所謂「古義」者，蓋指殷商時三亳之義，是否為因其地已失，故強以杜陵縣
之亳亭釋之？仍可商之。

　　東漢時期做為殷商時期的「亳」，其地名已不復存在，《史記》、《漢書》
亦未復見其用例，僅於《說文》知「亳」字用為縣級以下之亭名。

（二）秦

　　「秦」字為邑名專名，見於〈禾部〉，《說文》釋云：

---

2 《尚書注疏》卷七，〈夏書〉，頁 107。
3 《左傳注疏》卷三十一，頁 543。
4 《左傳注疏》卷四十，頁 692。
5 段玉裁：《說文解字注》，頁 230。
6 王筠：《說文釋例》，《說文解字詁林》頁 5-223。

秦，伯益之後所封國。地宜禾。从禾舂省。一曰秦，禾名。𥤚，
籀文秦从秝。

秦為先秦諸侯國名，《說文》面對諸侯國名之材料，並不全數釋其具有國名
之淵，例如於「周」釋下釋云「密也」，於「楚」下釋云「叢木」也。但於
「秦」字下，直接釋以「伯益之後所封國」之侯國名假借義後，復云「地宜
禾」，是知「秦」為地名本字。古籍用例中，「秦」均用為侯國之名，未見國
級以下之郡、縣級地名之用例。

　　就構形而言，「秦」字已見於甲骨文，字作「　　」，金文秦字構形大致
不變，作「　　」（《秦公簋》）。商承祚：「甲骨文及史秦鬲皆作兩手持杵而舂
禾。以其形誼求之，殆舂禾為其誼。」[7]朱歧祥：「象雙持杵舂米。……卜辭
用為地名。」[8]「秦」字構形以雙手持杵舂米為象，而在古文字的用例中，
則不見舂米之義，均用為地名。

（三）冀

　　「冀」字為邑名專名，見於〈北部〉，《說文》釋云：

冀　北方州也。从北異聲。

冀字从北，許書直接以「北方州也」釋之，即承《尚書・禹貢》「冀州既
載」[9]，是為地名專名本字。用為地名之「冀」，用例有指自然地理分類之大
範圍的區域者，約在今河北、北京、天津一帶之地。除了獨用專名「冀」字
外，亦有結合其他通名，如結合「州」作「冀州」；又如《尚書・五子之
歌》：「惟彼陶唐，有此冀方。」[10]則是結合「方」字作「冀方」。此皆為
《說文》釋義之「北方州也」。

　　此外，「冀」之地名用例亦有作一般地名者。《漢書・地理志》於中央郡

---

7 李圃主編：《古文字詁林》（上海：上海世紀出版社，1999 年），頁 6-658。以下簡作《古文字詁
　林》，頁某。
8 朱歧祥編纂，余風等合編：《甲骨文詞譜》（臺北：里仁書局，2013 年），頁 2-297。
9 《尚書注疏》卷六〈夏書・禹貢〉，頁 77-3。
10 《尚書注疏》卷七〈夏書・五子之歌〉，頁 101-1。

級直轄區「左馮翊」下有「夏陽」縣，云：「有鐵官，莽曰冀亭。」[11]《後漢書・郡國志》河東郡亦有「冀亭」：「皮氏有耿鄉。有鐵，有冀亭。」[12]此一「冀亭」亦產鐵，位於河東郡皮氏縣。考之於漢代地理區劃，左馮翊夏陽縣與河東郡皮氏縣，兩縣相鄰，並以河水為界，約為今陝西韓城市及山西省河津市。因此，〈地理志〉及〈郡國志〉所載東、西兩漢之「冀亭」，蓋指一地，或地理區劃調整，或因黃河河水改道，導致西漢屬左馮翊夏陽縣的「冀亭」，到了東漢則改隸為河東郡皮氏縣。又，〈郡國志〉皮氏縣以「耿鄉」、「冀亭」並舉，其中「鄉」、「亭」皆為漢代縣級之下的管理層級，因此「冀亭」的地名結構中，「冀」為邑名專名，「亭」則為具有監察性質之邑名通名[13]，屬「專名（冀）+通名（亭）」之地名結構。[14]

（四）崟

「崟」字為山名專名，《說文》歸屬〈屾部〉，而〈屾部〉又次於〈山部〉。《說文》釋云：

> 崟　會稽山。一曰九江當崟也。民以辛、壬、癸、甲之日嫁娶。从屾余聲。

崟字釋云「會稽山」，即會稽郡轄內山名專名「崟山」，其字則為專名本字。字从屾。屾者，《說文》：「二山也。」饒炯《說文部首訂》：

---

11 《漢書》卷二十八上，〈地理志〉第八上，頁 1545。
12 《後漢書》卷十九，〈郡國志〉第一，頁 3405。
13 余風：〈《說文解字》地理通名字探析〉，《第廿二屆中國文字學國際學術研討會會後論文集》（臺北：聖環圖書公司，2011 年），頁 35。
14 就「冀」的字形結構而言，非如其他專名結合山、水、邑、阜等篇旁做為後起形聲地名專字，而是「从北異聲」。徐灝《說文解字注箋》：「灝按：冀當自有本義，而用為地名。魯語曰：『吾冀而朝夕修我。』韋注：『冀，望也。』引申之義為冀幸。王粲〈登樓賦〉：『冀王道之一平兮』。冀猶幸也。李元長不知其義，遂謂冀與覬同耳。冀从北，北古背字，蓋從後有所仰望之義。孫叔然釋州名亦尚未確也。」（《說文解字詁林》，頁 7-374）。「冀」字除用為地名專名，亦用為「希望」之義。季旭昇《說文新證》於「冀」之形構分析曰：「疑為『異』的分化字，繼承『敬慎』之意。假借為冀州名。」（《說文新證》〔福州：福建人民出版社，2010 年〕，頁 674。）若然，則「冀」之義從「敬慎」的概念引申為「希望」之義，又借為地名之用。而《說文》釋義僅就其地名專名字訓之，未釋其「希望」之義。然本文以《說文解字》所釋之本義為主，《說文》釋「冀」為「北方州也」，未見其他用義，根據《說文》釋義，本文將「冀」字視為專名本字。

據部屬「厽」為山名，從屾觀之，本取山義而無涉於二山，足證屾亦山之繁文，非同珏從二玉、皕從二百指事之例。[15]

《說文》之〈屾部〉僅次於〈山部〉，其領字亦僅「厽」一字。又根據「厽」之釋義為「山名」，與〈山部〉山名專字之釋義相同，字亦未見於其他先秦兩漢文獻用例中，因此「厽」字為從重山旁之後起山名專字，專指山名。

　　但就「厽」之地名用義中，許書釋義一舉「會稽郡」之山名「厽」，是為山名專名；其次又以「一曰例」指九江郡之縣名「當厽」，則又借為地名專名。唯小本當厽作「當塗」，《說文》則不收「塗」字，段玉裁以「古今字」的概念釋之：

> 厽、塗，古今字。故今《左》作「塗」，〈封禪書〉云：「管仲曰：『禹封泰山，禪會稽。』」〈吳越春秋〉曰：「禹登茅山以朝群臣，乃大會計，更名茅山為會稽。」劉向〈上封事〉曰：「禹葬會稽。」蓋大禹以前名厽山，大禹以後則名會稽山。故許以今名釋古名也。[16]

通檢上古文獻，會稽郡之山名未見作「厽」，字皆作「塗」。《漢書·地理志》及《後漢書·郡國志》，於九江郡下之縣名亦作「當塗」。是知文獻用例均作「塗」，〈土部·塗〉：「泥也」，用為地名則屬假借；「厽」則屬本字。

（五）鹽

「鹽」為水名專名，見於〈鹽部〉，《說文》釋云：

> ![鹽篆] 河東鹽池，袤五十一里，廣七里，周百十六里。從鹽省古聲。

「鹽」字之本義許書釋云「河東鹽池」，是知「鹽」字即為地名專名本字，用為「鹽池」之水名專名。一般水名專名多為「河流」、「湖泊」或「水泉」

---

15 《說文詁林》頁 8-72。
16 段玉裁：《說文解字注》，頁 446。

等，「鹽」為「鹽池」之專名，屬於較為特殊的專名。段玉裁注云：

> 〈地理志〉河東郡安邑：「鹽池在西南。」〈郡國志〉亦云：「安邑有
> 鹽池。」……杜注《左氏》、郭注《惶天子傳》皆曰鹽者，鹽池。然
> 則鹽池古者謂之鹽，亦曰鹽田。[17]

《漢書・地理志》及《後漢書・郡國志》河東郡安邑縣皆云有「鹽池」，但
未見「鹽」字，《說文》則可用為安邑鹽池之專名作「鹽」之補充。

　　先秦兩漢文獻中，「鹽」之用例亦見於《史記・貨殖列傳》：「猗頓用盬
鹽起。」索隱云：「『盬』謂出鹽直用不煉也。一說云『盬鹽』，河東大鹽；
散鹽，東海煮水為鹽也。」[18]《說文》釋「鹽」為地名專名本字，故「盬
鹽」一詞之理解，「盬」即地名專名，「盬鹽」即「盬地所產之鹽」，與司馬
貞索隱所引「一說云河東大鹽」之義較為吻合。

（六）姜

　　「姜」字為水名專名，見於〈女部〉，《說文》釋云：

> 羗　　神農居姜水，以為姓。从女羊聲。

《說文・女部》之「姜」、「姬」、「姚」、「嬀」等字均為地名專名之姓氏之
名。如「姜」釋云神農氏所居之「姜水」，則「姜」字用為水名專名，而後
再因以為姓。「姜水」為「專名（姜）＋通名（水）」之水名結構，但完整的
地名則不見於先秦文獻之用例中，僅《水經注・渭水篇》載有「姜水」：

> 岐水又東，逕姜氏城南為姜水。按：〈世本〉：「炎帝，姜姓。」〈帝王
> 世紀〉曰：「炎帝，神農氏，姜姓。」母女登遊華陽，感神而生炎
> 帝，長于姜水，是其地也。[19]

---

17 段玉裁：《說文解字注》，頁572。
18 《史記》卷一百二十九，〈貨殖列傳〉第六十九，頁3259。
19 《水經注疏》，頁1535。

依酈道元之考證，姜水為岐水之下游，有姜氏城，屬渭水流域，地在關中。

姜字構形从女羊聲，金文字作 𦭭〈魯侯盉蓋〉[20]、𦭝〈椒氏車父壺〉[21]。《金文形義通解》：「金文『姜』字或从母；母、女詞同源，字同根。……簋銘王姜，乃同后妃，姜姓。」[22]金文用例，姜字均用為國族名及姓氏，文獻用例亦同，而其國族姓之地即《說文》所釋之姜水，因此本文定義為「國邑之名」，屬邑名專名之本字。

（七）姬

「姬」字水名專名，見於〈女部〉，《說文》釋云：

> 𤫩 黃帝居姬水，以為姓。从女臣聲。

「姬」字於〈女部〉之部中字序次之於「姜」，釋義方式與「姜」字相同，先釋「姬水」為「黃帝」所居之處，再引以為姓，則「姬」為水名，作「專名（姬）+通名（水）」之格式。

先秦兩漢文獻用例，不見「姬水」，僅見記載上古黃帝所居之「姬水」，材料與《說文》所見相同。字形結構从女臣聲，金文常見，字作𠂤〈伯作姬觶〉[23]，亦用為姓氏。因此《說文》於「姬」字下僅釋其水名及其姓氏之義。

（八）姚

「姚」字為邑名專名，見於〈女部〉，《說文》釋云：

> 𤲃 虞舜居姚虛，因以為姓。从女兆聲。或為姚嬈也。史篇以為姚易也。

---

20 《殷周金文集成》9408。

21 《殷周金文集成》9669。

22 張世超等編撰：《金文形義通解》（京都：中文出版社，1996 年），頁 2822。

23 《殷周金文集成》6456。

「姚」之釋義格式與「姜」、「姬」同，唯「姜」屬姜水，「姬」屬姬水，而「姚」則云為「姚虛」，屬「專名（姚）+通名（虛）」之地名格式，「姚虛」即姚地古城已荒廢之地[24]。虞舜因姚虛而以其為姓。

「姚」字除了用為虞舜所居姚虛外，漢代除了姓氏，亦見地名用例，如會稽郡轄有「餘姚縣」，屬雙音節地名，《說文》則未云。

（九）媯

「媯」字為水名專名，見於〈女部〉，《說文》釋云：

> 𡜟　媯，虞舜居媯汭，因以為氏。从女為聲。

「媯」字於〈女部〉次於「姚」字，同樣以地名而為姓、氏名為釋義內容。「媯」為虞舜所居之「媯汭」，而後以其地名專名為氏名。《史記·五帝本紀》：「舜飭下二女於媯汭。」張守節〈正義〉云：

> 括地志云：「媯汭水，源出蒲州河東南山。」許慎云：「水涯曰汭。」
> 案：〈地記〉云：「河東郡青山東山中有二泉，下南流者媯水，北流者汭水。二水異源，合流出谷，西注河。媯水北曰汭也。」[25]

是知「媯」、「汭」皆為水名專名，並出於一源，因此統而言之為「媯汭」，析言之則北流為「汭水」、南流為「媯水」。此為「媯汭」用為水名專名之內涵。

（十）姺

「姺」字為邑名專名，用為國族名，見於〈女部〉。《說文》釋云：

> 𡚽　殷諸侯為亂，疑姓也。从女先聲。《春秋傳》曰：「商有姺、
> 邳。」

「姚」字亦屬〈女部〉所見上古侯國之名。其中「疑姓也」三字，嚴可均《說文校議》：「許無用疑字例」[26]，從《說文》通例判斷「疑」字應非許書用語。段玉裁云：「嬀、姚是國名，故曰疑。疑者不定之詞也。姚从女，蓋以姓為國名。」[27]「姚」為周興之時殷商舊族叛亂之國族，且與「邳」國合稱。《左傳・昭公》：「夏有觀、扈，商有姚、邳，周有徐、奄。」注云：「二國，商諸侯。邳，今下邳縣。」[28]杜注僅定位「邳」字，而未定位「姚」國之地理位置。

（十一）氏

「氏」為丘阜專名，《說文》屬部首字，釋義云：

> 氒　巴蜀山名岸脅之旁箸欲落墭者曰氏。氏崩，聞數百里。象形，乁聲。凡氏之屬皆从氏。揚雄賦：「響若氏隤。」

「氏」之釋義為巴蜀一帶之山崖之上搖搖欲墜貌的地形，用為阜名專名。因此段玉裁改正文作「巴蜀山岸脅之自旁箸欲落墭者曰氏。」即山崖上欲墜不墜的小土堆。其用又作「阺」、「坁」。段玉裁：

> 其字亦作「坁」，亦作「阺」。〈自部〉曰：「秦謂陵阪曰阺。」阺與氏，音義皆同。揚雄〈解嘲〉曰：「響若坁隤。」應劭曰：「天水有大坂，名曰隴坁，其山堆傍箸崩落作聲聞數百里，故曰坁隤。」……古隴阺亦作隴坁，與巴蜀之氏形小異，而音義皆同。阺、坁字同氏，聲或从氏聲，而丁禮切者，字之誤也。[29]

氏之地理定位有二說，《說文》云「巴蜀」，但未有具體定位之描述；應劭則定位於天水郡之大坂。從構形用例的角度，用為阜名專名字的「氏」，字又

---

26 《說文解字詁林》，頁 10-20。
27 段玉裁：《說文解字注》，頁 619。
28 《春秋左傳注疏》卷四十一，〈昭公〉，頁 700-1。
29 段玉裁《說文解字注》，頁 634。

從土作「坘」，從阜作「阺」，從土、從阜旁皆為丘阜專名常見通例，而「氐」為丘阜專名本字，「坘」、「阺」則屬假借。

（十二）堣

「堣」字為邑名專名，《說文・土部》釋云：

> 堣　堣夷，在冀州陽谷。立春日，日值之而出。從土禺聲。《尚書》曰：「宅堣夷」。

許書於堣字釋義先云「堣夷」，表其為雙音節地名，因此先列全名，再予以地理定位於「冀州陽谷」。不過在構形上，從土之「堣」字，又從山作「嵎」，或不從偏旁作「禺」。段玉裁論之甚詳：

> 〈山部〉嵎下曰：「首嵎山在遼西。一曰嵎銕，嵎谷也。」「嵎」、「銕」、「嵎」三字皆與此異，「嵎」當作「禺」。蓋「堣夷暘谷」者，孔氏古文如是。「禺銕嵎谷」者，今文《尚書》如是。今〈堯典〉作：「宅嵎夷」、曰：「暘谷」。依古文而「堣」譌「嵎」，恐衛包所改耳。《玉篇》、《唐韵》皆作「堣」。可證。〈堯典〉音義曰：「《尚書》考靈曜及《史記》作「禺銕」。《尚書》正義卷二曰：「夏矦等書古文宅堣夷，堣作嵎者，譌為宅嵎鐵。」嵎鐵即禺銕之異字。凡緯書皆用今文。故知許〈土部〉所偁為古文。〈山部〉為今文。[30]

「堣夷」又作「嵎銕」、「禺銕」、「嵎夷」、「嵎鐵」，另外又從邑有聲作「郁夷」[31]，顯為雙音節聯綿詞的特性，在聲音相同的條件下，具有不固定的字形的表達，亦是在小篆以前古文字形不固定所遺留下的脈絡。雖然段玉裁嘗試以古今字區別，以「孔氏古文」對比「今文《尚書》」，以《說文》〈土部〉用古文對比〈山部〉用今文，皆是從現有文獻材料所載字形所做的回溯及推測。

---

30 段玉裁：《說文解字注》，頁 689。
31 詳見本文第二章第五節〈結構化地名字見用別字例〉第（四）例「郁、嵎（郁夷、嵎夷）。

（十三）坶

「坶」字為地名專名，《說文・土部》釋云：

> 坶　朝歌南七十里地。《周書》：「武王與紂，戰于坶野。」从土母聲。

「坶」字釋義明確指出其專名之屬性為「野地」，並以精確之里程數字以相對方位將「坶」字地理定位於「朝歌南七十里地」。「坶」之構形，則又見其置換聲符作「坶」，或見用別字例作「牧」。段玉裁云：

> 《禮記》及《詩》作「坶野」，古字耳。此鄭所見《詩》、《禮記》作「坶」，《書・序》祇作「牧」也。許所據〈序〉則作「坶」，蓋所傳有不同，「坶」作「坶」者，字之增改也。每亦母聲也。[32]

「坶」作「坶」段氏認為僅為單純的「字之增改也」，尚不涉及假借或一字多形。而作「牧」者，則聲符、形符皆換，已屬別字例。桂馥《說文義證》：

> 馥案：「坶」，牧聲相近，本書：「母，牧也。」又案：《周書・酒誥》：「明大命于妹邦。」馬注：「妹邦即牧養之地。」《周禮・載師》以「牧田任遠郊之地。」〈釋地〉：「邑外謂之郊，郊外謂之牧，牧外謂之野。」

「坶野」、「坶地」作「牧野」、「牧地」，以專名而言，「坶」、「牧」皆為地名專名，兩字音相近，故相假借則為上古地名別字例之合理狀況。然則以「郊外謂之牧」釋「牧」之地名意義，則「牧野」、「牧地」將成為「通名+通名」之罕見且無法解釋之格式。

　　就文字構形而言，「坶」字為非結構化之地名專名本字，而〈牛部・牧〉釋云「養牛人也」，是以「牧」字用為地名則為假借字。

---

32 段玉裁：《說文解字注》，頁 689。

第三節　非結構化之假借地名字

　　所謂「非結構化之假借地名字者」，即該地名文字並非專名本字，而另有其本形本義，又復借用為地名字。這類的地名字，《說文》於釋義時不會直接釋之以地名之義，大多在釋形之後，另外補充「某地有某」。就文字構形而言，這類地名皆為假借義，非屬从邑、从水、从山及从阜之「結構化專名本字」，亦無法從構形判斷該地名之屬性為城邑、河流、山丘或丘阜等。本節就其假借之地名屬性，歸納為假借為縣名、假借為鄉名、假借為亭名、假借為水名、假借為山名、假借為里名、假借為國族名，以及假借為普通地名等八大類別說明之。

一　假借為縣名

（一）蘄

　　「蘄」字見於〈艸部〉，《說文》釋云：

> 蘄　艸也。从艸，靳聲。江夏有蘄春亭。

蘄字為草名專名，《說文》僅義界為「艸也」，未具體言明其形貌。復於釋形後補充「江夏有蘄春亭」，依《說文》地理定位之例，其補充為「江夏郡蘄春縣」之「蘄亭」，但「蘄」之用例多為縣名。段注本《說文》則改作「江夏有蘄春縣」，釋云：

> 見〈地理志〉。縣，各本作亭，今正。凡縣名系於郡，亭名、鄉名系於某郡某縣。[33]

段玉裁根據《說文》地理定位體例，正其文為「蘄春縣」。

　　蘄在上古文獻多見用為地名，如《史記・吳王濞列傳》：「以騎將從破布軍蘄西，會甄。」〈索隱〉：「地名也，在蘄縣之西。」[34]《漢書・高帝紀》：「陳涉起蘄。」顏師古〈注〉引蘇林曰：「蘄音機，縣名，屬沛國。」[35]《漢書・地理志》沛郡有縣三十七，於「蘄」縣下自註云：「垠鄉。高祖破黥布。都尉治。莽曰蘄城。」[36]沛郡於東漢已有封侯，故蘇林云曰沛國。

　　《說文》所云「江夏蘄春亭」（當依段注本作蘄春縣），亦見於《漢書・地理志》「江夏郡」所列十四縣之列。「蘄春」為雙音節地名，位於今武漢一帶，《說文》依雙音節地名之例亦列全名「蘄春」。但於文獻上，位於今山東省的「蘄縣」為陳涉起兵之地。而許書於地名的補充或專字釋義，多以單字專名優先，就文字及先秦兩漢文獻用例而言，「蘄」字之補充當先云「沛郡（國）有蘄縣」，復云「江夏有蘄春亭」為宜。

（二）茬

　　「茬」字見於〈艸部〉，《說文》釋云：

　　　　茬　艸皃。从艸在聲。濟北有茬平縣。

本字「茬」之義為艸的樣子，而又假借為地名作「茬平縣」，許書於釋形後補充釋義云其屬濟北郡之茬平縣。段玉裁注云：

　　　　茬，俗作「茌」。〈地理志〉泰山郡茬縣，應劭曰：「茬山在東北。音淄。」東郡茬平縣，應劭曰：「在茬山之平地也者。」司馬彪〈郡國志〉茬平屬濟北國，注曰：「本屬東郡。」[37]

《漢書・地理志》於「泰山郡」及「東郡」下均見「茬」用於縣名，泰山郡

---

34 《史記》卷一百六，〈吳王濞列傳〉第四十六，頁 2821。

35 《漢書》卷一，〈高帝紀〉第一，頁 9

36 《漢書》卷二十八上，〈地理志〉第八上，頁 1572。

37 段玉裁：《說文解字注》，頁 240。

作「茬縣」，東郡作「茬平縣」。及至東漢，茬平縣從東郡改隸屬「濟北國」，故《說文》以東漢時之情況補充釋義之。唯「茬」除了許書所云「茬平」之複音節地名外，「茬」亦獨用為縣名「茬縣」以及山名專名「茬山」，字形又因形近而作「茌」，如《史記・酷吏列傳》：「尹齊者，東郡茌平人。」[38]若以地名之假借義而言，本文以為，《說文》當以西漢東郡之茬縣優先釋義，「濟北有茬平縣」改作「東郡有茬縣」為佳。

（三）𠮙

「𠮙」字見於〈口部〉，《說文》釋云：

 高气也。从口九聲。臨淮有𠮙猶縣。

𠮙字从口，本義訓為高气之意。而字又假借為地名，與「猶」字結合為雙音節地名，許書於釋形後補充臨淮郡有「𠮙猶縣」。《漢書・地理志》臨淮郡轄二十九縣中有「厹猶」[39]縣，字作「厹」。「厹」字亦見《說文・九部》。《史記》、《戰國策》等文獻又作「仇猶」，《史記・樗里子甘茂列傳》：「智伯之伐仇猶」索隱云：「《戰國策》云：『智伯欲伐仇猶，遺之大鍾，載以廣車。』以『仇猶』為『厹由』。韓子作『仇由』，〈地理志〉臨淮有「厹猶縣」也。」正義引《括地志》：「并州盂縣外城俗名原仇山，亦名仇猶，夷狄之國也。[40]是知《說文》所云「𠮙猶」，又作「厹猶」、「仇猶」、「仇由」。「𠮙」、「厹」、「仇」三字《廣韻》皆巨鳩切，上古屬幽韻，三字同音且字形相近，是而通假，並用為地名。

（四）讘

「讘」字見於〈言部〉，《說文》釋云：

38《史記》卷一百二十一，〈酷吏列傳〉第六十二，頁3148。
39《漢書》卷二十八上，〈地理志〉第八上，頁1589。
40《史記》卷七十一，〈樗里子甘茂列傳〉第十一，頁2308。

    譶   多言也。從言聶聲。河東有狐讘縣。

讘字本義為「多言」之意，許書於釋形後補充說明河東郡有縣名曰「狐讘」，是以字又假借為雙音節地名。《漢書‧地理志》河東郡轄縣二十四中亦見「狐讘」[41]，字與《說文》同，《後漢書‧郡國志》則未復見有狐讘，其地名僅存在於西漢之時。

（五）詌

    「詌」字見於〈言部〉，《說文》釋云：

    䛡   詌詌多語也。从言丮聲。樂浪有詌邯縣。

「詌」之本議即「詌詌多語」，朱駿聲《說文通訓定》：「亦作諵、作喃、作㖂」[42]。詌字又假借為地名，屬樂浪郡之「詌邯」縣專名，為雙音節地名。《漢書‧地理志》及《後漢書‧郡國志》樂浪郡下均見縣名「詌邯」。而在先秦兩漢文獻用例中，《後漢書‧循吏列傳》：「王景，字仲通，樂浪詌邯人也。」[43]目前先秦兩漢之材料亦僅此一筆為記地理之事以外之篇章見有「詌邯」之例者。

（六）雋

    「雋」字見於〈隹部〉，《說文》釋云：

    雋   肥肉也。从弓，所以射隹。長沙有下雋縣。

「雋」之釋義云「肥肉」，段玉裁改作「鳥肥也」[44]。字又假借為地名專名

---

41 《漢書》卷二十八上，〈地理志〉第八上，頁 1550

42 《說文解字詁林》，頁 3-635。

43 《後漢書》卷七十六，〈循吏列傳〉第六十六，頁 2464。

44 段玉裁：《說文解字注》：「各本作肥肉也。今依《廣韻》。《廣韻》不云《說文》，然必《說文》善本也。不言鳥，則字何以從隹？」頁 145。

作「下雋」，為縣名，屬長沙郡，亦見於《漢書‧地理志》與《後漢書‧郡國志》，先秦兩漢文獻用例亦皆為「下雋」，未見假借為其他字。

（七）沓

「沓」見於〈曰部〉，《說文》釋云：

> 𣶏　語多沓沓也。从水从曰。遼東有沓縣。

沓之本義為多言之形容詞，先秦兩漢文獻用例亦多用為語多沓沓之意。《說文》於釋形後補充遼東郡有沓縣，唯《漢書‧地理志》遼東郡十一城以及《後漢書‧郡國志》遼東郡十八縣下，均見縣名「沓氏」[45]為雙音節地名[46]，《說文》釋義原文應作「遼東有沓氏縣」。

（八）觻

「觻」字見於〈角部〉，《說文》釋云：

> 觻　角也。从角樂聲。張掖有觻得縣。

許書於觻字之釋義云為角的一種，桂馥《說文義證》云：「角也者，角下有闕文。《集韻》：『獸角鋒曰觻。』《玉篇》：『麋角有枝曰觻，無枝曰角。』所言即觻字義。」[47]而許書於「觻」之釋形後，補充其字又假借為地名「觻得」，屬雙音節地名，位於張掖郡之觻得縣。《漢書‧地理志》張掖郡所轄十縣見有「觻得」，云：「千金渠西至樂涫入澤中。羌谷水出羌中，東北至居延入海，過郡二，行二千一百里。」應劭曰：「觻得渠西入澤羌谷。」[48]則「觻得」縣境，另有河渠名曰「觻得渠」，「觻得」二字可為邑名專名，又為

---

45 《漢書》卷二十八下，〈地理志〉第八下，頁1629；《後漢書》卷二十三，〈郡國五〉，頁3529。
46 《漢書》卷二十八下，〈地理志〉第八下「沓氏」集解：「應劭曰：『氏，水也。長答反。』顏師古曰：『凡言氏者，皆謂因之而立名。』」頁1629
47 《說文解字詁林》，頁4-925。
48 《漢書》卷二十八下，〈地理志〉第八下，頁1613。

水名專名。

（九）觬

「觬」字見於〈角部〉，《說文》釋云：

    觬   角觬曲也。从角兒聲。西河有觬氏縣。

觬之本義，許書釋義云為角之觬曲，即彎曲不正。復於釋形之後補充釋義其亦假借為地名，作「觬氏」，為西河郡之縣名。段玉裁於「西河有觬氏縣」下云：

    前〈志〉有，後〈志〉無，蓋省併也。前〈志〉「氏」作「是」。按，「是」、「氏」古多通用。〈覲禮〉：「大史是右」，古文「是」為「氏」。[49]

桂馥《說文義證》亦云「『氏』、『是』聲近。「觬氏」僅見於《漢書·地理志》，《後漢書·郡國志》無，則許書此字又以西漢之地理定位。不過〈地理志〉西河郡之縣名作「觬是」，段玉裁已證之「是」、「氏」古常見通用。

（十）椶

「椶」字見於〈木部〉，《說文》釋云：

    椶   木也。从木叕聲。益州有椶縣。

椶為木名的一種，是其本義，許書復於釋形後補充釋義椶字假借為地名，屬益州郡之縣名。《漢書·地理志》益州郡轄二十四縣有「母椶」，云：「橋水首受橋山，東至中留入潭，過郡四，行三千一百二十里。莽曰有椶。」又益

州郡「勝休」縣下云：「河水東至毋棳入橋。」[50]先秦兩漢文獻用例則作「毋棳」。段玉裁注云：「棳上當有毋。〈地理〉、〈郡國〉二志益州皆有母棳縣。」[51]

（十一）楟

「楟」字見於〈木部〉，《說文》釋云：

> 楟　木也。从木弄聲。益州有楟棟縣。

楟之本義，許書釋義為木的一種，而復於釋形之後補充「楟」亦假借為地名，作「楟棟」，為雙音節地屬，屬益州郡之縣名。徐鍇《說文繫傳》云：

> 臣鍇曰：「益州縣，蓋因此木為名也。許慎所稱縣名，皆謂與字義相涉，則引之皆後漢之制。[52]

「楟」為木的一種，徐鍇則認為縣名之命名來自於其地多產楟木，可備一說。然則縣名為雙音節字「楟棟」是否等同於木名「楟」，可商。《漢書・地理志》益州郡有縣名曰「弄棟」[53]，字不從木，《後漢書・郡國志》則作「楟棟」，與《說文》合，故徐鍇認為「則引之皆後漢之制」。地名「楟」之先秦兩漢文獻用例亦見於《後漢書・南蠻西南東列傳》：「建武十八年，夷渠帥棟蠶與姑復、楪榆、楟棟、連然、滇池、建伶、昆明諸種反叛。」[54]其中「楟棟」與姑復、楪榆、連然、滇池、建伶、昆明等「諸種反叛」，而〈西南夷列傳〉所云「諸種」之名，亦皆為《漢書・地理志》及《後漢書・郡國志》益州刺史部一帶之縣名。是知在漢王朝中央勢力深入西南夷之前，楟棟、楪榆等專名應為西南夷之諸國族或部落之名，及至漢代平定西南夷，以

---

50 《漢書》卷二十八上，〈地理志〉第八上，頁 1601。
51 段玉裁：《說文解字注》，頁 243。
52 《說文解字詁林》，頁 5-596。
53 《漢書》卷二十八上，〈地理志〉第八上，頁 1601。
54 《後漢書》卷八十六，〈南蠻西南夷列傳〉第七十六，頁 2846。

族名為縣名，而縣名之字則採用國族名稱的擬音漢字，此亦為漢民族對方外諸國專名命名常見之法，因此西南夷一帶之縣名專名，多與中原地區縣名用字及條例不同。

（十二）楨

「楨」字見於〈木部〉，《說文》釋云：

　　楨　剛木也。从木貞聲。上郡有楨林縣。

从木之楨字，其本義亦指剛硬、剛堅之木。小徐本《說文》徐鍇曰：「亦築牆兩頭橫木也。」[55]楨字又用假借為地名字，屬雙音節地名作「楨林」，《說文》補充其地理位置為上郡之楨林縣。《漢書・地理志》及《後漢書・郡國志》於上郡轄縣亦均見有楨林縣之記載。此外，《漢書・地理志》於雲中郡另載有「楨陵縣」[56]，字亦作「楨」，但《說文》未云。

（十三）朸

「朸」字見於〈木部〉，《說文》釋云：

　　朸　木之理也。从木力聲。平原有朸縣。

朸之本義釋為木之紋理、節理，許書復於釋形後補充地名釋義，則「朸」字亦假借為地名字，屬平原郡之縣名。《漢書・地理志》平原郡轄十九縣亦見有「朸縣」[57]，至《後漢書・郡國志》則不復見「朸縣」，是知東漢已省併其縣。《說文》乃就西漢之地理區劃而云。

---

55 《說文解字詁林》，頁 5-645。
56 《漢書》卷二十八下，〈地理志〉第八下，頁 1620。
57 《漢書》卷二十八上，〈地理志〉第八上，頁 1579。

（十四）伶

「伶」字見於〈人部〉，《說文》釋云：

　　伶　弄也。从人令聲。益州有建伶縣。

伶字之本義，許書訓其為戲弄之意。又於釋形後補充說明益州郡有縣名為
「建伶」，則「伶」字假借為地名專名，與「建」字合為雙音節地名。《漢
書·地理志》及《後漢書·郡國志》亦皆見益州郡收有「建伶縣」。

（十五）酇

「酇」字見於〈邑部〉，《說文》釋云：

　　酇　百家為酇。酇，聚也。从邑贊聲。南陽有酇縣。

酇之本為為地名通名，屬百家為一單位之聚落。許書復於釋形之後補充其亦
假借為地名「酇縣」，位於南陽郡。《說文·邑部》見有一百六十九個邑名專
名本字，其釋義皆為地名之邑，唯「酇」字雖从邑，但本義為通名之屬，地
名僅為其假借義，故當分別視之，本文將其歸為「非結構化地名」之列。
　　《漢書·地理志》於「南陽郡」及「沛郡」皆見有縣名「酇」，就地名
用字而言當屬兩地同名之例。小徐本《說文》於〈邑部·鄌〉字云：「沛國
縣。从邑盧聲。今酇縣。」[58]段玉裁於「酇」下注云：

　　　　漢〈地理志〉南陽郡酇侯國。孟康曰：「音讚。」按：南陽縣作「酇」；
　　　　沛郡縣作「鄌」，許二字畫然不相亂也。在沛者，後亦作酇。[59]……文
　　　　帝至莽之酇侯，皆在南陽，故〈地理志〉於南陽云「酇，侯國」；而
　　　　沛郡酇下，不云侯國，為在沛者不久。

---

58 《說文解字詁林》，頁 5-1358。
59 段玉裁：《說文解字注》，頁 286。

《漢書・地理志》於南陽郡之酇縣下云「侯國」，而南陽酇縣，於《史記》、《漢書》，乃至於東漢時皆有封「酇侯」之記錄[60]；沛郡之「酇」，原作「酂」，為漢高祖五年封沛郡出身的蕭何為酇侯之地[61]，《史記・高祖功臣侯者年表》「酇國」，〈索隱〉云：「劉氏云：『以何子祿嗣，無後，國除。』」[62]

（十六）窳

「窳」字見於〈穴部〉，《說文》釋云：

窳　污窬也。从穴㼌聲。朔方有窳渾縣。

窳之本字，許書以「污窬」釋其義，嚴可均《說文校議》疑「污窬也」下脫「一曰嬾也」，段玉裁云：

> 污窬，蓋與污衺同。亦謂下也。……此等「窳」皆訓「惰嬾」，亦皆污窬引伸之義。[63]

而「窳」字同時也假借為地名「窳渾」，屬朔方郡之縣名。《漢書・地理志》朔方郡下云：「武帝元朔二年開。西部都尉治窳渾。莽曰溝搜。屬并州。」又於「窳渾」縣下云：「有道西北出雞鹿塞。」[64]《史記・衛將軍驃騎列傳》：「都尉韓說從大將軍出窳渾。」[65]西漢塑方郡之窳渾縣位於邊境，西部都尉駐於此。《後漢書・郡國志》「塑方郡」則未見「窳渾」之縣名，《後漢書・和和孝殤帝紀》：「夏六月，車騎將軍竇憲出雞鹿塞。」註云：「今在朔方窳渾縣北。」[66]《後漢書》正文亦未云「窳渾」，僅云原窳渾境內之塞名

---

60 例如《後漢書》卷十六，〈鄧寇列傳〉第六：「建武元年正月……今遣奉車都尉授印綬，封為酇侯，食邑萬戶。敬之哉！」頁 601。

61 《史記》卷五十三，〈蕭相國世家〉第二十三：「漢五年，既殺項羽，定天下，論功行封。羣臣爭功，歲餘功不決。高祖以蕭何功最盛，封為酇侯。」頁 2015。

62 《史記》卷十八，〈高祖功臣侯者年表〉第六，頁 892。

63 段玉裁：《說文解字注》，頁 349。

64 《漢書》卷二十八下，〈地理志〉第八下，頁 1619。

65 《史記》卷一百一十一，〈衛將軍驃騎列傳〉第五十一，頁 2926。

66 《後漢書》卷四，〈孝和孝殤帝紀〉第四，頁 168。

「雞鹿塞」，是知東漢「窳渾」縣已整併於鄰縣之境。

（十七）歃

「歃」字見於〈欠部〉，《說文》釋云：

> 歃 縮鼻也。从欠翕聲。丹陽有歃縣。

「歃」之釋義「縮鼻也」，王筠《說文句讀》：

> 歃與吸同意，其引气入內亦同，惟吸气自口入，歃气自鼻入，為不同耳。吸者口無形，故曰內息也；歃者作意如此，則鼻微有形，故曰縮鼻。縮者，蹙也。[67]

許書於釋形後復補充釋義「歃」字亦假借為地名，屬丹陽郡。《漢書・地理志》丹陽作「丹揚」；《後漢書・郡國志》丹陽郡下亦見有縣名「歃」。先秦兩漢之文獻用例上，「歃」則多用於人名。

（十八）狋

「狋」字見於〈犬部〉，《說文》釋云：

> 狋 犬怒皃。从犬示聲。一曰犬難得。代郡有狋氏縣。讀又若銀。

狋字本為犬發怒的樣子，許書於釋形後補充其字假借為地名「狋氏」，屬雙音節地名，為代郡之縣名。《漢書・地理志》代郡狋氏縣下云：「莽曰狋聚」[68]，其縣在新朝曾降格為聚名。此外，其餘文獻則未見有地名「狋」之用例。

---

67 《說文解字詁林》，頁 7-840。
68 《漢書》卷二十八下，〈地理志〉第八下，頁 1622。

（十九）獷

「獷」字見於〈犬部〉，《說文》釋云：

獷　犬獷獷不可附也。从犬廣聲。漁陽有獷平縣。

「犬獷獷」者，意指犬類之兇惡，本義用為形容詞。許書於釋形後補充說明「獷」字亦假借為地名「獷平」，屬雙音節地名，為漁陽郡之縣名。《漢書·地理志》及《後漢書·郡國志》漁陽郡下皆見有縣名「獷平」。而於其他先秦兩漢文獻中，則未見有「獷」字用於地名之例。

（二十）庣

「庣」字見於〈广部〉，《說文》釋云：

庣　開張屋也。从广乇聲。濟陰有庣縣。

《說文》釋「庣」為開張屋，段玉裁注云「謂屋之開張者也。」[69]許書復於釋後補充釋義庣字又假借為縣名，位於濟陰郡（國）。《漢書·地理志》濟陰郡轄九縣，有「秅縣」，字作从宀作「秅」，王筠《說文句讀》：

〈地理志〉作「秅」。案，當作「窊」，從宀猶從广也。[70]

是以《說文》所載為从广「庣」字，而因字形相近相混，故又从宀作「秅」。今文獻多用「秅」字，如《後漢書·霍光金日磾列傳》：「遺詔金日磾為秅侯」[71]，則「秅」縣又曾封為侯國。《後漢書·郡國志》濟陰郡未復見「秅縣」，但於「成武縣」下云：「故屬山陽。有郜城。」注云：「《地道

---

69 段玉裁：《說文解字注》，頁449。
70 《說文解字詁林》，頁8-117。
71 《漢書》卷六十八，〈霍光金日磾列傳〉第三十八，頁2933。

記》有『秅城』。」[72]是知東漢時期「秅縣」已省併至「成武縣」,《說文》所云「濟陰有庉縣」,乃就西漢之狀況所云。

(二十一) 揖

「揖」字見於〈手部〉,《說文》釋云:

> 🔧 取水沮也。从手胥聲。武威有揖次縣。

揖之本義許書釋云「取水沮」,應作「取水具」,王筠《說文句讀》:

> 小徐《韻譜》如此,《玉篇》、《廣韻》同大徐,具作沮。嚴氏曰:「以偏旁求之,揖,祭具也。」則沮字誤。[73]

而在釋形之後,《說文》補充說明其字又假借為地名,為「揖次」,屬武威郡之雙音節縣名。「揖次縣」地名用例僅見於《漢書·地理志》及《後漢書·郡國志》。〈地理志〉除了武威郡轄縣有「揖次」外,另於武威郡轄縣「蒼松」縣下云:「南山,松陝水所出,北至揖次入海。」[74]

(二十二) 靬

靬字見於〈革部〉,《說文》釋云:

> 靬 靬,乾革也。武威有麗靬縣。从革干聲。

靬字釋義云「乾革也」,又復說明其字假借為雙音節地名「麗靬」,用為縣名作「麗靬縣」。地名釋義置於釋形之前。其中「武威有麗靬縣」,《漢書·地理志》及《後漢書·郡國志》之「麗靬縣」皆屬張掖郡。王筠《說文句

---

72 《後漢書》卷二十一,〈郡國志〉第三,頁 3457。
73 《說文解字詁林》,頁 9-1342。
74 《漢書》卷二十八下,〈地理志〉第八下,頁 1612。

讀》：

> 嚴氏曰：「兩漢〈志〉麗靬屬張掖。晉〈志〉屬武威，此亦云武威者，武帝元鼎六年分武威、酒泉地置張掖、敦煌郡。許或據未分時圖籍，否則校者依《字林》改也。」[75]

依漢代郡治變化，原西域僅設置武威、酒泉二郡，而後再分出張掖、敦煌二郡。《漢書・張騫李廣利傳》：「而漢始築令居以西，初置酒泉郡，以通西北國，因益發使抵安息、奄蔡、犛靬、條支、身毒國。」顏師古曰：「自安息以下五國皆西域胡也。犛靬即大秦國也。張掖驪靬縣，蓋取此國為名耳。驪、犛聲相近，靬讀與軒同。」[76]又，《後漢書・西域傳》：「大秦國一名犂鞬。」[77]按此則《說文》所載「麗靬」，文獻上又見「犛靬」、「驪靬」、「犂鞬」，皆古大秦國之別名，屬音譯借字，故各家用字有所不同。《說文》所見「麗」字又作「犛」、「驪」、「犂」；「靬」又作「鞬」，《廣韻》皆為居言切，兩字同音通假。

（二十三）虘

「虘」字見於〈虍部〉，《說文》釋云：

> 虘 虎不柔、不信也。从虍且聲。讀若䣜縣。

虘之釋義云虎之不柔且不信也，此為其本義。而後附以讀若例云「讀若䣜縣」，以「明其音讀」之例標明「虘」之讀音與漢代「䣜縣」之「䣜」相同。「䣜縣」之「䣜」，小徐本作「酇」。《漢書・地理志》沛郡所轄三十七縣之「贊縣」，自註云「莽曰贊治」，顏師古注云：「此縣本為䣜，應音是也。中古以來借酇字為之耳，讀皆為䣜，而莽呼為贊，則此縣亦有贊音。」[78]《說文繫傳考異》云：

75《說文解字詁林》，頁 3-864。

76《漢書》卷六十一，〈張騫李廣利列傳〉第三十一，頁 2694。

77《後漢書》卷八十八，〈西域傳〉第七十八，頁 2919。

78《漢書》卷二十八上，〈地理志〉第八上，頁 1572。

按《漢書・地理志》注本作「酇」，王莽改曰「贊治」，遂以「酇」為「鄼」皆通也。[79]

「酇」、「鄼」皆為从邑之專名，又彼此互通，文獻則以「鄼」字之字頻為多。段玉裁則曰：「酇、酇皆盧聲，然則古音本在五部。沛人言酇若昨何切，此方言之異而盧讀同之。」此以方言觀點釋之。

有關「酇」、「鄼」之論，詳參本文第二章第四節〈五　更替聲符〉第（五）例「鄼、酇」之論。

（二十四）盩

「盩」字見於〈幸部〉，《說文》釋云：

> 盩　引擊也。从幸，攴見血也。扶風有盩厔縣。

盩字本義許書釋為引而擊之，其字又假借為地名字，作「盩厔」，為雙音節地名，屬郡級中央直轄區「右扶風」所轄之縣名。因其地位屬政治中心，因此多見有皇城相關之館舍建築，《漢書・地理志》右扶風「盩厔」縣下云：「有長楊宮，有射熊館，秦昭王起。靈軹渠，武帝穿也。」[80]而在先秦兩漢文獻用例中，亦常見「盩厔」，如《漢書・東方朔傳》：「則三輔之地盡可以為苑，何必盩厔、鄠、杜乎？」[81]將「盩厔縣」與「鄠縣」、「杜陽縣」並舉，亦可見盩厔縣之地位。今中國大陸「盩厔縣」因簡體字的推行，改作「周至縣」。

（二十五）浂

「浂」字見於〈水部〉，《說文》釋云：

---

79 《說文解字詁林》4-1335。
80 《漢書》卷二十八上，〈地理志〉第八上，頁 1547。
81 《漢書》卷六十五，〈東方朔傳〉第三十五，頁 2847。

水 水出常山石邑井陘，東南入于泜。从水交聲。邡國有洨縣。

「洨」字原為水名專名之本字，其本義即為河流專名「洨水」，根據《說文》釋義，洨水源頭為常山郡石邑縣之井陘，東向流入泜水。許書復於釋形之後，補充釋義曰「邡國有洨縣」。段玉裁云：

> 沛國洨，見後〈志〉。前〈志〉作沛郡洨。凡言有者，皆別於上文之義。應劭云：「洨縣，洨水所出，南入淮河。」是別一洨水也。[82]

段氏根據《說文》非屬專名本字之假借地名字，釋義多補充於正文釋義後，且文例多作「某地有某」云「凡言有者，皆別於上文之義」。是以雖从水之「洨」字本亦為地名，屬性為河流之水名，但「洨」字亦假借為沛國之地名。因沛國之「洨」地與常山郡水名「洨」屬同字，但所屬郡縣距離過遠，兩地皆無關聯，因此「洨」字就沛國縣名「洨縣」而言，則為假借字；若就常山郡「洨水」而言，屬从水之水名專名本字。

（二十六）鹵

「鹵」字為〈鹵部〉之部首，《說文》釋云：

> **鹵** 西方鹹地也。从西省象鹽形。安定有鹵縣。東方謂之*庼*，西方謂之鹵。凡鹵之屬皆从鹵。

鹵之本義為西方鹹地，即產鹽之鹵地。許書於釋形後補充說明「鹵」亦假借為地名字，即安定郡之縣名「鹵」。鈕樹玉《說文解字校錄》：

> 左氏《傳》魯昭公元年：「晉荀吳帥師敗狄于大鹵。」《公羊傳》作大原。[83]

---

82 段玉裁：《說文解字注》，頁 545。
83 《說文解字詁林》，頁 9-969。

此為「鹵」於先秦文獻用例之證。而《漢書・地理志》安定郡下轄二十一縣中有「鹵縣」，云：「灈水出西。」[84]至《後漢書・郡國志》安定郡則不復見有鹵縣，是已省併。

二　假借為鄉名

（一）訇

「訇」字見於〈言部〉，《說文》釋云：

> 訇　駭言聲。从言勻省聲。漢中西城有訇鄉。又讀若玄。訇　籀文不省。

許書釋「訇」之本義為「駭言聲」，段玉裁改作「駭言聲」，云：

> 駭，各本作駭，依《韵會》訂此本義也。引申為匎訇大聲。[85]

訇字又假借為地名通名，位於漢中郡西城縣，屬鄉名，作「訇鄉」。不過文獻目前無「訇」之用例，《說文》所見鄉名，可用為漢代鄉名材料之補足。

（二）宕

「宕」字見於〈宀部〉，《說文》釋云：

> 宕　過也。一曰洞屋。从宀，碭省聲。汝南項有宕鄉。

「宕」釋義，許書云其為「過也」，並附一曰義「洞屋」。其字另借為地名，大徐本作「汝南郡項有宕鄉」，即汝南郡項縣所轄之鄉名「宕」；小徐本作作

---

84 《漢書》卷二十八下，〈地理志〉第八下，頁 1615。
85 段玉裁：《說文解字注》，頁 98。

「汝南有項宕鄉。」[86]段玉裁注云：

> 汝南郡項縣，〈地理志〉、〈郡國志〉同。《春秋經》之項國也。今河南
> 陳州府項城縣是其地。[87]

《漢書・地理志》及《後漢書・郡國志》之「汝南郡」三十七縣均見有「項
縣」，但縣名下未註有鄉、里、亭、聚之名。今《說文》云汝南郡項縣下有
鄉名「宕」，則可補足漢代縣轄以下之地名。

　　「宕」字借用為地名專名者，另見有「宕渠」，屬雙音節地名，為巴郡
之縣名「宕渠縣」[88]，而許書補充地名釋義則未云。

（三）猒

　　「猒」字見於〈犬部〉，《說文》釋云：

> 𤝗　小犬吠。从犬敢聲。南陽新亭有猒鄉。

猒之釋義為小型犬之叫聲，許書又於釋形後補充說明假借為地名，屬於南陽
郡新野縣之鄉名。段玉裁注云：

> 野，各本作亭，今正。南陽郡新野縣，見〈地理志〉、〈郡國志〉。今
> 河南南陽府新野縣南有漢新野故城。[89]

許書原文「新亭」，文獻皆作「新野」，段注本《說文》於原文直接改為「南
陽新野有猒鄉」。《漢書・地理志》新野縣下未註明所轄之鄉、里、亭、聚；
《後漢書・郡國志》則於新野縣下云：「有東鄉，故新都。有黃郵聚。」[90]

---

86 《說文解字詁林》，頁 6-732。
87 段玉裁：《說文解字注》，頁 345。
88 《漢書》卷二十八上，〈地理志〉第八上：「符特山在西南。潛水西南入江。不曹水出東北，南入
　潛。」頁 1603。
89 段玉裁：《說文解字注》，頁 478。
90 《後漢書》卷二十二，〈郡國志〉第四，頁 3476。

除了「東鄉」、「黃郵聚」之外，《說文》載新野縣有「黴鄉」，亦可補充漢代鄉制地方之名。

（四）義（羛）

「羛」字為「義」之重文，見於〈我部〉，《說文》釋云：

> 義　已之威儀也。从我羊。　羛　墨翟書義从弗。魏郡有羛陽鄉，讀若錡。

許書於本字「義」，有其本義「威儀」之訓，而「義」又於《墨子》見有見重文从弗作「羛」，而重文「羛」字又借用為地名。段玉裁云：

> 此以地名證「羛」字，又箸其方音也。凡古地名多依魯俗方語。……羛，陽讀若錡，同也。然注家皆讀羛陽。虛宜切，與「錡」音稍不同也。[91]

先秦兩漢文獻用例中，「羛」字僅見用為地名，因此《說文》以地名之義證重文之字。以地名證重文者，全書亦僅此一例。

又，《說文》載「羛」借用為地名專名，乃魏郡轄下之「羛陽鄉」，其釋義「魏郡有羛陽鄉」之句，僅云「郡名」及「鄉名」，省略了中間的「縣名」，於《說文》地理定位之通例中較為少見。《後漢書·郡國志》魏郡轄有內黃縣，其云：「清河水出。有羛陽聚。有黃澤。」[92]是以「羛陽」為內黃縣轄之地方，不過「羛陽」之地方制度層級，《說文》云其為「鄉」，《後漢書》則作「聚」。另，《後漢書·光武帝紀》：「秋八月，帝自將征五校。丙辰，幸內黃，大破五校於羛陽，降之。」註云：「羛陽，聚名。屬魏郡，故城在今相州堯城縣東。諸本有作『羘』者，誤也。《左傳》云：『晉荀盈如齊逆女，還，卒於戲陽。』杜預注云：『內黃縣北有戲陽城。』『戲』與『羛』

同，音許宜反。」[93]是知後世文獻用例「羛陽」之「羛」，亦有作「戲」、「茀」者。桂馥《說文義證》引《水經・淇水注》證「羛陽鄉」云：「白溝自縣北逕戲陽城東，世謂之羛陽聚。」[94]從文獻材料判斷，「羛陽」之地名層級多作「聚」，僅《說文》云為「羛陽鄉」。本文以為，就《說文》地理定位之通例及釋義格式而言，「羛」下之「魏郡有羛陽鄉」，或應作「魏郡內黃有羛陽聚」為是。

三　假借為亭名

（一）莉（菰）

「莉」字見於〈艸部〉，《說文》釋云：

> 𦾔　艸多皃。从艸斦聲。江夏平春有莉亭。

又於〈艸部〉部末「菰」字下釋云：

> 𦾡　艸多皃。从艸孤聲。江夏平春有菰亭。

段玉裁於〈莉〉字下注云：

> 凡云有某亭、有某縣者，皆證其字形，不必名縣、名亭，取字義也。今《說文・艸部》末有菰篆，訓釋十四字全同，此因莉誤為菰，或妄附之部末也。[95]

《說文・艸部》收有「莉」，本義釋云「艸多貌」，而於部後最後一字又收「菰」字，釋義亦云「艸多貌」及「平春縣菰亭」，文字與「莉」字相同；而「菰」字前字的「蓄」、「春」等字，皆已非「艸多貌」之屬，就「部中字

---

93 《後漢書》卷一上，〈光武帝紀〉第一上，頁30。
94 《說文解字詁林》，頁10-353。
95 段玉裁：《說文解字注》，頁39。

序」以字義相近排列的原則而言，亦非《說文》通例，因此前賢校注《說文》諸家皆云「菰」篆議刪之。

「菰」字从艸狋聲，為形聲字，本義義草多的樣子，字又假借為地名專名，用為亭名作「菰亭」，屬江夏郡平春縣。平春縣見於《後漢書・郡國志》，是東漢以後才設立的縣治。而「菰亭」之用例，目前亦僅見於《說文》。

（二）蒔

「蒔」字見於〈艸部〉，《說文》釋云：

蒔　艸多葉皃，从艸而聲。沛城父有楊蒔亭。

「蒔」字本義為草有多葉之貌，馬融〈廣成頌〉有「芝蒔」[96]，是其文獻用例。《說文》則於釋形之後補充說明曰「沛城父有楊蒔亭」，「蒔」則又做假借為亭名，屬雙音節地名「楊蒔」，轄於沛郡（國）之城父縣，目前亦僅於《說文》見有「楊蒔亭」之例。

（三）閿

「閿」字見於〈夏部〉，《說文》釋云：

閿　低目視也。从夏門聲。弘農湖縣有閿鄉。汝南西平有閿亭。

「閿」字本義釋為「低目視也」。其字又从受作「閿」。《漢書・武五子傳》：「以湖閿鄉邪里聚為戾園。」其中「湖閿鄉」即《說文》所載湖縣閿鄉。顏師古注曰：

夏，舉目使人也。夏音許密反。閿字本從夏，其後轉訛誤，遂作門中受

耳。而郭璞乃音汝授反，蓋失理遠耳。[97]

先秦兩漢文獻用例中，「闅」字用於地名者多見「闅鄉」。《說文》於釋形之後，復補充說明其用為地名之材料，一為宏農郡湖縣的「闅鄉」，為鄉名；另為汝南郡西平縣的「闅亭」，屬亭名，保留了「闅」字的地名用義。

（四）羶

「羶」字見於〈羊部〉，《說文》釋云：

> 羶　羊名。从羊執聲。汝南平輿有羶亭。讀若晉。

「羶」字从羊，為羊名的一種，許書未再義界其羊名的細部訊息。其字又假借為地名，屬縣級以下的亭級單位，因此於釋形後補充汝南郡平輿縣下有「羶亭」。唯《漢書・地理志》、《後漢書・郡國志》平輿縣下不見「羶亭」，僅於〈郡國志〉平輿縣云：「平輿有沈亭，故國，姬姓。」[98]見有「沈亭」。段玉裁認為「疑沈亭即羶亭也。」[99]鈕樹玉訂云：「〈郡國志〉但注羶亭於沈亭下，未必沈亭即羶亭。」[100]

就文獻角度而言，〈地理志〉、〈郡國志〉平輿縣下均無羶亭，而〈郡國志〉另外錄有「沈亭」。今《說文》有「羶亭」，當可補證漢代汝南郡平輿縣之縣轄單位除了「沈亭」之外另有「羶亭」。

（五）夆

「夆」字見於〈攵部〉，《說文》釋云：

> 夆　相遮要害也。从攵丰聲。南陽新野有夆亭。

---

97 《漢書》卷六十三，〈武五十傳〉第三十三，頁 2748。
98 《後漢書》卷三十，〈郡國志〉第二，頁 3424。
99 段玉裁：《說文解字注》，頁 148。
100 《說文解字詁林》，頁 3-684。

夆字之本義許書以「相遮要害」釋之，並於釋形後補充其字借為地名，位於南陽郡新野縣之「夆亭」。《漢書・地理志》南陽郡所轄三十六縣有「新野」縣，未註其縣轄單位；《後漢書・郡國志》南陽郡三十七城設有「新野縣」，云：「新野有東鄉，故新都。」[101]未云有「夆亭」，是以新野縣有夆亭之記載，僅見於《說文》，亦可補漢代縣級以下單位之地名。

（六）昫

「昫」字見於〈日部〉，《說文》釋云：

昫　日出溫也。从日句聲。北地有昫衍縣。

昫之本義為日出之時之暖，文獻則多用从火之「煦」字。許書另於釋形後補充說明「昫」另假借為地名字，位於北地郡之縣名「昫衍」，屬雙音節地名。《漢書・地理志》北地郡縣有昫衍縣，應劭曰：「昫音煦」[102]，則兼明假借；《後漢書・郡國志》北地郡僅存六縣，亦未見有昫衍縣，則昫衍縣名僅見於西漢時期。段玉裁注云：「今甘肅寧夏府靈州東南花馬池境有昫衡廢縣是也。」[103]

（七）晲

「晲」字見於〈日部〉，《說文》釋云：

晲　日行晲晲也。从日施聲。樂浪有東晲縣。讀若酏。

段玉裁注云：

《史記・屈原賈生列傳》曰：「庚子日施兮，服集予舍。」施即《說

---

101 《後漢書》第二十二，〈郡國志〉第四，頁3476。
102 《漢書》卷二十八下，〈地理志〉第八下，頁1616。
103 段玉裁：《說文解字注》，頁307。

文》「迻」字也。迻迻，迤邐徐行之意。迻迻猶施施。《詩》毛《傳》
曰：「施施難進」之意。[104]

又於「樂浪有東暆縣」下注云：

> 樂浪郡東暆，見〈地理志〉。樂浪，今朝鮮國地，東暆故城，未聞。
> 〈魚部〉云：「東暆輸䱜魚。」[105]

「暆」字本身為形容徐行之疊字，作「暆暆」，用例與「施施」
同。其字又假借為地名用字，位於樂浪郡之東暆縣，屬縣名，僅存於西漢之時，故見於
《漢書‧地理志》，至《後漢書‧郡國志》樂浪郡則未見縣名「東暆」。

（八）觿

「觿」字見於〈角部〉，《說文》釋云：

> 觿　揮角皃。从角雝聲。梁隴縣有觿亭。又讀若繣。

觿之釋義作「揮角貌」，小徐本《說文》則作「揮角貌」。其字又借為地名，
屬亭名，位於梁國隴縣所轄境內。《漢書‧地理志》於「陳留郡」下見有縣
名「儁」[106]，《後漢書‧郡國志》於「梁國」所轄縣名則有縣名「隴」，並云
「故屬陳留」[107]，是知《說文》所云「梁隴縣」為就東漢時所云。而〈地理
志〉及〈郡國志〉均未見「觿亭」之載，是以《說文》可補充漢代亭名之資
料。

（九）稗

「稗」字見於〈禾部〉，《說文》釋云：

---

104 段玉裁：《說文解字注》，頁308。

105 段玉裁：《說文解字注》，頁308。

106 《漢書》卷二十八上，〈地理志〉第八上，頁1559。

107 《後漢書》卷二十，〈郡國志〉第二，頁3426。

稗　禾別也。从禾卑聲。琅邪有稗縣。

稗字釋義云「禾別」，段玉裁云：「謂禾類而別於禾也。」[108]而其字又假借為
地名。《漢書・地理志》琅邪郡五十一轄縣有「椑」，其自註云：「夜頭水南
至海，莽曰識命。」[109]段玉裁云：「〈地理志〉瑯邪郡椑縣，〈郡國志〉無，
後漢省也。『椑』當是本作『稗』。」王筠認為「〈地理志〉作『椑』，从木。
應劭曰：『音裨。』則此字之誤久矣。」[110]今考先秦兩漢文獻用例中，僅
《說文》及《漢書・地理志》存有琅邪郡稗縣之名，其餘文獻則未見有
「稗」字或「椑」字用為地名者。而「椑」、「稗」僅一字之差，為形近之
訛。

　　又，小徐本《說文》之「琅邪有稗縣」則作「琅邪有稗鄉。」因此
「稗」之地理層級有「縣名」及「鄉名」之二說。《漢書・地理志》有「椑
縣」，《後漢書・郡國志》則無，可知其縣名僅存於西漢。《說文繫傳考異》
則云：

> 《說文》自有椑字，不引此縣，而引于此，蓋作鄉，是許君自謂琅邪
> 有稗鄉，非椑縣當從禾也。[111]

徐灝《說文解字注箋》則云：

> 稗縣，《繫傳》作稗鄉是也。此縣後漢省，故許以鄉名之。

《說文繫傳考異》認為「椑」為縣名，但於《說文・木部》「椑」字下未補
充說明之，而於「稗」字下云鄉名，是以鄉名「稗」與縣名「椑」有別，則
琅邪郡下有椑縣，椑縣下又有稗鄉。徐灝則以東漢琅邪郡省併椑縣，故出縣
名改為鄉名。唯徐氏未說明縣名改為鄉名為制度變革，也未說明「許以鄉名
之」是否為許慎自行改縣作鄉，顯見此說並無相關例證可說明縣名改作鄉名

---

108 段玉裁：《說文解字注》，頁326。
109 《漢書》卷二十八上，〈地理志〉第八上，頁1586。
110 《說文解字詁林》，頁6-415。
111 《說文解字詁林》，頁6-415。

之理由。且其他僅見於西（東）漢之地名者，如〈日部〉「昫」字下的「昫
衍縣」僅見於西漢，許書亦未改作昫衍鄉。

　　另外，《說文》地名之地理定位，凡以漢郡縣為定位者，皆以「郡名－
縣名－鄉、里、亭、聚之名」三個層次羅列之，若為鄉、里、亭、聚之名，
則必交待其郡名及縣名。若「稗」之釋義作「琅邪有稗鄉」，則是省略了
「稗鄉」上一級之縣名。此省略例僅見〈邑部〉「郊」字下釋義作「陳留
鄉」，段玉裁云：「此不云陳留縣鄉，但云陳留鄉，則是舉郡名不箸某縣也，
曷為不箸？有未審也。」[112]由於定理定位省略縣名之例證僅「郊」一例，故
段玉裁認為是「有所未審也」；相對的，若以省略縣名之考量檢視小徐本
「稗」之釋義「琅邪有稗鄉」，其例亦當作「琅邪稗縣鄉」。本文認為，以大
徐本作「稗縣」，《漢書·地理志》亦見「稗縣」之證，以及字形相近相混，
「稗」、「稗」相通，可校小徐本「稗鄉」應作「稗縣」之誤，而非為琅邪郡
另有稗鄉。

（十）麊

　　「麊」字見於〈米部〉，《說文》釋云：

　　　　麊　潰米也。从米尼聲。交阯有麊泠縣。

麊之本義「潰米」，桂馥《說文義證》依〈急就篇〉之內容認為「當為
隮」[113]；段玉裁認為「潰，漏也。謂米之棄於地者。」[114]其字用為地名，大
徐本釋其為交阯郡轄下之縣名「麊泠」，屬雙音節地名，小徐本《說文》「交
阯」則作「交趾」。鈕樹玉《說文解字校錄》云：

　　　　《繫傳》「阯」作「趾」，非。《說文》無「趾」。「泠」當作「泠」。
　　　　〈地理志〉交止郡麊泠。《玉篇》：「亡丁切，潰米也。交阯有麊泠
　　　　縣。又音彌，亦作『麋』。」《廣韻》收青音，莫經切，訓「潰米」。潰

---

112 段玉裁：《說文解字注》，頁 301。
113 《說文解字詁林》，頁 6-540。
114 段玉裁：《說文解字注》，頁 335。

字蓋譌。支韻作麋，訓「縣名」，在交趾。[115]

《漢書・地理志》及《後漢書・郡國志》交趾郡所轄縣名作「麋泠」，字作「麋」。通檢先秦兩漢之文獻用例，無「麊泠」，但有作「麋」字者，如《後漢書・南蠻西南夷列傳》：「麋泠縣雒將之女也。」[116]亦有作「麋」字，如《漢書・地理志》牂牁郡「西隨」縣下：「麋水，西受徼外，東至麋泠，入尚龍谿，過郡二，行千一百六里。」[117]《水經注》則作「麊泠」，〈江水注〉：「僕水東至交州交趾郡麊泠縣，南流入于海。」[118]

「麊」字從米尼聲，《廣韻》莫經切，明母青韻；「麋」字從米鹿聲，武移切，明母支韻，兩字雙聲，故相假借。《說文》無「麋」字，用為「潰米」及縣名「麊泠」之「麊」字，為假借之地名專名字。而後又因聲音關係借為「麋」字，因此後世文獻字皆作「麋」，又有譌作為「麋」者。

清儒校注《說文》學者多依《說文》「麊」作「麊泠縣」校改《漢書》、《後漢書》之「麋」字。

（十一）褺

「褺」字見於〈衣部〉，《說文》釋云：

褺　重衣也。從衣執聲。巴郡有褺江縣。

褺之釋義云「重衣也」，復於釋形之後補充巴郡有縣名曰「褺江」。「褺江」為水名，專名字「褺」，通名為「江」，縣名「褺江」則以水名為名。段玉裁云：

今〈地理志〉、〈郡國志〉巴郡下皆作墊江縣，蓋淺人所改也。據虞康曰：「音重疊之疊」，知《漢書》本不作墊江也。褺江縣在今四川重慶

---

115 《說文解字詁林》，頁6-540。
116 《後漢書》卷八十六，〈南蠻西南夷列傳〉第七十六，頁2836。
117 《漢書》卷二十八上，〈地理志〉第八上，頁1602。
118 《水經注》卷三十三，〈江水〉，（清乾隆敕刻武英殿聚珍本），頁8~2。

府合州，嘉陵江、培江、渠江會於此入大江水，如衣之重複然，故以
褺江名縣。[119]

段玉裁根據音韻關係，以嘉陵江等諸江匯流入長江，「如衣之重複然」，因此
曰褺江，因此《漢書・地理志》及《後漢書・郡國志》乃是遭人所改。不過
《後漢書・馮岑賈列傳》：「自引兵乘利直指墊江，攻破平曲。」注云：「縣
名，屬巴郡，今忠州縣也。墊音徒協反。」[120]趙芬〈詣巴郡太守自訟〉：「郡
文學掾宕渠趙芬、掾弘農馮尤、墊江龔榮……。」[121]但望〈請分郡疏〉：「墊
江以西，土地平敞。」[122]《水經注》以及後世文獻材料皆作「墊江」，未見
作「褺江」者。

　　《說文》未於「墊」字下云「巴郡有墊江」，而於「褺」下云「巴郡有
褺江」。在字形上，「褺」、「墊」二字上半均從「執」聲，下半一從「衣」，
一從「土」，亦可能因字形相近而混用。因此「墊江」者，本應作「褺江」，
因字形同屬執聲而混用。

（十二）廮

　　「廮」字見於〈广部〉，《說文》釋云：

　　　廮　安止也。从广嬰聲。鉅鹿有廮陶縣。

廮字本義為安止也，許書於釋形後補充其字又假借為地名專名，作「廮
陶」，屬雙音節地名，為鉅鹿郡之縣名。《漢書・地理志》及《後漢書・郡國
志》於鉅鹿郡下皆見有廮陶縣，另〈地理志〉於常山郡石邑縣下云：「陘山
在西，洨水所出，東南至廮陶入泜。」同郡之房子縣下亦云：「贊皇山，濟

---

119 段玉裁：《說文解字注》，頁398。

120 《後漢書》卷八十，〈馮岑價列傳〉第七，頁662。

121 〔清〕嚴可均校輯：《全上古三代秦漢三國六朝文・全後漢文》卷六十六，〈詣巴郡太守自訟〉（北
　　京：中華書局，1991年），頁834-2。

122 〔清〕嚴可均校輯：《全上古三代秦漢三國六朝文・全後漢文》卷六十六，〈請分郡疏〉（北京：中
　　華書局，1991年），頁835-1。

水所出，東至廩陶縣入泜。」[123]則廩陶為洨水、濟水匯流於泜水之地；《後漢書・章帝八王傳》載有：「延熹八年，悝謀為不道，有司請廢之。帝不忍，乃貶為廩陶王，食一縣。」[124]是知東漢章帝時，廩陶縣曾為桓帝之弟劉悝之封地，不過「悝立二十五年國除。」[125]根據《漢書・百官公卿表》：「縣大率方百里，……列侯所食曰國」[126]，時「廩陶縣」因有列侯所封，易縣為國，全名作「廩陶國」，但僅維持二十五年。

（十三）驥

「驥」字見於〈馬部〉，《說文》釋云：

> 𩣹　千里馬也。孫陽所相者。从馬冀聲。天水有驥縣。

「驥」之本義即千里馬，其本義用例亦常見於文獻中。《說文》於釋形後復補充說明其字假借為地名，屬天水郡縣名「驥縣」。《漢書・地理志》天水郡轄十六縣，有縣名曰「冀」，註云：「〈禹貢〉朱圉山在縣南梧中聚。莽曰冀治。」[127]另《後漢書・郡國志》之「冀縣」則見於「漢陽郡」：「有朱圉山。有緹群山。有雒門聚。」註云：「《史記》曰：『秦武公伐冀戎，縣。』」[128]是以《說文》云天水郡有「驥縣」，乃就西漢之地方制度而云，至東漢則改隸於漢陽郡下。唯先秦兩漢之文獻用例不作「驥」而用「冀」。段玉裁注云：

> 史皆作冀，不作驥。《左傳》：「冀之北土，馬之所生。」許葢援此說。字形从冀馬，會意。許本作冀縣，謂此即《左傳》生馬之地，淺人改之。[129]

段氏以《左傳》北土之冀乃產馬之地，為地名「驥」註解其來由及文獻例

---

123 《漢書》卷二十八上，〈地理志〉第八上，頁 1576。
124 《後漢書》卷五十五，〈章帝八王傳〉第四十五，頁 1789。
125 《後漢書》卷五十五，〈章帝八王傳〉第四十五，頁 1789。
126 《漢書》卷十九上，〈百官公卿表〉第七上，頁 742。
127 《地理志》卷二十八下，〈地理志〉第八下，頁 1612。
128 《後漢書》卷二十三，〈郡國志〉第五，頁 3517。
129 段玉裁：《說文解字注》，頁 467。

證，然後疑本應作「冀縣」。作「驥縣」者，目前文獻僅見於《說文》，未見其他「驥縣」之例。

（十四）黗

「黗」字見於〈黑部〉，《說文》釋云：

黗　白而有黑也。从黑旦聲。五原有莫黗縣。

許書對黗字之本義釋為白而有黑之義，復於釋形後補充說明其字亦假借為地名，位於五原郡之縣名「莫黗」，屬雙音節地名。《漢書・地理志》五原郡轄十六縣見有「莫黗」，《後漢書・郡國志》五原郡未復見「莫黗」，是知東漢時已省併莫黗縣。

（十五）黟

「黟」字見於〈黑部〉，《說文》釋云：

黟　黑木也。从黑多聲。丹陽有黟縣。

黟之釋義為黑色之木，再於釋形後補充說明其字又借為地名，屬丹陽郡之縣名。《漢書・地理志》作「丹揚」，所轄十七縣有「黝縣」，顏師古注：「黝音伊，字本作黟，其音同。」[130]而《後漢書・郡國志》於「丹陽郡」下縣名亦作「黝」。桂馥《說文義證》云：

> 馥案：顏注《漢・志》云：「黝音伊字與黟同。」《元和郡縣志》：「黝縣貢柿心木，縣由此得名。《說文》黟字从黑旁多，後傳誤，遂寫黝字。」[131]

---

130 《漢書》卷二十八上，〈地理志〉第八上，頁 1592。
131 《說文解字詁林》，頁 8-886。

《漢書》及《後漢書》作「黝縣」，《說文》作「黟縣」，又「黝」、「黟」同音，因此文獻二字混用。今縣名則為「黟」，段玉裁注云：「今安徽徽州府黟縣是也。」[132]

（十六）㥽

「㥽」字見於〈心部〉，《說文》釋云：

> 㥽　懽也。琅邪朱虛有㥽亭。从心禺聲。

㥽之本義，許書釋為「懽也」，〈心部・懽〉：「喜歡也」，即喜歡、喜樂之意[133]。許書又於釋形之前，補充「㥽」之假借為地名，屬琅郁郡朱虛縣所轄之亭名。段玉裁於「有㥽亭」下注云：

> 按：漢時縣、道、國、邑千五百八十七，鄉六千六百二十，亭二萬九千六百三十五。其名皆著於籍，故許氏得稱鄉、亭之名。班氏但舉縣、道、國、邑之名也。[134]

「㥽亭」目前未見於先秦兩漢之文獻用例上，僅見《說文》。《漢書・地理志》僅詳細將郡級、縣級地名詳細陳述，但縣級以下之鄉、亭、里、聚之名，大多以舉例說明的方式列之，有更多的基層小地名是不錄的，是以段玉裁認為《說文》所稱鄉、亭之名，有許多是〈地理志〉所未載的，因此《說文》所錄縣級以下地名，可以補足漢代失傳之地名。

（十七）泫

「泫」字見於〈水部〉，《說文》釋云：

---

132 段玉裁：《說文解字注》，頁494。
133 教 育 部 ：《 異 體 字 字 典 》， 2018 年 正 式 六 版 ： http://dict.variants.moe.edu.tw/variants/rbt/word_attribute.rbt?quote_code=QjAxMjI1
134 段玉裁：《說文解字注》，頁512。

玆 湝流也。从水玄聲。上尚有泫氏縣。

泫之本義，許書訓為「湝流」，段玉裁云：

> 「湝」當作「潸」，字之誤也。〈檀弓〉曰：「孔子泫然流涕。」[135]

教育部《異體字典》云：「淚水或露水滴垂。」[136]其字又假借為地名專名字，作「泫氏」，為雙音節地名，為上尚郡之縣名。《漢書·地理志》上黨郡轄十四縣中，有「泫氏」，云：「楊谷，絕水所出，南至壄王入沁。」又於上黨郡高都縣下云：「莞谷，丹水所出，東南入泫水。」[137]是知「泫」另兼水名，而許書未載。

上黨郡之「泫氏縣」，曾因受封為侯國。《後漢書·萬脩列傳》：「子普嗣，徙封泫氏侯。普卒，子親嗣，徙封扶柳侯。」[138]是知萬脩之子萬普曾封侯於泫氏縣，依漢代「列侯所食曰國」[139]之制度，「泫氏縣」於封侯期間稱「泫氏國」，萬普過世之後，其子萬親封地已徙至扶柳縣，「泫氏」又回歸為單純的縣名。

（十八）涿

「涿」字見於〈水部〉，《說文》釋云：

涿 流下滴也。从水豕聲。上谷有涿縣。

釋義云「流下滴也」，段玉裁云：「擊瓦鼓之聲，如滴然，故曰壺涿，今俗謂一滴曰一涿，音如篤即此字也。」[140]許書復於釋形後補充云上谷郡有涿縣，是涿字假借為地名字。唯《漢書·地理志》及《後漢書·郡國志》上谷郡轄

---

135 段玉裁：《說文解字注》，頁552。
136 教育部：《異體字典》，2018年正式六版：http://dict.variants.moe.edu.tw
137《漢書》卷二十八上，〈地理志〉第八上，頁1553。
138《後漢書》卷二十一，〈任李萬邳劉耿列傳〉第十一，頁757。
139《漢書》卷十九上，〈百官公卿表〉第七上，頁742。
140 段玉裁：《說文解字注》，頁563。

縣僅見「涿鹿縣」，非許書所云「涿縣」；另外「涿」字亦為「郡名」及「縣名」，《漢書・地理志》及《後漢書・郡國志》均有「涿郡」，所轄縣亦包括「涿縣」在內，且自《史記》以來，文獻用例極多。段玉裁認為《說文》「上谷有涿縣」應作「上谷有涿鹿縣」，其云：「鹿字各本奪，今補。涿縣在涿郡，不在上谷也。」[141]

　　在地理位置上，「涿郡」及「上谷郡」均屬幽州刺史部，位置相鄰。《史記・樊酈滕灌列傳》：「（酈商）食邑涿五千戶，號曰涿侯。以右丞相別定上谷。」[142]在楚漢相爭結束、漢代立國之初，大將軍酈商除了因戰功任右丞相，並封侯於涿郡，並因地緣關係平定上谷郡。因此許書原文除段玉裁所推測漏一「鹿」字外，根據漢代文獻而言，「涿郡」、「涿縣」之用例均較「涿鹿」為多，且「涿鹿」為雙音節地名，「涿郡」、「涿縣」均直接假借「涿」字為地名，是以「上谷有涿縣」亦可能地理位置相近相混，涿縣誤作上谷郡，亦可能「上谷」應作「涿郡」。

　　另外，「涿」字及上述「浺」字均見於〈水部〉，但皆非〈水部〉所見從水之水名專名本字，在《說文》列字次序上亦不在水名之列，而在「水之狀」之列，因此各有其本義，再另外假借為城邑之名。

（十九）閬

　　「閬」字見於〈門部〉，《說文》釋云：

　　　🀆　門高也。从門良聲。巴郡有閬中縣。

從門之「閬」，本義為高門之意。許書於釋形後補充說明其字假借為地名，作「閬中」，屬雙音節地名，為巴郡之縣名。《漢書・地理志》及《後漢書・郡國志》巴郡下均見有「閬中縣」。在先秦兩漢的文獻用例上，「閬中」多見於東漢時期，如《後漢書・五行志》記載〔東漢〕安帝時「（延光）三年六月庚午，巴郡閬中山崩」[143]，又〈後漢書・隗囂公孫述列傳〉：「將軍任滿從

---

141 段玉裁：《說文解字注》，頁 563。
142 《史記》卷九十五，〈樊酈滕灌列傳〉第三十五，頁 2661。
143 《後漢書》第十六，〈五行志〉第四，頁 3333。

閬中下江州。」[144]

（二十）愁

「愁」字見於〈心部〉，《說文》釋云：

> 愁　急也。从心从弦。弦亦聲。河南密縣有愁亭。

愁字本義為性急之意，而許書於釋形後補充說明愁字亦假借為地名，為河南尹密縣所轄之亭名。《漢書‧地理志》河南尹密縣云：「故國。有大騩山，溱水所出，南至臨潁入潁。」[145]《後漢書‧郡國志》河南尹密縣則云：「有廣成聚。有鄖聚。」[146]〈地理志〉及〈郡國志〉皆未云密縣有愁亭，用為縣級以下之亭級地名「愁」，文獻僅見於《說文》，亦可用為漢代亭級地名材料之補充。

（二十一）坷

「坷」字見於〈土部〉，《說文》釋云：

> 坷　坎坷也。梁國寧陵有坷亭。从土可聲。

「坷」為連綿字，許書釋義云即「坎坷」也。「坷」字於釋形之前又補充其假借地名字，與〈土部〉另一假借為地名之「壿」字相同。《說文》釋「坷」另借為梁國寧陵縣治下之亭名。《漢書‧地理志》「寧陵縣」屬「陳留郡」[147]十七縣之一，《後漢書‧郡國志》則屬梁國，並云「故屬陳留。有葛鄉，故葛伯國。」又注云「杜預曰：『縣北有沙隨亭。』」[148]是知許書乃就東漢之地理概況而論。由文獻知，寧陵縣下有鄉名曰「葛」，有亭名曰「沙

144《後漢書》第十三，〈隗囂公孫述列傳〉第三，頁 536。
145《漢書》卷二十八上，〈地理志〉第八上，頁 1556。
146《後漢書》卷十九，〈郡國志〉第一，頁 3390。
147《漢書》卷二十八上，〈地理志〉第八上，頁 1558。
148《後漢書》卷二十，〈郡國志〉第二，頁 3426。

隨」，再依《說文》「坷」可補入另有「柯亭」。

　　桂馥《說文義證》云：「『坷』通作『柯』。蔡邕於柯亭見好竹，取作笛材是也。」[149]王筠《說文句讀》亦從其說。然而，考之於〈長笛賦〉序：「初邕避難江南，宿于柯亭。柯亭之觀，以竹為椽。」[150]又《後漢書・蔡邕列傳》：「邕慮卒不免，乃亡命江海，遠跡吳會。」注云：「邕告吳人曰：『吾昔嘗經會稽高遷亭，見屋椽竹東閒第十六可以為笛。』取用，果有異聲。」[151]是知此「柯亭」位於江南，且文獻均未特別加註「柯亭」之地理位置，是以柯亭之「亭」當指涼亭，非屬漢代地方制度之「亭」；又「柯亭」為蔡邕至江南會稽郡一帶所遇，與《說文》所載豫州梁國寧陵縣已屬二地，因此蔡邕所宿之「柯亭」，未必為《說文》寧陵縣之「坷亭」。

四　假借為水名

（一）俸

「俸」字見於〈人部〉，《說文》釋云：

　　　具也。从人弄聲。讀若汝南溠水。《虞書》曰：「旁救俸功。」

許書釋「俸」為具備之意，復於釋形後以讀若例云「讀若汝南溠水」。《說文》無「溠」字，小徐本《說文》改作為「㵆」。朱駿聲曰：「許書無溠字，《水經注》涪縣有㵆水，字作溠。」[152]王筠《說文句讀》：

　　　案，當作「俸」，此自是以俗語正讀。

又於《說文釋例》云：

---

149 《說文解字詁林》，頁 10-1210。
150 〔清〕嚴可均校輯：《全上古三代秦漢三國六朝文・全晉文》卷一百三十三，〈長笛賦并序〉（北京：中華書局，1991 年），頁 2226-1。
151 《後漢書》卷六十下，〈蔡邕列傳〉第五十下，頁 2003。
152 《說文解字詁林》，頁 11-725。

「俱」讀若汝南溼水，不特《說文》無「溼」，即《玉篇》及它字書，並無「溼」字也。案，其字蓋本作「俱」。許君，汝南人也。其地有小水，不著於〈地志〉，而土人相傳呼為「俱水」。既無正字，許君即以「俱」字寄其音，故老所傳無不呼「俱水」者，則見此讀若，即無不識俱字者。是許君正讀之恉也。蓋有如大徐疑𦐇不異文之人，以其為水名而率意改從水，初不意其非字也。[153]

王筠就《說文》通例以及小地方不見經傳之河流專名「俱水」，乃以聲音關係假借「俱」字用為水名專名，因此有「俱水」之稱。是以「俱」除了本義「具也」之外，亦假借為水名。而從水之「溼」則為後人因水名而擅改者。

文獻用例上，「俱水」僅見於《說文》，未見於其他文獻中，是以《說文》保存了不見經傳之地方水名。

（二）雅

「雅」字見於〈隹部〉，《說文》釋云：

雅　鳥也。从隹犬聲。睢陽有雅水。

雅字从隹，本義為鳥名的一種。許書於釋形後補充釋義，云其字亦假借為地名，用於睢陽縣之河流名稱「雅水」，則「雅」字亦假借為水名。《漢書·地理志》及《後漢書·郡國志》於梁國之八個轄縣中，皆見有睢陽縣，但睢陽縣下則未復云有「雅水」。先秦兩漢文獻用例亦無「雅水」之記載。雖然「雅」於補充釋義為水名，但《說文》釋義之例並未比照水名專名字之體例作「某水出於某，某方向流入某」，而與其他補充地名釋義相同，以「某地有某」的方式補充「睢陽有雅水」，再加上文獻未見「雅水」，導致雅水之源頭、流向不明，僅能備一說。段玉裁認為「睢陽」之鄉名「𨙨」字即「雅」，云「有雅水而後有𨙨鄉也。」[154]然此說並無相關例證支持，可商。

153 《說文解字詁林》，頁 11-724。
154 段玉裁：《說文解字注》，頁 143。

（三）湫

「湫」字見於〈水部〉，《說文》釋云：

> 𤁅　隘下也。一曰：「有湫水，在周地。」《春秋傳》曰：「晏子之宅
> 湫隘。」安定朝那有湫泉。从水秋聲。

「湫」之本義釋為「隘下」，段玉裁謂「當作湫隘、湫下也。」《說文》引
《左傳》曰「晏子之宅湫隘」者，則是引經以證其本義。另「湫」字从水，
字又作為水名專名，故以一曰補充「湫」字又作為水名專名字，並定位於
「周地」，未有詳細之地理定位。《史記・封禪書》：「其河、湫、漢水加玉各
二。」[155]其「湫」即許書所云周地之湫水之文獻用例。

　　許書另於引經之後，復補充釋義「湫」字又假借為水名「湫泉」，位於
安定郡朝那縣。其中「湫泉」又當作「湫淵」。鈕樹玉《說文解字校錄》：
「〈地理志〉、〈郡國志〉『泉』竝作『淵』，唐人避諱改也。」[156]「湫淵」
者，屬水名專名中之「淵名」，屬深潭之水[157]，為「專名（湫）＋通名
（淵）」之地名格式。《後漢書・郡國志》朝那下註云：「有湫淵，方四十
里，停不流，冬夏不增減，不生草木。」[158]是「湫淵」之詳細狀態，亦可與
《說文》互證之。《漢書・地理志》安定郡朝那縣下云：「有端旬祠十五所，
胡巫祝。又有湫淵祠。」[159]其祠建於湫淵之旁，故又以「湫淵」為專名，作
「湫淵祠」。

（四）滋

「滋」字見於〈水部〉，《說文》釋云：

> 𤃽　益也。从水茲聲。一曰：「滋水，出牛飲山白陘谷，東入呼

---

155 《史記》卷二十八，〈封禪書〉第六，頁1381。
156 《說文解字詁林》，頁9-517。
157 詳見本書第四章第二節〈一　地名通名為本義者〉第（九）例「淵」字釋義。
158 《後漢書》卷二十三，〈郡國志〉第五，頁3519。
159 《漢書》卷二十八下，〈地理志〉第八下，頁1615。

沱。」

〈水部〉「滋」字本義釋為增益之意，許書以「一曰例」補充其假借為地名之義，屬源出於牛飲山白陘谷之河流「滋水」。《漢書・地理志》常山郡轄縣「南行唐」縣下云：「牛飲山白陸谷，滋水所出，東至新市入虖池。都尉治。莽曰延億。」[160] 其中「白陸谷」與《說文》「白陘谷」字有別。

（五）決

「決」字見於〈水部〉，《說文》釋云：

𣲺　行流也。从水从夬。盧江有決水，出於大別山。

〈水部〉「決」字釋其本義為水之行流，其於釋形之後補充說明「決」亦假借為水名專名，為盧江郡之決水，源出自大別山。《漢書・地理志》盧江郡之雩婁縣下云：「決水北至蓼入淮，又有灌水，亦北至蓼入決，過郡二，行五百一十里」[161]。而決水源頭「大別山」，則位於六安國之安豐縣[162]。

（六）滽

「滽」字見於〈水部〉，《說文》釋云：

𤄷　涌出也。一曰：「水中坻人所為為滽」；一曰：「滽，水名，在京兆杜陵。」从水喬聲。

从水之「滽」字本義為水之涌流而出，又做為河流中之人造沙州之通名。許書以兩個「一曰例」釋其義有二歧，亦以「一曰例」釋「滽」字假借為水名，並定位於中央直轄區京兆尹之杜陵縣。《漢書・地理志》於「右扶風」

所轄「鄠縣」下云：「酆水出東南，又有潏水，皆北過上林苑入渭。」[163]但於京兆尹杜陵縣下未云「潏水」之資料，是知「潏水」出自杜陵縣，而後流經右扶風鄠縣，最後匯入渭水。

（七）涌

「涌」字見於〈水部〉，《說文》釋云：

> 　　滕也。从水甬聲。一曰：「涌水在楚國。」

「涌」之釋為「滕」，即段玉裁所云「滕水，超踊也。」[164]文獻用例上，「涌」多用於涌泉、涌出之水等義。《說文》於釋形後以「一曰例」補充「涌」亦可假借為水名專名，作「專名（涌）＋通名（水）」之名。唯釋義時，許書未如其他非屬專名本字例根據漢代地理位置定位之。桂馥《說文義證》：

> 《方言》：「沅、涌，濆幽之語。」注云：「涌水，今在南郡華容縣也。」莊十八年《左傳》：「閻敖游涌而逸。」杜云：「涌水，在南郡華容縣。」《水經·江水》云：「又東南，當華容縣南，涌水入焉。」酈注：「水自夏水南通於江，謂之涌口。二水之閒，《春秋》所謂『閻敖游涌而逸者也。』」[165]

《漢書·地理志》及《後漢書·郡國志》於南郡華容縣下均未提及「涌水」，僅云「雲夢澤在南，荊州藪。夏水首受江，東入沔，行五百里。」[166]先秦兩漢文獻見《方言》有「涌」用為水名專名之記載，及至《水經》則亦見有涌水，而涌水與雲夢大澤均在南華縣，是知涌水應為雲夢大澤水系之一。《說文》僅云「楚國」，未云「南郡南華出涌水」，則是依已化為區域泛稱之先秦國名做為地理定位。

---

163 《漢書》卷二十八上，〈地理志〉第八上，頁 1547。
164 段玉裁：《說文解字注》，頁 554。
165 《說文解字詁林》，頁 9-343。
166 《漢書》卷二十八上，〈地理志〉第八上，頁 1566。

（八）涑

「涑」字見於〈水部〉，《說文》釋云：

瀚也。从水束聲。河東有涑水。

「涑」之本義，許書釋之以濯衣垢之「瀚」字，段玉裁云：

> 涑亦假漱為之。《公羊傳》：「臨民之所漱浣也」。何曰：「無垢加功曰漱，去垢曰浣。齊人語。」[167]

許書復於釋形後補充釋義說明「涑」字亦假借為地名，為河東郡之水名。《國語・晉語》：「晉侯將死矣，景霍以為城，而汾、河、涑、澮以為渠。」[168]是以將「涑水」與汾水、河水、澮水相提並論；《後漢書・郡國志》於河東郡聞喜邑下云：「有涑水」[169]亦為「涑水」於先秦兩漢文獻用例，可與《說文》互證。

（九）渝

「渝」字見於〈水部〉，《說文》釋云：

變，汙也。从水俞聲。一曰：「渝水在遼西臨俞，東出塞。」

渝字本義，許書釋云「變」、「汙」，王筠《說文句讀》：

> 許君特申之以汙為其從水也，布帛受淫則色汙矣。[170]

而「渝」字又假借為水名專名，許書以「一曰例」帶出義有兩歧，將渝水定

---

167 段玉裁：《說文解字注》，頁 569。
168 《國語》卷八，〈晉語〉（上海：上海古籍出版社，1978 年），頁 301。
169 《後漢書》卷十九，〈郡國志〉第一，頁 3398。
170 《說文解字詁林》，頁 9-611。

位於遼西郡之臨俞縣。臨俞,《漢書‧地理志》作「臨渝」,屬遼西郡轄縣,下云:「渝水首受白狼,東入塞外。又有侯水,北入渝。」[171]是知「臨渝」縣有「渝水」,而縣名「臨渝」即因以其臨於渝水,故云「臨渝」。

　　另外,巴郡閬中縣亦見有「渝水」,《後漢書‧南蠻西南夷列傳》:「閬中有渝水,其人多居水左右。」[172]此渝水即今四川之渝水,《水經‧白水注》:「閬水出閬陽縣。」楊守敬云:「《寰宇記》:『嘉陵水又名西漢水,又名閬中水。引《周地圖》,嘉陵水經閬中,即為閬中水。』《方輿勝覽》引《晏公類要》:『閬水亦曰閬江,又曰渝水。是皆以西漢水為閬水。』依此《注》則別有閬水,出西漢之西。」[173]是以閬中之渝水,又作閬水、閬中水,非《說文》「渝」之渝水。

（十）澗

　　「澗」字見於〈水部〉,《說文》釋云:

　　　　　山夾水也。从水間聲。一曰:「澗水,出弘農新安,東南入洛。」

澗之本義釋為「山夾水」,即山間之流水。許書復於釋形後以「一曰例」補充「澗」字亦假借為地名專名,屬弘農郡新安縣之水名「澗水」。《漢書‧地理志》弘農郡新安縣下云:「〈禹貢〉澗水在東,南入雒。」[174]《後漢書‧郡國志》亦於弘農郡新安線下云「澗水出」[175],皆是其文獻所見之用例。

五　假借為山名

（一）碣

　　「碣」字見於〈石部〉,《說文》釋云:

---

171 《漢書》卷二十八下,〈地理志〉第八下,頁 1625。
172 《後漢書》卷八十六,〈南蠻西南夷列傳〉第七十六,頁 2842。
173 《水經注疏》,頁 1722。
174 《漢書》卷二十八上,〈地理志〉第八上,頁 1549。
175 《後漢書》卷十九,〈郡國志〉第一,頁 3401。

碣　特立之石。東海有碣石山。从石曷聲。

許書釋「碣」之本義為特立之石，復云「碣」字亦假借為地名，屬東海郡之山名，名曰「碣石山」。段玉裁注云：

> 〈地理志〉右北平郡驪成縣：『大碣石山在縣西南。』非東海郡也。東海，字疑誤。[176]

然則右北平郡位於今河北、遼寧交界，〈地理志〉又云為「大碣石山」，與《說文》東海郡之「碣石山」可能為異地同名。《史記・封禪書》：「上乃遂去，並海上，北至碣石，巡自遼西，歷北邊至九原。」[177]漢武帝於泰山封禪之後的遊歷路線，循海路往北方移動，「北至碣石」之後，再向東進「遼西郡」（今遼寧），接著再往西北至并州九原郡，最後南行至關中回朝。因此，從泰山，經勃海「北至碣石」，其地理位置正好即右北平郡，即《漢書・地理志》之「大碣石山」。

另外，《史記・秦始皇本紀》云始皇三十二年「始皇之碣石，使燕人盧生求羨門、高誓。刻碣石門。」[178]又，〈封禪書〉：「後三年，游碣石，考入海方士，從上郡歸。」以及秦二世時「二世元年，東巡碣石，並海南，歷泰山，至會稽，皆禮祠之，而刻勒始皇所立石書旁，以章始皇之功德。」[179]秦始皇及秦二世至「碣石」的路線均為向東行，尤以二世「東巡碣石」後，再經泰山、會稽等地，均在東南方一帶，《說文》所載「東海郡」之「碣石山」，即位於始皇、二世所遊歷之路線上。因此右北平郡之「碣石山」，或與東海郡碣石山相別而又稱「大碣石山」。

除了上述之碣石山，先秦兩漢之文獻多見有「碣石」之用例，然而部份「碣石」若依「碣」之本義釋之，則屬特別設立之石，或具有界碑之功能[180]。王筠《說文句讀》：

---

176 段玉裁：《說文解字注》，頁454。

177《史記》卷二十八，〈封禪書〉第六，頁1398。

178《史記》卷六，〈秦始皇本紀〉第六，頁251。

179《史記》卷二十八，〈封禪書〉第六，頁1370。

180《漢語大字典》「碣」字釋義義項 4：「界碑。《魏書・序紀》：『自杏城以北八十里，迄長城原，夾道立碣，與晉分界。』」（成都：四川辭書出版社，2010年），頁2615。

桂氏曰：「東海當為勃海。」伏琛《齊地記》：「東海郡東有碣石，謂
之勃碣。」《地理通釋》：「秦築長城，起自碣石，此碣石在高麗界
中，當名為左碣石。其在平州南三十餘里者，即古大河入海處為〈禹
貢〉之碣石，亦曰右碣石。」[181]

王筠引桂馥之論證，並引《通地理釋》長城之左碣石、右碣石者，已具有界
碑、立石之作用，是普通之名詞，恐非《說文》所云「碣石山」之地名專名。

（二）嶆

「嶆」字見於〈山部〉，《說文》釋云：

山皃。一曰山名。从山告聲。

「嶆」之釋義僅云其為「山的樣子」，屬形容詞。許書又以「一曰例」說明
「嶆」字亦假借為地名專名，雖僅云「一曰山名」，僅知有「嶆山」，但未詳
其地理位置。今文獻亦無相關記載。

六　假借為里名

（一）㙦

「㙦」字見於〈土部〉，《說文》釋云：

土也。洛陽有大㙦里。从土軍聲。

㙦字釋云僅云「土也」，另於釋義之後、釋形之前補充「㙦」字另假借為地
名，屬洛陽郡之里名「大㙦里」。地名之補充置於釋形前，與其餘非結構化
地名補充於釋形之後不同。「洛陽有大㙦里」，段玉裁注云：

---

181 《說文解字詁林》，頁 8-202。

大軍，雒陽里名。此舉為軍篆之甫也。漢〈王子侯表〉：「土軍侯郢客。」師古曰：「土軍，西河之縣。說者以為洛陽土軍里，非也。」按：「土軍里」乃「大軍里」之誤，依此注疑「大」本作「土」，「土軍里」或有作「土軍里」者，故說《漢書》者或偶用之。[182]

《史記》之〈建元已來王子侯者年表〉及〈高祖功臣侯者年表〉均見有國名「土軍」[183]。而有封侯國之土軍，為西河郡土軍縣，一般而言漢代封侯食邑領地多以縣為單位，因此顏師古認為非許書所云「洛陽大軍里」可從。段玉裁由顏師古所云「洛陽土軍里」，推測《說文》洛陽「大軍里」可能作「土軍里」，此說未有進一步之佐證。先秦兩漢文獻用例亦無「軍」、「大軍」及「土軍」的其他地名用例可參。

（二）兀

「兀」字見於〈儿部〉，《說文》釋云：

> 兀　高而上平也。从一在人上。讀若夐。茂陵有兀桑里。

兀之本義為高而上平之義，許書復於釋形及讀若例之後，補充兀字亦假借為地名「兀桑」，屬茂陵縣之里名。段玉裁注云：

> 〈地理志〉右扶風有茂陵縣，〈郡國志〉同。許多言鄉、言亭，此言里者，蓋周秦舊名。[184]

「兀桑」之地名，僅見於《說文解字》於「兀」之地名補充釋義，文獻目前無相關用例。而段玉裁根據《說文》通例，以非屬本字之假借地名的補充釋義者多以鄉名及亭名為多，因此認為「兀」字釋為里名，乃先秦時期之舊

---

182 段玉裁：《說文解字注》，頁 690。
183《史記》卷十八，〈高祖功臣侯者年表〉第六，頁 958；卷二十一，〈建元已來王子侯者年表〉第九，頁 1091。
184 段玉裁：《說文解字注》，頁 409。

名，此說可商。依地名補充釋義之格式，多作「某地有某」，其中「某地」均為漢代郡、縣名，「有某」之「某」則多為所釋之縣、鄉、亭及里等。又，《漢書・百官公卿表》云縣級以下之單位為「十里一亭」、「十亭一鄉」[185]，「里制」實為秦漢之後地方制度的單位之一。再者，《說文》之〈土部・坷〉之地名補充釋義云：「洛陽有大窂里」，綜合上述三項論點，可知《說文》釋義之「兀桑里」為漢代里名，而非周秦舊名，且可足補《漢書・地理志》及《後漢書・郡國志》所未登載之里名資料。

七　假借為國族名

（一）聸

「聸」字見於〈耳部〉，《說文》釋云：

> 聸　垂耳也。从耳詹聲。南方有聸耳之國。

从耳之「聸」字，《說文》釋其本義為垂耳之意。而復於釋形後補充說明南方有「聸耳之國」，就文句而言，「聸耳之國」之「聸耳」非地名專名，僅用為修飾該「國」多為「聸耳」之人所組成。段玉裁云：「古袛作耽耳，一變為聸耳，再變則為儋耳矣。」[186]但未詳引書證。桂馥《說文義證》考之甚詳：

> 《玉篇》引作「南方有聸耳之國。」字或作「儋」。〈大荒北經〉有「儋耳之國，任姓」。注云：「其人耳大下儋，垂在肩上。朱崖、儋耳，鏤畫其耳，亦以放之也。」《漢書・武帝紀》：「儋耳郡。」應劭曰：「儋耳者，種大耳，渠率自謂王者耳尤緩，下肩三寸。」顏注：「字本作聸。」《後漢書・南蠻傳》：「珠崖、儋耳二郡，其渠帥貴長耳，皆穿而縋之，垂肩三寸。」[187]

---

185 《漢書》卷十九上，〈百官公卿表〉第七上，頁 742。
186 段玉裁：《說文解字注》，頁 597。
187 《說文解字詁頂》，頁 9-1078。

《山海經》及《淮南子》皆見有「儋耳之國」，然字皆作「儋」，且屬北方之國。黃暉《論衡校釋》亦有相關考證：

> 方以智曰：「儋耳」即「耴耳」。《淮南》曰：「耴耳在北方。」漢南海有儋耳郡，注：「作瞻，大耳。」《說文》：「耳曼無輪廓曰聸。」老聃以此名。子長疑太史儋即老聃，則「儋」、「瞻」、「聃」一字。今儋州即儋耳。淮南「在北方」，或謂舉，或同名乎？暉按：方說非也。漢之儋耳郡，唐之儋州，地在南方，與此無涉。《說文》明言南方有儋耳國。此「儋耳」在四海之外，本〈海外北經〉、《淮南・地形訓》。「儋」當作「耴」，初譌為「耽」，再轉為「瞻」、為「儋」耳。（段玉裁曰：「古作耽。一變為瞻，再變為儋。」）今《淮南・地形訓》「耴耳」偽作「耽耳」。（依王念孫校。）此則由「耽」轉寫作「儋」也。《呂氏春秋・任數》篇：「北懷儋耳。」高注：「北極之國。」則「儋」亦當作「耴」，與此誤同。（〈大荒北經〉：「儋耳之國，任姓。」亦「耴耳」之誤。）《淮南》高注：「耴耳，耳垂在肩上。耴讀褶衣之『褶』，或作『攝』，以兩手攝耳居海中。」〈海外北經〉曰：「聶耳之國，在無腸國東，為人兩手聶其耳，縣居海水中。」王念孫曰：「耴耳即聶耳。」[188]

黃暉以《山海經》、《淮南子》所見之「瞻耳之國」與《說文》「南方有瞻耳之國」屬二地。《山海經》、《淮南子》之「瞻」字本應作「耴」，而後再訛為「耽」、「瞻」、「儋」等字。然則，不論《山海經》、《淮南子》所云北方之儋耳國，以及《說文》、《漢書》所見南方儋耳之國、儋耳郡是為一地或二地，均取其「耳大、下垂」之義而名之其國。

目前難以考證〈大荒北經〉「儋耳之國」之具體位置，但《說文》所云南方儋耳之國，位置相對明確。《後漢書・南蠻西南夷列傳》：「其珠崖、儋耳二郡在海洲上，東西千里，南北五百里。」[189]珠崖、儋耳國即位於今海南島，根據〈南蠻西南夷列傳〉雖然漢武帝元鼎五年滅南越國，並設置九郡，但是「凡交阯所統，雖置郡縣，而言語各異，重譯乃通。人如禽獸，長幼無

---

188 〔漢〕王充著，黃暉校釋：《論衡校釋》（北京：中華書局，1990），頁 382 至 383。
189 《後漢書》卷八十六，〈南蠻西南夷列傳〉第七十六，頁 2835。

別。」其中又以珠崖郡、儋耳郡之情勢最為動蕩，漢代中央政府始終無法有效控管之，最後「元帝初元三年，遂罷之。凡立郡六十五歲。」[190]

也因為漢武帝時曾短暫設置了「儋耳郡」，如此將「儋耳之國」轉而成為完整地名「儋耳郡」，為「專名（儋耳）＋通名（郡）」之格式，「儋耳」由原本修飾「國」之形容詞轉而成為地名專名。只是立郡時間僅六十五年，因此《說文》補充「瞻耳」之地名，不以「交趾有瞻耳郡」釋之，僅曰「南方有瞻耳之國」，透露了其國領地不在大漢帝國控制範圍之訊息。

（二）捫

「捫」字見於〈手部〉，《說文》釋云：

　　🔣　捽也。从手即聲。魏郡有捫裴侯國。

許書「捽」釋「捫」字之本義，復於釋形後補充說明「捫」字假借為地名，即魏郡之「捫裴侯國」。段玉裁注云：

　　《漢・地理志》作「即」，〈王子侯表〉作「捫」。據此則今本〈地理志〉誤也。

《漢書・王子侯表》載有號諡名為「捫裴戴侯道」[191]者，為地名「捫裴」之文獻用例，該地曾於漢武帝征和元年封侯，屬縣級之侯國，故《說文》曰「魏郡有捫裴侯國」，而未如其他通例作「魏郡有捫裴縣」。《漢書・地理志》作「即裴」，《後漢書・郡國志》魏郡轄縣則未見「即裴」或「捫裴」，其縣至東漢已更名或省併。

---

190 《後漢書》卷八十六，〈南蠻西南夷列傳〉第七十六，頁 2836
191 《漢書》卷十五，〈王子侯表〉第三上，頁 479。

八　假借為地名

（一）趡

「趡」字見於〈走部〉，《說文》釋云：

> 趡　動也。从走隹聲。《春秋傳》曰：「盟于趡」。趡，地名。

許書以「動」釋「趡」，而復於釋形之後引經補充釋義「趡」亦假借為地名。《左傳・桓公十七年》：「二月丙午，公會邾儀父，盟于趡。」注：「趡，魯地」[192]雷浚《說文引經例辨》：「引傳而自釋之，此許說假借之一例也。凡地名字多假借。」[193]是知「趡」為先秦魯地之地名，因此魯桓公曾與同為魯地之邾國會盟於趡地。不過漢代已後之文獻，已不見「趡」之地名。

（二）羑

「羑」字見於〈羊部〉，《說文》釋云：

> 羑　進善也。从羊久聲。文王拘羑里，在湯陰。

羑字本義為「進善」之義，即導之以善也。而字又假借為地名，為雙音節地名「羑里」。許書於釋形後補充說明，唯其補充之方式未如其他補充之假借地名以「某地（郡／縣）有某（縣／亭／鄉）」之地理定位格式，而云「文王拘羑里，在湯陰」。「文王拘羑里」為一句，兼具地名釋義及歷史意義，「文王拘羑里」一句亦見於《莊子・盜跖》[194]；「在湯陰」為獨立一句，是《說文》常見「在某地」的地理定位方式。而「湯陰」應作「蕩陰」，段玉裁：

192《左傳注疏》卷七，〈桓公〉，頁129-1。

193《說文解字詁林》，頁2-1384。

194〔清〕郭慶藩撰，王孝魚點校：《莊子》卷九下，〈盜跖〉第二十九（北京：中華書局，1995年），頁997。

蕩，各本作湯，誤。今正。〈水部〉正作「蕩陰」。漢二〈志〉皆云河
內郡蕩陰有羑里城，西伯所拘。[195]

《說文》大徐、小徐本釋義原文均作「湯陰」，而王筠從段說，故《說文段
注》、《說文句讀》於釋義原文均改「湯」為「蕩」。

　　假借為地名之「羑」字，又作「牖」。《戰國策》：「故拘之於牖里之
車」[196]。《史記》承之，如〈魯仲連鄒陽列傳〉：「故拘之牖里之庫百日，欲
令之死。」[197]「羑」、「牖」二字《廣韻》皆為與久切，以母有韻，兩字同音
通假，故文獻上見有「羑里」及「牖里」二種地名用字，實為一地。

---

195 段玉裁：《說文解字注》，頁 148。
196 《戰國策》卷二十，〈趙〉三，頁 707。
197 《史記》卷八十三，〈魯仲連鄒陽列傳〉第二十三，頁 2463。

第四章
地名通名字

第一節　通名之義界

　　「通名」即「通用名詞」，是事物的通用名稱，又稱為「共名」，用以表示共同特質、地貌、屬性和行政制度[1]。用於地名上，「通名」可表示其地之屬性、類別、層級等，如河流之「水名」、城邑之「邑名」、山丘之「山名」等。和通名相對的「專名」，則為是專字專用的地名，專名字的來源有假借他字、或從水、從邑等部件的專名本字。上古時代的地名多為專字專用，並藉由特定部件區別其地理屬性，如表示水名的「𤁦」〈合集 36875〉、「𣲤」〈合集 902〉、「𣲩」〈合集 8312〉等字，均是加上「水」之部件表其屬性。但殷商時代尚有更多地名字，僅知其為地名，無法就其字形確切瞭解其為山、水、邑等地理屬性。而地名之通名字，一方面可強化識別，讓專名字不與假借字的本義混淆；另一方面也可減省文字的新造，只要在任何的專名後加上通名，結合為「專名＋通名」之格式，即能完整地表達其地名的全部內涵。

　　關於地理通名的定義，有以實際應用者為主：

> 地理通名要想在地理實體中反映它的特徵，必須與專名結合在一起，但又要能分開，與其他專名結合在一起，構成同類地名。……由此可見，通名是表示地名的「共性」，專名是表示地名的「個性」。[2]

依此標準，地理通名必須要能結合二個以上的專名，方能成立。及至漢代，地理通名的運用已非常成熟。但為了完整呈現《說文》地理價值，除了通名

---

1 崔恒昇：《中國古今地理通名匯釋》：「地理通名是同類地理實體的通用名稱，簡稱為通名，絕大多數來自地理學科中的專門用語，有共同的基本性質和特徵，因而可按某些標準分為若干類，類中又可按某些基本性質再行劃分。」（合肥：黃山書社，2003 年），頁 1。
2 崔恒昇：《中國古今地理通名匯釋》，（合肥：黃山書社，2003 年），頁 1。

之文獻用例見有與專名結合為「專名＋通名」的標準式外，部份通名與專名未結合之用例者，但卻與地名有關者，例如〈艸部・藪〉：「大澤也。从艸數聲。九州之藪：揚州具區，荆州雲夢，豫州甫田，青州孟諸，沇州大野，雝州弦圃，幽州奚養，冀州楊紆，并州昭餘祁是也。」說明了「九州之藪」各有專名，《說文》釋義中以及先秦兩漢文獻用例雖無「具區藪」、「雲夢藪」等的用法，但該專名所代表的地形地貌已有明確的通名，只是未與專名緊密結合，諸如此類，本文皆計入地理通名之數。

　　地名通名依屬性類別，概可分為「人文類」及「自然類」。人文類通名具規範性，較易掌握，如〈冂部・冂〉：「邑外謂之郊，郊外謂之野，野外謂之林，林外謂之冂。象遠界也。」釋義完整呈現上古地理區劃的通名層次。不過其中的「郊」、「野」、「林」、「冂」等通名，則未見與地名專名有實際結合之用例，也未見有專名即為「郊」、「野」、「林」的制度，故不計為地理通名。此外，《說文》尚有部份在秦漢時非為地理通名，但後世已用為地名通名者，如「河」、「江」、「海」等在上古均用為專名，分別指為黃河、長江及東海，但此三字在《說文》仍未做為通名使用，諸如此例亦不計入討論之列。

第二節　通名字構形用例分析

　　《說文》所見通名字，若就字形與字義的關係而言，有些通名之本形即代表本義，亦為通名內涵之來源，如「山」、「水」等字，因此結合字義，通名義即「用以本義」，或本義之引申者；有的因聲音關係假借他字，做為地名之通名，如「縣」、「鄉」等。以下分別詳述之。

一　地名通名為本義者

　　《說文》的地理通名中，以字的本義做為通名者，多屬自然地理類。字之本義即地形地貌者，造字之初不一定用為通名，有時僅用為單純之地名或地形名詞。但隨著地名的增加，地名逐漸需要地理通名以辨其義，部份形容地形地貌的文字便開始應用為通名。應用為通名後，這些字仍繼續用其本義，但又能兼具地理通名的身分，是其最大的特色。由於本類通名數量最

多，因此又次分以「山名通名」、「水名通名」、「邑名通名」及「丘阜通名」
說明。

【甲】山名通名

（一）山

「山」字為〈山部〉之部首，《說文》釋義云：

> 山　宣也。宣气散，生萬物，有石而高。象形。

就字形而言，山之字形象山有峰，本義亦為山。許書釋義強調「山」為有石
而高之地形，以別於丘、阜等字。「山」字為常見的自然地理通名，殷商甲
骨文字形作：「Ｍ」〈合集 5431〉，朱歧祥釋山字云：

> 象山嶽形，隸作山。……卜辭言『山阜』連言，甲骨文屢見祭山岳以
> 求降雨，是知殷人相信山岳有主掌時雨的能力。[3]

甲骨文「山」字形「Ｍ」像三座山峰之形，到了西周金文作「Ｍ」（〈山父
丁觚〉）[4]、「Ｍ」（〈山父王尊〉）[5]、「Ｍ」（〈山且庚觚〉）[6]、「山」（〈中山侯
鉞〉）[7]，字形仍承甲骨文，具有山峰相連之象，進而影響篆文的「山」，以
及今天書寫的楷書「山」字形。

　　在出土材料的地理通名的用例上，「山」字在甲骨文多假借為人名及祭
祀對象，但亦有地理通名之用例，如〈合集 20271〉：「壬申卜：王陟山Ｍ？
癸酉易日。」「山Ｍ」即「Ｍ山」，為「專名（Ｍ）＋通名（山）」之例，
「Ｍ」為山之專名；「陟Ｍ」甲骨文作「Ｍ」，象步行攀登而上，卜辭用為本

3　朱歧祥編纂，余風等合編：《甲骨文詞譜》（臺北：里仁書局，2013 年），頁 2-469。
4　《殷周金文集成》7116。
5　《殷周金文集成》5664。
6　《殷周金文集成》7081。
7　《殷周金文集成》11758。

義，故〈合集 20271〉即卜問王登山之事。[8]

金文「山」亦見有「通名」之用例，如〈克鼎〉：「易女田于寒山」[9]、〈啟卣〉：「王出獸南山」[10]，均是「專名＋通名（山）」的形式。及至文獻，「山」已成為固定的山岳通名，字亦可用為山地、高峰的泛稱。

《說文》於釋義中所見「山」之通名，一用於解釋正文為某山之產物，如〈艸部‧薞〉字云：「艸。出吳林山。」即「薞草」為吳林山之特產，或如〈木部‧樕〉云：「木。出發鳩山。」即「樕木」為發鳩山之木也。其次，亦用於解釋正文即為山名，如〈山部〉所見山名專名，其釋義均云「山」，或雙音節山名列出全名如「嶧」字釋云：「葛嶧山」。最後，見於〈水部〉釋云某水所出之山，如〈水部‧沇〉：「水。出河東東垣王屋山。」即云沇水之源頭為河東郡東垣縣之王屋山。

（二）丘

「丘」為〈丘部〉之部首，《說文》釋云：

> 𡊽　土之高也，非人所為也。从北从一。一，地也。人居在丘南，故从北。中邦之居在崐崘東南。一曰：「四方高中央下為丘。」象形。𡊨　古文从土。

「山」字像三峰形，「丘」則為兩峰形，本義為小山[11]，許書釋「山」為有石之高地，「丘」為土之高地的自然地形，規模略小於山。卜辭有「丘商」〈合集 9529、9530〉、「丘剎」〈合集 4248〉、「丘雷」〈合集 24367〉等地名，已具通名與專名結合的形式，但通名置於專名前，屬「通名（丘）＋專名」之地名格式。

《說文》所見以丘為通名者，僅「阠」、「𨸷」、「隉」三個專名，釋義均云「丘名」，說明此三例專名均為丘阜之名，未將「丘」結合至專名形成完

---

8 詳拙著：《殷墟甲骨刻辭之地名字研究》第三章〈甲骨文地名通名〉（臺中：逢甲大學博士論文，2012 年），頁 78。
9 《殷周金文集成》02836。
10 《殷周金文集成》05410。
11 詳季旭昇：《說文新證》卷八上（臺北：藝文印書館，2004 年），頁 19。

整「專名＋通名」的格式。

（三）阜

「阜」為〈阜部〉之部首，《說文》，釋義云：

> 𠂤　大陸，山無石者。象形。

許書將「阜」釋云「山無石」之大陸。考之於〈阜部〉所收文字之義，多數之阜，概念上近於丘陵地，亦有險地、狹關義等。段玉裁注云：

> 〈釋地〉、《毛傳》皆曰：「大陸曰阜。」李巡曰：「高平曰陸。」謂土地豐正名為陸。陸土地獨高大名曰阜。[12]

段氏以高而平且無石之山之地形地貌曰阜，以今日地理學角度即屬「台地」之屬。甲骨文阜字作「𠂤」〈合集 20600〉、「𨸏」〈合集 31831〉，象土山高峭並有阪級之貌[13]，多以其本義用為地名通名，如「王賓仲丁祀，降在𡧱阜」〈合集 10405〉、「王陟在𨙨阜卜」〈合集 24365〉，是知甲骨文已將阜名與地名專名結合作「專名＋通名」的形式，而關於「某阜」之地名，卜辭動作用「降」、「陟」表示，通過階梯[14]登阜或下阜，是知「阜」除了「高而平」、「山無石」外，「阜」亦屬地勢險要之山關。《說文・阜部》收有從阜之「阮」，釋義為「五阮關」，屬山關之名；另外〈阜部〉地理形貌之名中，「隘」、「阨」、「陋」、「陝」、「陟」、「陷」、「隔」、「隍」等字均具高、險、陝等關塞地形之形貌，由《說文》及甲骨文互證，是知「阜」之概念也括了險要地形。

　　「阜」字與專名結合作「專名＋通名（阜）」之格式，即作「某阜」者，用例不多，《說文》以阜為通名的地名亦僅一例，〈阜部・陼〉：「大昌

---

12 段玉裁：《說文解字注》，頁 738。
13 《古文字詁林》，頁 10-770。
14 陟（𨸏），象人拾級而上；降（𨽅），示人自上而下。參朱歧祥：《殷墟甲骨文字通釋稿》（臺北：文史哲出版社，1989 年），頁 151。

也。一曰右扶風鄜有陭阜。」「陭」一指「大阜」，又用為專名，《說文》以一曰交待其地名所指即右扶風鄜縣的「陭阜」。

（四）陵

「陵」字見於〈阜部〉，《說文》釋義云：

> 䧙　大𨸏也。从𨸏夌聲。

大阜者陵，即大土山者。金文字作 䧙〈散氏盤〉，除用為人名外，多用為地名，如〈瘋壺〉：「王在句陵」、〈散氏盤〉：「奉（封）割枏、陜陵、剛枏」、〈曾姬無卹壺〉：「望安茲漾陵」等例，其中的「句陵」、「陜陵」、「漾陵」均以「陵」為通名，組成「專名＋通名（陵）」的地名格式。

《說文》所見以陵為通名之地名僅一例，〈阜部‧阢〉：「陵名」即「阢陵」，為徐鉉補入之新附字，釋義上省略專名，只說明其為陵之專名。不過漢代地名有許多專名中有「陵」字者，如漢中郡之房陵縣、京兆尹之杜陵縣、左馮翊之高陵縣、汝南郡召陵縣等，得名源由可能即因其地形地貌的「陵」而來，由通名轉而為專名。

（五）嶽

「嶽」字見於〈山部〉，《說文》釋云：

> 嶽　東岱、南靃、西華、北恆、中泰室，王者之所以巡狩所至。从山獄聲。𡼥　古文象高形。

「嶽」之本義即為險峻之名山，又為王者巡狩之處，以彰顯其威。許書釋義即說明東、西、南、北、中，各有一嶽，即岱山（泰山）、靃山、華山、恆山、泰室山（嵩山），是為「五嶽」。其古文重文「岳」字結構从丘从山，其中的「丘」，甲骨文字已有之，字形作「𠀁」〈合集 4733〉，或「𠀁」，象

「二土突出」[15]之形。

　　《說文》於釋義云「嶽」之通名義，而於漢代文獻用例中，「嶽」大部份均結合數字，如「五嶽」之名，或結合方位詞作「東嶽」、「西嶽」、「南嶽」、「北嶽」及「中嶽」。少部份結合山名專名，作「專名（山）＋通名（嶽）」之格式，如《論衡》：「秦始皇帝東封岱嶽。」[16]《淮南子》：「中大之美者，有岱嶽」[17]其「岱嶽」即《說文》釋義「東岱」之「岱山」，即今「泰山」。

　　通名用例中，文獻又見有作「岳」者，如《後漢書‧文苑列傳》：「皇帝以建武十八年二月甲辰，升輿洛邑，巡于西岳。」[18]「西岳」即《說文》「西華」之「華山」也。今日以「岳」為地名通名者，以日本最為成熟。日本的山岳名稱中，主要的通名即「山」、「岳」二字，如「利尻岳」、「白馬岳」、「槍岳」等。特別的是，日本山名通名中，亦見有「嶽」字，如「御嶽」、「北嶽」等山名，兩用通名之使用有別。臺灣山名以「岳」字為通名，僅阿里山區的「對高岳」。阿里山區在日治時期是日本主要的林場，「對高岳」之得名，亦與日本有關。現中國大陸簡體字則將「嶽」字統一作「岳」，因此現今大陸「嶽」、「岳」無別；我國教育部標準字規範裡，「嶽」、「岳」二字仍然有別。

（六）谷

　　「谷」字為〈谷部〉之部首，《說文》釋云：

　　　　谷　泉出通川為谷。从水半見，出於口。

谷之本義即泉出通川。泉出而通川，即河流源至上游河段的周邊山谷地貌。甲骨文有「谷」〈合集 17536〉，隸作谷，用為地名專名。金文字形亦作「谷」〈啟卣〉，口形或改凵作「谷」〈格伯簋〉，用為地名通名者如〈格伯簋〉的

---

15 朱歧祥編纂，余風等合編：《甲骨文詞譜》（臺北：里仁書局，2013 年），頁 2-493。

16 〔漢〕王充著，黃暉校釋：《論文校釋》卷十八（北京：中華書局，1990），頁 790。

17 《淮南子》卷四，〈墜形訓〉（北京：中華書局，1989 年）頁 139。

18 《後漢書》卷八十上，〈文苑列傳〉第七十上，頁 2596。

「霄谷」、「邊谷」之例，或作「帛迥山谷，至於上侯嶢川上」〈啟卣〉、「遣山谷，在泪水上」〈啟尊〉，山谷與河流均屬同一地形環境中，故山谷與河流專名共同出現於同一辭例。

　　以「谷」作為通名用例，《說文》所見計五例，均在〈水部〉，如有〈水部・漳〉：「清漳，出沾山大要谷。」〈水部・滋〉：「一曰滋水，出牛飲山白陘谷，東入呼沱。」「大要谷」、「白陘谷」即為「專名＋通名」的形式，亦均屬河流所出的之源，與釋義「泉出通川為谷」合。

【乙】水名通名

（七）水

　　「水」字為〈水部〉之部首，《說文》釋云：

　　🖋　準也。北方之行。象眾水並流，中有微陽之气也。

釋義方式為音訓，並加入漢代陰陽五行的觀念，字形則象流水之形，本義亦屬水流。不論是文獻或地下材料，「水」除了河流通名外，亦包括一切之水，如「🖋泉來水」〈合集 10156〉、「不遘大水」〈合集 33351〉；用作河流通名者，如〈同簋〉：「自淲東至于河，厥朔至于玄水」，其中、「河」與「玄水」三者均為河流名稱，「河」為加上水旁的河流專名字；「玄水」之「玄」字未加水旁，故以「專名＋通名」的形式作「玄水」，是上古常見的河流通名形式。

　　《說文》以「水」為通名用例者，計有一百五十八例，大多集中於〈水部〉，如「濕」：「水。出魏郡武安，東北入呼沱水。」濕水最後流入呼沱水，是其支流。另外，〈水部〉於河流專名的釋義形式多作「水，出某地，入某地」，如〈水部・沁〉：「水。出上黨羊頭山，東南入河。」省略專名，僅以河流通名「水」字釋之[19]。

---

[19] 段玉裁認為水名之上應有專名，為複舉隸字之例。其於〈河〉字注云：「各本水上無河字。由盡刪篆下複舉隸字，因并不可刪者而刪之也。許君原本當作河水也三字。河者，篆文也。河水也者其義也。此以義釋形之例。」段玉裁：《說文解字注》，頁521。

（八）川

「川」字為〈川部〉之部首，《說文》釋云：

> 〳〵 貫穿通流水也。《虞書》曰：「濬く巜，距川。」言深く巜之水會為川也。

川字字義亦為河流，但《說文》以く、巜、川三字分別表示河流不同程度的大小，則是析而言之。王筠《說文釋例》：

> く下云水小流也，是謂省巜左右四筆獨存中筆，以見其為小也。巜下云水流澮澮也，則由く而增之，以見其稍大也。川下云貫穿通流水也，則又由巜而增之，以見其益大也。然許君說水字未允，故吾於此三字，亦知其意而不敢從也。[20]

以「く→巜→川」為由小至大的河流，乃是就篆文字形而言。從目前的材料來看，「水」與「川」均指河流，無小大之分，如〈水部・涇〉：「水。出安定涇陽开頭山，東南入渭。雝州之川也。」又如〈水部・㵾〉：「水。起北地靈丘，東入河。从水寇聲。㵾水即漚夷水，并州川也。」「涇」、「㵾」為河流專名，「雝州之川」、「并州川」為許慎證經書之語[21]，意即「涇」字為《周禮・職方氏》雝州下之「涇」，「㵾」字為《周禮・職方氏》之「漚夷」，兩字的釋義同時出現「水」、「川」二通名，可證二者無別，直到後世「水」字通名義式微後，部份河流通名遂被「川」所取代。

　　《說文》的「川」字未有「專名＋通名」的用法，上溯甲金文僅見一例，〈啟卣〉：「宷逊山谷，至於上侯㵲川上」，㵲川亦有釋為「㵲水」者，所增之繁飾從川而不從水，對比〈啟尊〉之「泅水」，兩者都是經過「山谷」後所抵達之處，故㵲字應為河流專名，亦可做為㵲水。

---

[20] 《說文解字詁林》，頁 9-670。

[21] 段玉裁〈涇〉字注云：「班氏述地理志曰：『采獲舊聞，考迹詩書，推表山川，以綴禹貢、周官、春秋。』故每言禹貢某山、禹貢某水、某州川、某州浸，許意略同。」段玉裁：《說文解字注》，頁526。

（九）淵

「淵」字見於〈水部〉，《說文》釋云：

淵 回水也。从水，象形。左右，岸也。中象水皃。 淵或省水。
古文从口、水。

字形象夾岸之回水，即深潭之水。許書古文字形與甲骨文近，作「⿴」，如
「王其田淵西」、「王其田在淵北」〈屯 722〉，用為田獵地名，字或不从水旁
作「⿴」〈屯 2650〉。金文「淵」字有用為潭淵者，如〈中山王嚳鼎〉：「寧
汋於淵」，字作「⿱」，不从水。

以「淵」為通名，《說文》僅一例「汨羅淵」。〈水部・汨〉：「長沙汨羅
淵，屈原所沈之水。」汨羅淵又名屈潭，屬汨羅江在玉笥山附近的深潭，
《水經・湘水注》：「汨水又西為屈潭，即汨羅淵也。屈原懷沙，自沉于此，
故淵潭以屈為名。」[22]另〈水部・湫〉字云「安定朝那有湫泉」，其中「湫
泉」即為「湫淵」，如《後漢書・郡國志》朝那縣下註云「有湫淵，方四十
里，停不流。」[23]唐代為避諱將「湫淵」改作「湫泉」[24]。

（十）溝

「溝」字見於〈水部〉，《說文》釋云：

溝 水瀆。廣四尺、深四尺。从水冓聲。

「溝」之本義即為水道，且具一定規格。而《說文》於〈水部・瀆〉字釋曰
「溝也」，於〈水部・洫〉字曰「十里為成。成間廣八尺、深八尺謂之
洫。」又於〈巜部・巜〉字釋云：「水小流水。《周禮》：『匠人為溝、洫，柏
廣五寸，二柏為耦；一耦之伐，廣尺、深尺，謂之巜。』『倍巜謂之遂；倍

---

22 《水經注疏》，頁 3156
23 《後漢書》卷二十三，〈郡國志〉第五，頁 3159。
24 段玉裁：「淵，各本作泉，唐人避諱改也。今正。」《說文解字注》，頁 565。

遂曰溝；倍溝曰洫；倍洫曰〈〈。』」是知「溝」、「洫」皆屬人工水道。在列字次序上，《說文・水部》「洫、溝、瀆、渠」等字相次，是知此類水道均是有別於自然的河川，且洫、溝二字均有規定的寬度、深度，故此類河道皆為人工水道或運河，做為引水灌溉，或導黃河水等作用，如《史記・河渠書》：「自是之後，滎陽下引河東南為鴻溝。」[25]

在《說文》地理通名中，有關「溝」之用例者僅二例：〈水部・溰〉：「水。受淮陽扶溝浪湯渠」之「扶溝」，以及〈水部・汳〉之「水。受陳留浚儀陰溝」之「陰溝」等，均屬「專名＋通名（溝）」之完整地名，表其均為人工水道。

（十一）渠

「渠」字見於〈水部〉，《說文》釋云：

> 𤄰　渠，水所居。从水，榘省聲。

段玉裁云：「渠、居疊韻。」[26]許書因疊韻而以「居」字音訓「渠」字。王筠《說文句讀》：

> 《史記》有〈河渠書〉。河者，天生之；渠者，人鑿之。「曰廄二渠，以引其河」，仍是河道。[27]

王筠根據《史記・河渠書》，歸納「河」為自然形成，而「渠」為人工開鑿，與「溝」字同為人工開鑿之水道。今考《史記・河渠書》，「渠」之應用者，更多為灌溉水道，如「而（鄭國）渠下民田萬餘頃，又可得以溉田」「穿渠引汾溉皮氏」「而關中輔渠、靈軹引堵水、汝南、九江引淮、東海引鉅定、泰山下引汶水，皆穿渠溉田」[28]。

---

25 《史記》卷二十九，〈河渠書〉第七，頁 1407。
26 段玉裁：《說文解字注》，頁 559。
27 《說文解字詁林》，頁 421。
28 以上皆見《史記》卷二十九，〈河渠書〉第七，頁 1405-1415

雖然在人類生活上，常築渠引河水以灌溉，但不一定每一條渠都有名稱。除上引〈河渠書〉所見「輔渠」為「專名（輔）＋通名（渠）」之完整水名格式外，《說文》見有「渠」者僅二例：〈水部·灊〉字「水。出巴郡宕渠」之「宕渠」，以及〈水部·過〉：「水。受淮陽扶溝浪湯渠」之「浪湯渠」。

（十二）澗

「澗」字見於〈水部〉，《說文》釋云：

🖾　山夾水也。从水閒聲。一曰：「澗水，出弘農新安，東南入洛。」

許書釋「澗」之字義為山間的水流，而地名通名「澗」，亦用其「山夾水」之意。如《爾雅·釋山》：「山夾水澗，陵夾水澞。」[29]

《說文》地理通名見「澗」之用例僅一例：〈水部·潩〉：「水。出汝南上蔡黑閭澗，入汝。」意即「黑閭澗」為潩水源頭，位於汝南郡上蔡縣。

（十三）藪

「藪」字見於〈艸部〉，《說文》釋云：

🖾　大澤也。从艸數聲。九州之藪：楊州具區，荆州雲夢，豫州甫田，青州孟諸，沇州大野，雝州弦圃，幽州奚養，冀州楊紆，并州昭餘祁是也。

許書釋「藪」云「大澤」，徐灝：「許以光潤為澤之本義，引申為凡光澤、潤澤、滑澤之偁。澤物莫如水，故雨謂之雨澤；又水所聚曰澤。」[30]因此「大澤」即為面積廣潤之水澤，稱之曰「藪」。

《爾雅》有十藪，《周禮·職方氏》九州亦各有其藪，《說文》根據〈職

29《爾雅注疏》卷十一，〈釋山〉，頁118-1。
30《說文解字詁林》，頁9-368。

方氏〉之內容補充十藪之專名：「具區、雲夢、甫田、孟諸、大野、弦圃、
奚養、楊紆、昭餘祁」等，專名均為雙音節以上，格式均作「某州專名」，
如「楊州具區」，「具區」則為藪名，依「專名＋通名（藪）」之格式，則當
作「具區藪」。其中「雲夢藪」，在《漢書‧地理志》南郡南容縣下作「雲夢
澤」[31]，通名作「澤」不作「藪」，說明地名通名中，「澤」與「藪」亦可互
相通用。

【丙】邑名通名

（十四）國

「國」字見於〈囗部〉，《說文》釋云：

> 國　邦也。从囗从或。

漢代國、邦二字義近，故許書邦、國二字互訓，上古邦、國義有不周。季旭
昇釋云：

> 國的本義同「域」，並沒有「邦」的意思，其本字作「或」，《訦鐘》
> 既有「南或（國）彶孳敢臽（陷）處我土」、「畯（允）保四或
> （國）」，又有「南尸東尸具見，廿又六邦」。「邦」、「國」同見，足證
> 不同義。……春秋晚期《蔡侯龖鈕鐘》「建我邦國」，把邦國聯用，國
> 義已等同於邦了。[32]

是知「國」字形本作或、域等字形，金文即用為周天子之疆域，東周時各分
封的諸侯亦稱「國」，而後字義擴大，殷商時代所稱「方」的外邦方國，秦
漢亦均稱為「國」。

　　《說文》出現通名「國」字通名用例者計有四十例，其中即包括先秦諸
侯國，如〈邑部‧郇〉：「周武王子所封國」；亦有漢代郡國並行之侯國，如

---

31 《漢書》卷二十八上，〈地理志〉第八上，頁 1566。
32 季旭昇：《說文新證》卷六下（臺北：藝文印書館，2002 年），頁 517。

〈邑部．鄌〉:「沛國縣」地名為「沛國鄌縣」，說明「沛國」即與郡級同級的侯國；又如地位等同於縣級的侯國的〈魚部．鱕〉:「魚名。出樂浪潘國。」之「潘國」位於樂浪郡之下；亦有外族方國的〈邑部．鄯〉:「鄯善，西胡國也」,「西胡國」即是西域之胡人，是所有地理通名中較為複雜者。

(十五) 邑

「邑」,《說文．邑部》之部首，釋義云：

 國也。从口。先王之制，尊卑有大小。从卪。凡邑之屬，皆從邑。

段玉裁云:「《左傳》凡稱人曰大國，凡自稱曰敝邑。古國、邑通稱。」此均為東周以後的用法。上古「邑」即為人類聚落的通名，甲骨文已見「邑」字為通名，字作「」,「口」像城四方之形,「」即人也，故「邑」為人所居之城[33]，陳夢家《殷虛卜辭綜述》:

卜辭中有許多「邑」，可分為兩類：一是王之都邑，一是國內族邦之邑。[34]

王都之邑及族邦之邑，做為地理通名的「邑」，卜辭多單獨使用，不加專名，如、〈合集 707〉:「有冊三十邑」、〈合集 7852〉:「茲邑其有降𡆥？」〈合集 13499〉:「我作邑」等，或作王都所在地如「大邑」、「大邑商」、「唐邑」等用法。「專名＋通名」的用法卜辭已有之，如大量的「某方」辭例，或可省略通名僅云其方國專名，但卻僅見「唐邑」、「河邑」為「專名＋通名（邑）」的形式。

戰國之後，各侯國的內部組織漸趨嚴密，為了便於管理，地方制度的分級也愈來複雜，開始也出現「縣」、「郡」等通名，並依各自不同的需求而做調整，如「邑」，就有「大邑」、「小邑」的不同，《說文．邑部》共有四個

---

33 參羅振玉《增訂殷虛書契考釋卷中》、葉玉森：《殷虛書契前編集釋卷六》、商承祚：《甲骨文字研究下編》等之說法，《古文字詁林》，頁 6-238。

34 陳夢家：《殷虛卜辭綜述》（北京：中華書局，1988 年），頁 321。

「下邑」，分別為〈邿〉：「宋下邑」、〈郲〉：「邾下邑」、〈聏〉：「魯下邑」、
〈酄〉：「魯下邑」，與「齊、魯、鄭、宋、衛皆有大小邑之制」[35]合。

　　秦統一天下，各種制度重新訂立，地方制度改採郡縣二級制，初期無
「邑」之制，西漢時則更為郡國並行制，又恢復了「邑」之制[36]，與縣、
道、國層級相同，屬縣級單位，因此，不論在〈地理志〉或〈郡國志〉所云
之「某邑」，其行政單位即為該郡之邑，非某邑縣，如〈郡國志〉冀州常山
郡之「高邑」，下云「故鄗，光武更名」，將「鄗縣」更名為「高邑」，「邑」
即其通名[37]。

　　《說文》所記載的地理通名「邑」，有指先秦時代的都城，如〈邑部・
邵〉：「晉邑也。」〈郤〉：「晉大夫叔虎邑也。」亦有漢代地方制度與縣同級
的「邑」制，但《說文》多比照「縣」之例，省其通名，難以判別，如〈邑
部・郖〉：「河東聞喜鄉」，河東郡之聞喜，一般多作「聞喜縣」，然《後漢
書・郡國志・河東郡》詳載「聞喜邑」，〈皇后紀〉亦云：「皇女興，元年封
聞喜公主」[38]，符合「皇太后、皇后、公主所食曰邑」的條件，知「聞喜」
為漢代地方制度的「邑」。

（十六）都

　　「都」字見於〈邑部〉，《說文》釋云：

> 𨛜　有先君之舊宗廟曰都，从邑者聲。《周禮》：「距國五百里為
> 　　都。」

「都」，一指宗廟所在之國都，二指都城之都。金文「都」作「𨜞」（集成
260）、「𨜞」（集成 9729），用例多為國都、都城，如〈㝬鐘〉：「王肇伐其

---

35 童書業：《童書業歷史地理論叢》：「春秋時除周、秦、吳、越等國之都邑制未詳外，晉、楚之邑皆
　　大（亦或有小邑），或稱為『縣』。中原諸國若齊、魯、鄭、宋、衛皆有大小邑之制，小邑亦或稱
　　『縣』。」（北京：中華書局，2004 年），頁 335。
36 《漢書》卷十九，〈百官公卿表〉第七上：「列侯所食縣曰國，皇太后、皇后、公主所食曰邑，有蠻
　　夷曰道。凡縣、道、國、邑千五百八十七。」，頁 742。
37 關於「邑」之地理通名及制度考證，亦可參余風：《說文解字邑部及其地理文化之研究》（臺中：逢
　　甲大學碩士論文，2005 年），頁 8 至 10。
38 《後漢書》卷十九，〈皇后紀〉第十下，頁 461。

至，戕伐乎都」[39]，或「都邑」合稱者如〈洹子孟姜壺〉：「齊侯洹子孟姜喪，其人民都邑董寡」[40]。

「都」於《說文》僅一例「楚都」。〈邑部・郢〉：「故楚都。在南郡江陵北十里。」為楚國宗廟所在之國都。至若〈邑部・酆〉：「周文王所都。在京兆杜陵西南。」其「都」則已做為動詞「定都」之義[41]。

（十七）郡

「郡」字見於〈邑部〉，《說文》釋云：

> 郡，周制，天子地方千里，分為百縣，縣有四郡。故《春秋傳》曰：「上大夫受郡」是也。至秦初，置三十六郡以監其縣。从邑，君聲。

許書於「郡」字下義界甚詳，大抵「郡制」由周朝開始，「分為百縣，縣有四郡」，是初期縣大於郡；及直秦始皇統一天下，實施中央集權制度時，於全天下設置三十六郡，每郡之下各領其縣。漢代承之，《漢書・地理志》及《後漢書・郡國志》亦皆以郡、縣為綱領，依此記載漢代地理之事。

《說文》所見之「郡」字用例極多，有作「專名＋郡」完整地名格式者，計十四例，如「蜀郡」、「鬱林郡」等，均可與〈地理志〉及〈郡國志〉互考；另外許書釋義亦常省略郡、縣名，如〈水部・溢〉：「出南陽魯陽」，「南陽」即「南陽郡」、「魯陽」即「魯陽縣」，總計全書省略郡級通名者，計有二百六十例。

（十八）里

「里」字為〈里部〉之部首，《說文》釋云：

---

39 《殷周金文集成》260，〈戜鐘〉。
40 《殷周金文集成》9729，〈洹子孟姜壺〉。
41 關於「都」之相關用例考證，亦可參余風：《說文解字邑部及其地理文化之研究》（臺中：逢甲大學碩士論文，2005 年），頁 15 至 16。

里　居也。从田从土。凡里之屬皆屬里。

許書釋「里」之義為「居」也，即民之所居之範圍。因此在社會發展日趨嚴密的情況下，「里」遂成為地方制度中的最小單位。《漢書・百官公卿表》：

> 大率十里一亭，亭有長；十亭一鄉，鄉有三老、有秩、嗇夫、游徼。三老掌教化，嗇夫職聽訟，收賦稅，游徼徼循禁賊盜。縣大率方百里，其民稠則減，稀則曠，鄉、亭亦如之。[42]

從〈百官公卿表〉知「十里一亭」，「里」是縣級以下的單位，「縣」轄「鄉」，「鄉」轄「亭」，「亭」轄「里」。另外，「里」字亦假借為單位詞，故云「縣大率方百里」。

　　先秦兩漢文獻用例多見「里」之通名應用，而《說文》「里」的應用有四例，如〈土部・壘〉：「洛陽有大壘里」、〈儿部・兀〉：「茂陵有兀桑里。」〈邑部・郎〉：「汝南召陵里」，即汝南郡召陵縣郎里，以及〈門部・閜〉：「汝南平輿里門曰閜」，屬方言地理區，指汝南郡平輿縣之里門稱之為「閜」。由里的層級來看，屬於縣級以下的單位，且與鄉、里、亭的層級相同。不論《說文》或文獻、銘文等資料來看，擁有專名的「里」例不多，或可說當時多數的里仍沒有固定的專名。

【丁】丘阜通名

（十九）阪

　　「阪」字見於〈阜部〉，《說文》釋云：

阪　坡者曰阪。一曰澤障。一曰山脅也。从自反聲。

「坡者曰阪」，明言凡山坡之地，通名均稱之為阪，此為「阪」之本義，用

為地名通名。而在先秦兩漢文獻用例中，「阪」字亦多用於地理通名「坡」之意，桂馥於《說文義證》云：「或作坂」，又舉《易·說卦》之「陵阪」、《左傳》之「阪高」、《穆天子傳》之「長松之阪」、《史記》之「關阪」等[43]，證其通名之例。

　　而在《說文》釋義中，云「阪」之地理通名計有四例，均在〈阜部〉，如「隴」：「天水大阪也」，即天水郡之「大阪」、「陇」：「酒泉天依阪也」即酒泉郡天依縣之「天依阪」、「陭」：「上黨陭氏阪」即上黨郡陭氏縣「陭氏阪」，以及「隒」所云「鄭地阪」，為鄭地之阪。以上除了「鄭地阪」之「阪」僅單用通名字外，其餘皆屬「專名＋通名（阪）」之地名格式。

（二十）陬

　　「陬」字見於〈阜部〉，《說文》釋云：

　　　陬　阪隅也。从𨸏取聲。

陬之釋義作「阪隅」，段玉裁注云：「謂阪之角也。……引申為凡隅之偁。陬與隅疊韵為訓。」[44]是知「陬」本義即為山坡之角落，用為地名通名。在列字次序上，〈阜部〉「陬」字次於「阪」後，亦說明兩字有密切關係。前文論「隴」、「陇」二字之釋義，說明了「阪」為整座山脈之坡地，而「陬」則為「阪」地形之一角，因此「陬」字又有引申為角落、偏遠之地之意[45]。

　　《說文》以「陬」為地名通名者，計有二例，均在〈阜部〉，如「隑」：「河東安邑陬也」為河東郡安邑之「隑陬」，其中「安邑」之「邑」為通名，為皇太后、皇后、公主所封之縣；又如「陓」：「弘農陝東陬也」則為弘農郡陝縣東邊之「陓陬」。

---

43 《說文解字詁林》，頁 11-456。
44 段玉裁：《說文解字注》，頁 738。
45 詳第二章第六節〈未見用例〉之論。

（二十一）虛

「虛」字見於〈丘部〉，《說文》釋云：

> 𤲒　大丘也。崑崙丘謂之崑崙虛。古者九夫為井，四井為邑，四邑為
> 丘。丘謂之虛。从丘虍聲。

大丘謂之虛，故崑崙丘亦作崑崙虛，此為「虛」之本義。段玉裁於〈虛〉字
注云：

> 虛本謂大丘，大則空曠，故引伸之為空虛。如魯、少皞之虛，衛、顓
> 頊之虛，陳、大皞之虛，鄭、祝融之虛，皆本帝都，故謂之虛。[46]

段氏引文獻材料說明「虛」之通名用例，字義上則再由大丘引申為空虛、廢
虛等空曠之古地。

　　《說文》所見「虛」之通名用例有二，一為「虛」字本身釋義云「崑崙
虛」，此「虛」為本義「大丘」之義，僅此一例；一為引申義「廢虛古地」
之通名，計有二例〈女部・姚〉：「虞舜居姚虛」之「姚虛」，即姚地古地；
〈邑部・郭〉：「齊之郭氏虛」，故郭國之地以通名「虛」釋之，則是以通名
釋專名，未結合專名。另〈心部・愲〉及〈水部・汶〉釋義見有「琅邪朱
虛」，「朱虛」為雙音節之縣名，或亦可視為已專名化之通名。

二　地名通名為引申義者

　　此類通名字，皆有其本義，而復由其本義再引申出表示地名共通特徵、
共同屬性之地名通名義。地名通名為引申義，在《說文》中見有七例：
「州、關、亭、聚、澤、地、虛」。其中「虛」字既有用為本義之通名，又
有引申義之通名，是所有通名字用例較為特殊者。

---

46 段玉裁：《說文解字注》，頁390。

（一）州

「州」字見於〈川部〉，《說文》釋云：

〔州〕 水中可居曰州，周遶其旁，从重川。昔堯遭洪水，民居水中高土，或曰九州。

此釋義甚詳，本義即為水中可居之沖積沙州，故依此引申為九州之州，即通名「州」之由來。州字，甲骨文作「〔州〕」〈合集 850〉，多作為人名或族名，如「州臣」〈合集 849〉，金文字形亦作「〔州〕」，用為字形本義者有〈散氏盤〉：「陟州剛（崗）」，即有水環繞之高地，其餘有作人名的〈仲州簋〉：「仲州作寶簋」、作部族之人者如〈榮作周公簋〉之「州人」、作為地名如〈鼾比盨〉：「州、瀘二邑」等，均不見用於地理通名。

《尚書・禹貢》劃天下以九州，是「州」字用為地理通名的最早資料，而後《周禮》、《爾雅》亦有九州之記載，但名稱不一，且未正式實施於天下。漢武帝時仿九州之制，於郡國之上再增「州」制，分天下為十三州，每州設刺史部，初期僅為虛職，後世則成為地方制度的一環。《說文》所載地理通名州，計有十五例，其中有〈禹貢〉之九州者，如〈水部・涇〉：「雝州之川也。」可對應〈禹貢〉之涇水，此外亦有漢代制度之州，如〈耳部・聹〉：「益梁之州謂聾為聹」，即指益州、梁州耳聾之方言為「聹」。

（二）關

「關」字見於〈門部〉，《說文》釋云：

〔關〕 以木橫持門戶也。从門絲聲。

「關」字本義為木橫持門戶以關門，從一個區域到另一個區域，通過一道門，也表示通過了一個分界點，因此在地名通名之用義上，「關」字從本義引申為重要的關口、關卡，通常是地形險要之地，因此以「關」為通名之地名，多屬山區河谷地勢險要且為兩個區域交通聯繫之關口。金文已見有

「關」之用例，字从卵聲[47]作「𨳡」〈陳純釜〉，或从串聲作「𨳱」〈鄂君啟舟節〉，文例亦多表示為重要關口、隘口，如〈陳純釜〉：「命左關師發」、〈鄂君啟舟節〉之「木關」，已具通名的意涵。

　　《說文》以「關」做為地名通名者，如〈阜部・阮〉：「代郡五阮關也」之「五阮關」。另外「函谷關」在《史記》常獨用一字「關」，做為函谷關的省稱，《說文》亦承之，如〈木部・槌〉：「關東謂之槌，關西謂之㭨。」「關東」、「關西」即省去函谷關的專名，再加上方位詞，做為方言地理區的劃分界線。

（三）亭

　　「亭」字見於〈高部〉，《說文》釋云：

　　　　亭　民所安定也。亭有樓。从高省，丁聲。

《說文》「亭」之釋義為引申義。其於釋形云「亭有樓」，即為古代高樓或高層建築。因為樓層較高，視野展望佳，故通常具有瞭望性質，進而成為保防治安的維安單位。就字形而言，古文字「亭」與「京」字似，《說文》：「京人所為絕高丘也。从高省，｜象高形。」甲骨文有𠅏〈合集 6〉、𠅏〈合集24400〉等字形，今多隸作「京」，且有「專名＋通名」之用法如〈屯108〉：「其霝于芑𠅏，有雨？」、〈合集8034〉：「其俎于殸𠅏」、〈合集6477〉：「王往于𦥑𠅏」，朱歧祥云：

　　　　卜辭言「邲京」、「殸京」、「𤇯京」，乃指邲地、殸地、𤇯地之高台，用
　　　　作祭神地，祈求豐年吉祥。[48]

卜辭中，「𠅏」之高地，多作為祭祀地名。馬敍倫：

---

47 詳張世超等《金文形義通解》（京都：中文出版社，1996 年），頁 2771。

48 朱歧祥：《殷墟甲骨文字通釋稿》（臺北：文史哲出版社，1989 年），頁 260。

> 倫謂經典有京無亭，今之亭子，形即與金文京字相似，蓋京即亭也。[49]

馬氏認為經典文獻「有京無亭」，然漢代地理通名則有亭無京。何琳儀認為秦漢陶文「某㐭」當讀如「某亭」[50]，此即能與秦漢通名中的「亭」制對應。據文字發展的線索而言，「亭」、「京」二字古皆作「㐭」形，而後分化為「亭」、「京」兩字，作為王宮之所者為「京」字，作為高樓台則為「亭」字，此與「𨞯」分化為「卿」、「鄉」、「饗」等三字的情況相似。

綜上所述，「亭」本為高亭，具有瞭望監視的性質，故引申為具監視性質的地理通名。「亭」制在秦代才有確定的文獻記載，屬於監察、維安的單位，《說文》之「民所安也」即此義。

秦漢的地方制度上，縣級以下的「鄉」、「亭」、「里」等通名單位，彼此關係多有討論。楊際平提出「亭」乃是獨立於縣、鄉、里之外的治安機關，並以《尹灣漢簡》為證例[51]。《說文》所載之「民所安定也」，以及《後漢書·百官志》：「亭有亭長，以禁盜賊。」注曰：「亭長，主求捕盜賊，承望都尉。」[52]說明了「亭」之屬比較接近於治安單位。不過做為治安機關的「亭」，與「鄉」、「里」、「聚」等並不互相排斥。《漢書·百官公卿表》：

> 大率十里一亭，亭有長；十亭一鄉，鄉有三老、有秩、嗇夫、游徼。三老掌教化，嗇夫職聽訟，收賦稅，游徼徼循禁賊盜。縣大率方百里，其民稠則減，稀則曠，鄉、亭亦如之。[53]

在縣制以下的地方制度，基本上的位階排序是「鄉」、「亭」、「里」，一鄉轄十亭，一亭轄十里。而根據〈百官公卿表〉所知，「鄉」又為縣治以下主要具有實質管理之功能，包括教育、法政、稅務以及警政等事務。鄉下所轄之「亭」、「里」之功能相對簡易，〈百官公卿表〉僅云有「亭長」，《後漢書·百官志》則補充了「亭」的治安守望機能，類似於鄉治中的「游徼」之官，

---

49 馬敘倫：《說文解字六書疏證》卷十，《古文字詁林》，頁 10-537。

50 何琳儀：〈古璽雜釋續〉，《古文字研究》第十九輯（北京，中華書局，1999 年）頁 470 至 479。

51 如楊際平：〈漢代內郡的吏員構成與鄉、亭、里關係——東海郡尹灣漢簡研究〉，《廈門大學學報（哲社版）》（廈門：廈門大學，1998 年），第 4 期，頁 28 至 36。

52 《後漢書》第二十八卷，〈百官志〉第五，頁 3624。

53 《漢書》卷十九上，〈百官公卿表〉第七上，頁 742。

但管轄的範圍更小。

　　《說文》地名通名為「亭」者，計有二十例，如〈土部・坷〉：「梁國寧陵有坷亭。」〈邑部・郢〉：「南陽西鄂亭。」即南陽郡西鄂縣郢亭，均屬漢代地方制度的一環。而大部份的「亭」地名，兩漢地理文獻多未記載，《漢書・地理志》及《後漢書・郡國志》亦皆以郡、縣之內容為主，因此《說文》保存許多地志之書所未載的亭名。

（四）聚

　　「聚」字見於〈众部〉，《說文》釋云：

　　　　𣢧　會也。从乑取聲。邑落云聚。

聚之本義為眾人相會，許書於釋形後補充釋義「邑落云聚」，小徐本《說文》則作「一曰：『邑落云聚』」，並云：「臣鍇按，《漢・地理志》有鄉有聚也。」[54]因眾人相聚集、相集會處，引申之為聚落之概念，因此許書補充之「邑落云聚」即為「聚」之通名概念。

　　考之於漢代地方制度《漢書・地理志》、《後漢書・郡國志》乃至於《說文》，均常見「某聚」之地名，而《漢書・百官公卿表》：「大率十里一亭，亭有長；十亭一鄉，鄉有三老、有秩、嗇夫、游徼。三老掌教化，嗇夫職聽訟，收賦稅，游徼徼循禁賊盜。縣大率方百里，其民稠則減，稀則曠，鄉、亭亦如之。」[55]《後漢書・百官志》則云：「鄉置有秩、三老、游徼」、「亭有亭長」、「里有里魁」、「民有什伍」[56]。對於縣級以下之單位，兩漢之制度皆僅云「鄉」、「亭」、「里」，均未見「聚」。段玉裁於「邑落曰聚」注云：

　　　　〈平帝紀〉：「立學官，郡、國曰學，縣、道、邑、侯曰校，鄉曰庠，
　　　　聚曰序。」張晏曰：「聚，邑落名也。」韋昭曰：「小鄉曰聚。」按，

---

54 《說文解字詁林》，頁 7-386。
55 《漢書》卷十九上，〈百官公卿表〉第七上，頁 742。
56 《後漢書》卷二十八，〈百官志〉第五，頁 3624 至 3625。

邑落謂邑中村落。[57]

《漢書‧平帝紀》論及各地方層級所立學官之名稱中，郡級單位曰「學」，縣級單位曰「校」，鄉級單位曰「庠」，聚級單位曰「序」。段玉裁引據本材料，用以證明漢代縣級以下單位通名是有「聚」之存在。雖然未見「亭」及「里」，乃因「亭」主要用為治安機關。又《後漢書‧光武帝紀》：「與其帥王鳳、陳牧西擊長聚。」此云「長聚」，為「專名（長）＋通名（聚）」之地名格式。註云：「《廣雅》曰：『聚，居也，音慈論反。』」前書《音義》曰：『小於鄉曰聚』[58]《後漢書‧李盆傳》：「共攻離鄉聚」，註云：「去城郭遠者‧大曰鄉，小曰聚。」[59]注釋雖云「小於鄉曰聚」，然則縣級以下單位，小於鄉者尚有「亭」、「里」，亦屬明文登載的行政制度。本文認為，《說文》、史書文獻用例皆見有通名「聚」之存在，而《說文》又於「聚」下釋云「邑落曰聚」，是以「聚」僅單純地作為聚落的通稱，而不屬漢代行政制度的一環，它的層次在縣級以下，或小於鄉，或與鄉同級，因此泛稱之為「聚」。此類不見於正式行政區之小地名，直至今日依然存在著，也同樣泛稱為「某某聚落」。

　　《說文》所見「聚」名地名，計有二例。一為〈水部‧溁〉：「水。出桂陽縣盧聚」之「盧聚」；另一為〈邑部‧郰〉：「河東聞喜聚」，即河東郡聞喜縣之「郰聚」。地名格式皆為完整「專名＋通名（聚）」。

（五）澤

「澤」字見於〈水部〉，《說文》釋云：

　　澤　光潤也。从水睪聲。

段玉裁注云：「又水艸交厝曰澤。又借為釋字。」[60]澤本義為光潤、潤澤。

57 段玉裁：《說文解字注》，頁391。
58 《後漢書》卷一上，〈光武帝紀〉第一，頁3。
59 《後漢書》卷十一，〈劉玄劉盆子列傳〉第一，頁467。
60 段玉裁：《說文解字注》，頁556。

用為湖泊通名之「澤」，則為引申義。徐灝：「許以光潤為澤之本義，引申為凡光澤、潤澤、滑澤之偁。澤物莫如水，故雨謂之雨澤；又水所聚曰澤。」[61]因水聚之處亦有光潤，故取其引申義，做為地理通名使用，即段玉裁所謂「水艸交錯」之水澤。

　　《說文》地理通名云「澤」者計有二例，〈水部・淯〉：「水。出北嚻山，入邔澤」之「邔澤」[62]，以及〈水部・蕩〉：「水。出河內蕩陰，東入黃澤」之「黃澤」。此二例之「澤」，均作「專名＋通名（澤）」之格式，說明此二「澤」為淯水、蕩水所注入之終點。《漢書・地理志》南郡南容縣下有「雲夢澤在南」[63]，「雲夢澤」亦為「專名（雲林）＋通名（澤）」之格式。

（六）地

　　「地」字見於〈土部〉，《說文》釋云：

> 坴　地，元气初分，輕、清、陽為天；重、濁、陰為地。萬物所陳列也。从土也聲。𡒈籀文地从隊。

許書以天、地、人的哲學概念釋「地」字。地是承載萬物之母，許書地字釋義均依當時思想體系闡發之。復云「萬物所陳列也」，則是地之本義。

　　以「地」字做為地理通名，通常表示不確定該地名之屬性、類別者，故以「地」字概念概括之。此類通名亦見於《說文》，計有七例，如〈邑部・䣙〉：「蜀地也。」為蜀郡之地，〈邑部・鄄〉：「衛地。今濟陰鄄城。」之「衛地」為先秦衛國之地，〈豸部・犴〉：「胡地野狗。」之「胡地」為西域胡人之地。

（七）虛

　　「虛」字於《說文》之通名用例中，一用為本義「大丘」，如「崐崙

---

61 《說文解字詁林》，頁 9-368。

62 「邔澤」之說法各有歧見，段玉裁認為即「印澤」，王筠認為應作「邛澤」。《說文解字詁林》，頁 9-368 至 9-370。

63 《漢書》卷二十八上，〈地理志〉第八上，頁 1566。

虛」；一用為引申義「古城廢地」，見有「姚虛」及「郭氏虛」，詳見本章〈地名通名為本義者〉第（二十一）例丘阜通名「虛」字釋義。

三　地名通名為假借義者

假借既有文字做為通名使用者，多以「人文類」為主。中央機關管理地方行政時，多會以結合「轄區」及「層級」的概念，不同轄區及層級之間彼此分工，再由中央統合。因此，為了有條理地辨別各個不同層級或屬性的轄區，則需仰賴通名。這類通名多屬後起之需，故借用既有的文字做為通名，與山、水、川等依自然地理象形的文字而形成的通名有很大的不同。

（一）縣

「縣」字見於〈県部〉，《說文》釋云：

$$縣\quad 繫也。从系持県。$$

另，〈県部〉部首「県」字釋云：

$$県\quad 到首也。賈侍中說：此斷首到縣県字。$$

「県」本義為倒首而懸掛，从「系」之「縣」則釋以繫懸之義。徐鉉云：「此本是縣挂之縣，借為州縣之縣。」[64]因此「縣」之本字為県，倒首，用為地名通名，則屬假借。金文有 $縣$〈縣妃簋〉、$縣$〈邵鐘〉等字，均从木系首，〈縣妃簋〉之「縣」用為人名，亦屬假借用例；〈邵鐘〉文例為「大鐘既縣」，用為字之本義。

出土材料及先秦兩漢文獻中，「縣」字用為通名之記錄，見於春秋晚期，〈叔夷鐘〉有「余易（賜）女釐都鄑、劆，其縣三百。」此為金文所見縣之做為通名者。上古「縣」為天子直轄區，有別於分封之侯國，早期多設

---

64 《說文解字詁林》，頁 7-995。

在周天子周邊之地，以其有懸繫之意，故以「縣」字為區劃名稱[65]。文獻上「縣」亦作「寰」[66]，早期各諸侯國之縣面積不定，文獻中晉國、楚國均有置縣[67]，但組織形態和管理系統，仍然沒有確定的答案，只知晉縣大，齊縣小，而楚多於所滅之國置縣，直到秦統一天下實施郡縣制，縣的組織規範才有清楚明確地記載，成為地方制度的重要單位。後代不論是三級制如「州、郡、縣」，或是四級制的「省、道、府、縣」，「縣」均保持其「下接地方，上承中央」的窗口，影響中國二千多年的地方行政制度至今。

　　由於「縣」已是秦漢地方制度的常用通名，因此《說文》「縣」之通名用例亦多，本文統計《說文》全書出現「縣」級地名者計有九十三例，若包括省略縣名通名的專名，則達二百六十二例，如〈幸部・盩〉：「扶風有盩厔縣。」〈革部・鞌〉：「武威有麗軒縣」均屬於完整將「專名＋通名（縣）」之格式列出之例。而在專名的釋義中，則有將縣名通名省略者，如〈邑部・邪〉：「南陽舞陰亭。」意即南陽郡舞陰縣之邪亭，其中「舞陰」即「舞陰縣」，但釋義時省略通名「縣」字；或如〈邑部・䢴〉：「潁川縣。」釋義云「潁川縣」，蓋指潁川郡之䢴縣，此則省略縣名之專名，僅以通名「縣」結合郡名「潁川」釋之。

（二）鄉

　　「鄉」字見於〈𨛜部〉，《說文》釋云：

　　𨞉　國離邑，民所封鄉也。嗇夫別治，封圻之內六鄉，六鄉治之。

許書於〈㬎部・縣〉乃字就其字之本義訓之，但於「鄉」字則就其假借義而

---

[65] 鄭殿華〈縣郡淵源考〉：「這部份（國外之土地）未分給國人而懸繫於邦（邦君）之手的土地有兩層意思：從政治意義上講，它是懸繫於邦或邦君之手，名為『縣』；從地理意義上講，它是環繞在城郊周圍，名為『寰』。……而這部份地區即是邦內的外圈，是由邦君掌握的土地。」《北京圖書館館刊》（北京：北京圖書館，1995 年），頁 22。

[66] 徐灝《說文解字注箋》：「箋曰：《玉篇》云：『寰，王者封畿內縣也。』灝按，都、郡皆取群眾義，寰亦謂人民環居也。蓋縣、寰二字古通，其後乃專以縣為郡縣字耳。」《說文解字詁林》，頁 7-997。

[67] 如《春秋左傳》卷二十六，〈傳六年〉，孔穎達正義：「雖克不令成師以出，而敗楚之二縣，何榮之有焉？」頁 442；卷四十二，〈傳三年〉：「晉之別縣不唯州」注：「言縣邑既別甚多無有得追而治取之。」頁 743。

釋之，屬縣級以下之地方管理單位。若就其本義而言，「鄉」字甲骨文作「」〈合集 31042〉，金文作「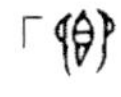」〈毛公鼎〉，象二人相向圍食貌，字依其義作卿、鄉或饗，小篆時才明確分為鄉、卿、饗三字[68]。其中作為鄉邑者，二人相向之部件小篆改从與地名有關的「𨛜」，是文字分化的結果。

「鄉」字做為地理通名，用例見於文獻材料，如《史記・商君列傳》記載商鞅變法時，「集小鄉邑聚為縣，置令、丞，凡三十一縣。」[69]此為鄉制劃入縣轄的開始，屬縣級以下的地方層級，影響至今。

關於漢代縣級以下的地方制度，張金光〈秦鄉官制度及鄉、亭、里關係〉[70]一文根據秦簡及文獻材料比對後，認為秦漢一縣轄有三至五鄉，《漢書・百官公卿表》：「縣大率方百里，其民稠則減，稀則曠，鄉、亭亦如之，皆秦制也。……鄉六千六百二十二。」[71]是知漢代曾出現的鄉制計有六千六百二十二，《說文》全書的鄉級地名，計有二十五例，例如「鄆」字下云「河內沁水鄉。」，即河內郡沁水縣鄆鄉也。

《漢書・地理志》及《後漢書・郡國志》未將漢代所有的鄉制地名列出，僅於部份縣名下註明有鄉，如〈郡國志〉沛郡所轄蘄縣云「有大澤鄉」。而《說文》於釋義所補充之「鄉名」，則有未見於〈地理志〉及〈郡國志〉者，如〈宀部・宕〉字云「汝南項有宕鄉。」而〈地理志〉、〈郡國志〉汝南郡項縣下無「宕鄉」，則又保存了漢代多數皆失載的鄉制地名。

（三）方

「方」字為〈方部〉之部首，《說文》釋云：

 併船也。象兩舟省總頭形。

就字形而言，方字甲骨文作〈合集 8397〉，或〈合集 28002〉，字形看法

68 羅振玉：「古公卿之卿、鄉黨之鄉、饗食之饗，皆為一字，後世析而為三。」張世超等著《金文形義通解》（京都：中文出版社，1996 年），頁 2268。

69 《史記》卷六十八，〈商君列傳〉，頁 2232。

70 張金光：〈秦鄉官制度及鄉、里、亭關係〉，《歷史研究》（1997 年），第 6 期，頁 22-39。

71 《漢書》卷十九上，〈百官公卿表〉第七上，頁 742。

不一，如葉玉森等主「架上懸刀形」[72]，徐中舒則認為象禾耒形，為農具[73]。《說文》以篆文系統歸納文字，視「方」為兩船相併也，故〈方部〉次之於〈舟部〉後，達成部首「聚形系聯」的安排。[74]

在地名通名的使用而言，「方」字多用假借義，如卜辭有許多「某方」之方國通名，如「王來征人方」〈合集 36484〉、「伐舌方」〈合集 616〉、「王循土方」〈合集 559〉等例，乃假借「方」字做為方國通名，形式則完整「專名＋通名」之地名格式，有時或省略通名僅稱專名，如「呼伐舌」〈合集 2655〉，是殷商時代運用最普遍，也最成熟的地理通名字。

「某方」的用法至西周式微，至秦漢時被「國」字取代，「方」字僅剩「方位」的用法為主，如東方、西方、南方、北方、四方等。《說文》全書計有五十八例地理方位，其中，「東方」有十三例，「西方」有十二例，「南方」有十三例，「北方」有二十例，內容則與物產、方言、陰陽五行有關，如〈鳥部・鷫〉字下並舉四方及中央之神鳥：「鷫，鵝也。从鳥肅聲。五方神鳥也。東方發明，南方焦明，西方鷫鵝，北方幽昌，中央鳳皇。」

（四）瀋

「瀋」字見於〈水部〉，《說文》釋云：

🔲 水出魏郡武安，東北入呼沱水。从水帚聲。帚籀文瀋字。

「瀋」即「浸」字，朱駿聲《說文通訓定聲》云：「今隸作『浸』字」。[75]《說文》釋義為地名專名字，用為魏郡武安縣之水名「瀋水」，是其專名本字。

「瀋」又借為地名通名，如〈水部〉「湖」字釋義：「大陂也。从水胡聲。揚州瀋，有五湖。浸，川澤所仰以灌溉也。」「瀋」指灌溉用的河川或水域。而在《周禮・職方氏》及《說文》於各州之下皆有云「某州瀋」，如

[72] 詳葉玉森：〈說契〉，《學衡第三十一期》，收錄於《古文字詁林》，頁 7-725。

[73] 徐中舒：〈耒耜考〉，《歷史語言研究所集刊》第二本第一分，收錄於《古文字詁林》，頁 7-727。

[74] 關於《說文》部首系聯用語，參宋建華：〈說文部首系聯用語考辨〉，《說文新論》（臺北：聖環圖書公司，2006 年）。

[75] 《說文解字詁林》，頁 9-238。

〈水部・潁〉:「水。出潁川陽城乾山，東入淮。从水頃聲。豫州浸。」以及其他的冀州浸、青州浸、并州浸、雝州浸、揚州浸、豫章浸、荊州浸、徐州浸等例，就通名角度而言，當屬「專名（某州）+通名（浸）」之用例。其中「某州」如「冀州」、「青州」則又屬「專名+通名（州）」之用例。因此用於「專名（某州）+通名（浸）」時，其「某州」之「州」，則屬通名化專名。不過「某州浸」的用例，目前在文獻中僅見於《說文》及《周禮・職方氏》。不過，《說文》及《周禮・職方氏》之「某州浸」，內容稍有不同：

州名		浸名
揚州	《周禮・職方氏》	五湖
	《說文》	五湖
荊州	《周禮・職方氏》	潁、湛
	《說文》	溠
豫州	《周禮・職方氏》	波、溠
	《說文》	潁、湛
青州	《周禮・職方氏》	沂、沭
	《說文》	沂、沭
兗州	《周禮・職方氏》	盧、維
	《說文》	（無）
雍州	《周禮・職方氏》	洛
	《說文》	渭
幽州	《周禮・職方氏》	菑時
	《說文》	（無）
冀州	《周禮・職方氏》	汾、潞
	《說文》	汾、潞、
并州	《周禮・職方氏》	淶、易
	《說文》	淶
徐州	《周禮・職方氏》	（無）
	《說文》	濰

彼此之差異，或為河流流域可橫跨數州，或有版本上的差異。段玉裁於〈水部・溠〉注云：

> 〈職方氏〉曰：「豫州，其浸波、溠」。注云：「《春秋傳》曰：『楚子除道梁溠，營軍臨隨。』則溠宜屬荊州，在此非也。」按《傳》文見〈莊四年〉。〈職方〉：「荊州浸潁、湛，豫州浸波、溠」。許書於「湛」曰「豫浸」，於「溠」曰「荊浸」，蓋正經文之誤，與鄭說溠正同也。[76]

荊州、豫州之濅，《說文》與〈職方氏〉互有不同，段玉裁認為，東漢時潁水、湛水確屬豫州之境，溠水則在荊州境內，是知《說文》持正確之資料校改《周禮》之誤。

四　段玉裁補入者

（一）池

地理通名出現於許書釋義之文，但卻未收於九千三百五十三文正篆中者，僅一例「池」字。段玉裁於〈水部〉補入「池」字，云：「陂也。从水也聲。」注云：

> 此篆及解各本無，今補。按徐鉉等曰：「池沼之池，通用江沱字。」今別作池，非是。學者以為確不可易矣。攷《初學記》引《說文》：「池者，陂也。从水也聲。」依〈阜部〉陂下一曰池也，〈衣部〉襬讀若池，覈之，則池與陂為轉注。[77]

段氏依唐徐堅《初學記》所引之《說文》資料，並參照〈阜部・波〉：「一曰池也」，補入「池」之正篆。

《說文》釋義中使用「池」字計有十八例，其中作為地理通名者有二

例，如〈水部‧滇〉：「益州池名。」滇即位於益州郡益州縣的池之專名，又如〈水部‧淨〉：「魯北城門池也。」即魯國北城門外之池，「淨」為該池之專名。

第三節　《說文》地理通名用例及釋義例

《說文》地理通名概分為自然類及人文類，其中人文類通名已具成熟的地方制度概念，例如漢代地名者，全按東漢地方制度的層級敘述，如〈言部‧訇〉：「漢中西城有訇鄉。」即依漢代「郡（國）－縣－鄉、里、亭」的層級說明「訇」字做為地理專名屬於「漢中郡－西城縣－訇鄉」，有條不紊。自然類通名，山名多會在原專名末加上通名，如〈水部‧濟〉：「水。出常山房子贊皇山。」〈石部‧碣〉：「特立之石。東海有碣石山。」其中的「贊皇山」、「碣石山」即「專名＋通名」的形式，「東海」則為「東海郡」，則是省略通名之例；至於河流仍多以專名為訓，如〈水部‧汶〉：「水。出琅邪朱虛東泰山，東入濰。从水文聲。桑欽說：『汶水出泰山萊蕪，西南入泲。』」其中的「濰」即「濰水」，「泲」為「泲水」，均以專名表示，省略了通名「水」字。今依《說文》地理通名的使用方式，分為「標準式」及「省略式」二項詳敘之。

一　標準式

地理通名的標準形式為「專名＋通名」，專名、通名均不一定只限單個字，如前文所述先秦的「小邑」，即是規模比一般城邑要小者。許書釋義中，使用標準式地名的情況多在釋義時，若專名為單字，且該釋義為置於釋形後的補充說明者，則冠上通名，如〈土部‧坷〉：「坎坷也。从土可聲。梁國寧陵有坷亭。」但若為「山名」者，則多冠上通名作「某山」。其例如：

「專名＋山」，表示某山者，有梁山、帆山、猲山、崵山、九嵏山、嶭山、葛嶧山、九嶷山、巖巇山、崒山、嶧山、箕山、還歸山、嶙山、泰山、羊頭山、王屋山、嶍山、昆侖山、陽丘山、戌夫山、洈山、高山、臨樂山、會稽山、壺山、南山、汧頭山、酈山、發鳩山、北崛山、北山、西山、垂山、大復山、逢山、鳥鼠山、玉壘山、陽海山、牛歂山、堯山、岐山、覆甑

山、鹿谷山、沾山、乾山、大隗山、玉山、衡山、霍山、厲嬀山、少室山、箕屋山、中陽山、縈頭山、羽山、碣石山、吳林山、北芒山、鄗山、陽城山，計六十三例。

「專名＋水」，表示為河流者，有灕水、溺水、沛水、沙水、桂水、滄浪水、涌水、涷水、若水、渝水、湛水、滋水、黔水、漚夷水、潩江、呼沱水、㴲水，計十七例。其中〈水部〉釋義之例均作「水。出某地。」僅專名為雙音節的河流名會列出完整名稱，如〈水部‧灛〉：「澶淵水也。在宋。」因此段玉裁則認為此乃複舉字遭刪除者，如〈水部‧河〉下注云：

> 各本水上無河字。由盡刪篆下複舉隸字，因幷不可刪者而刪之也。許君原本當作河水也三字。河者，篆文也。河水也者其義也。此以義釋形之例。[78]

段玉裁認為〈水部〉諸字當應先加註水名，即複舉字者，所以段注本《說文》於〈水部〉諸字均加上河流專名，成為「專名＋通名」的形式。本文統計仍依徐鉉校訂之《說文》為本，〈水部〉作「水。出某地」之例均歸為「省略專名例」。

「專名＋澤」者，為湖泊，有卬澤、黃澤等二例。

「專名＋溝」者，為人工水道，有扶溝、陰溝等二例。

「專名＋渠」者，為人工水道，有宕渠、浪蕩渠等二例。

「專名＋谷」者，表其為河流上游的山谷地形，有狼谷、白陘谷、大要谷、藍田谷、嶇谷等五例。

「專名＋澗」者，為山間的河流，僅黑閭澗一例。

「專名＋阪」者，表其為山坡地者，有天依阪、猗氏阪等二例。其中〈阜部‧隝〉：「鄭地阪也。」為「鄭地之阪」，即為「隝阪」，故置於省略專名例。

「專名＋關」者，計有洭浦關、郖關、五阮關等三例。

「專名＋州」者，表示為〈職方氏〉之九州以及漢代設立之十三州者，有冀州、雝州、梁州、益州、揚州、徐州、青州、荊州、并州、沇州。

---

78 段玉裁：《說文解字注》，頁521。

「專名＋國」者，有屬為先秦諸侯國者：楚國、鄧國、鄭國、郜國、虢國、邾婁國，計六例；有屬漢代分封之郡國者：沛國、梁國、趙國，計三例；有屬外族之國者：淫芒之國、儋耳國、胡尸國、休尸國、貉國、長狄國、氿國、葳邪頭國，計八例。

「專名＋郡」者，為漢代郡縣之郡，有蜀郡、南郡、魏郡、上郡、鬱林郡、齊郡、魏郡、涿郡、東郡、巴郡、代郡、琅邪郡、涿郡、會稽郡，計十四例。

「專名＋縣」者，為漢代所置之縣治，有建伶縣、庍縣、廮陶縣、密縣、昫衍縣、東晼縣、沓縣、朸縣、栙棟縣、梂縣、槙林縣、歙縣、汧縣、沮縣、桂陽縣、湞水縣、溧陽縣、潞縣、狾氏縣、獷平縣、稗縣、竆渾縣、㟭泠縣、茌平縣、蘄春縣、鄌縣、枲江縣、稗縣、舩氏縣、鯦得縣、梁隰縣、詍邯縣、狐讘縣、糵縣、薛縣、耒陽縣、邰陽縣、郁郅縣、鄭縣、河南縣、穰縣、酇縣、閬中縣、下雋縣、螯屋縣、麗軒縣、驪縣、鹵縣、黔縣、湖縣、艾縣，計五十七例。

「專名＋鄉」者，屬漢代縣級以下行政單位，有宕鄉、獙鄉、義陽鄉、酌鄉、中水鄉、螯屋鄉、郱鄉、闅鄉等八例。

「專名＋里」者，表其為縣級下的行政單位者，有大軬里、平輿里、兀桑里等三例。

「專名＋亭」者，表其為治安單位者，有坷亭、夆亭、偶亭、慈亭、渭首亭、摯亭、艛亭、美陽亭、邢亭、邦亭、闅亭等十一例。

「專名＋聚」者，表其為小邑聚落，有盧聚、鄜聚等二例。

「專名＋地」者，表示為某地，而不確定其地名層級或制度者，有胡地、晉地、鄭地、郭海地、臨汾地、蜀地、江原地等七例。

二　省略式

省略式又可分為「省略專名者」、「省略通名者」、「本無通名者」及「本無專名者」四例，分述如後。

（一）省略專名者

　　所謂省略專名者，乃《說文》將「專名＋通名」的地名格式，省略專名，留下通名，情況多在專名為單字，且為正篆。

　　省略山之專名者：有三例，如〈山部・嶁〉：「山。在鴈門。」即「嶁山」，但其餘二例省略之專名非為正文者，如〈水部・濟〉所云「水。出弘農盧氏山」，弘農郡盧氏縣攻離山，〈汾〉：「水。出太原晉陽山」為太原郡晉陽縣縣甕山[79]，省略通山之通名，僅云出於某縣之山，為特例。

　　省略河流專名者：〈水部〉諸字之訓釋多為此例。上古河流專名多為單字，《說文》釋〈水部〉體例多為「水。出某地」，「水」即「某水」之省，計有一百二十八例，如〈水部・浿〉：「水。出樂浪鏤方，東入海。」

　　省略國之專名者：計有十二例，其中包括先秦諸侯國、中原外邦方國等。如〈邑部・郜〉：「周文王子所封國。」即郜國也，屬先秦分封之國、〈邑部・邧〉：「西夷國。」即西夷之邧國，為外邦方國。

　　省略城邑專名者：有十九例，多為先秦諸侯國之城邑，例作「周邑」、「晉邑」等，指其為「周之某邑」、「晉之某邑」，省略了侯國通名及城邑專名。如〈邑部・鄑〉：「鄭邑也。」即為鄭國之鄑邑。

　　省略縣之專名者：計有三十五例。被省略之專名，均為東漢之縣。如〈邑部・鄴〉：「魏郡縣」，即指「魏郡鄴縣」，因「鄴」屬正篆，故釋義時不再重複該字。

　　省略鄉、里、亭之專名者：計鄉名十六例、亭名八例、里名一例。此鄉、里、亭均為漢制，屬縣級以下的行政單位。所省略者均為正字，故於釋義中不再複舉其名，僅交待該鄉、里亭所屬之郡、縣，如〈邑部・邱〉：「東平無鹽鄉。」即東平郡無鹽縣邱鄉，〈邑部・邪〉：「南陽舞陰亭。」為南陽郡舞陰邑邪亭。

　　省略關之專名者：計九例，均為函谷關者。上古文獻單稱「關」，均指函谷關，許書亦承其例，如〈手部・捪〉：「自關以東謂取曰捪。」

---

[79] 太原晉陽恐有誤，段玉裁：「汾陽，汾水所出，西南至汾陰入河。《水經》曰：「汾水，出大原汾陽縣北管涔山，至汾陰縣北，西注於河。」按許云出晉陽山與志《水經》不合者，志水經舉其遠源，許舉其近源也。汾出管涔山，東南過晉陽縣東，晉水從縣南東流注之。許意謂晉水卽汾水之源。所謂晉陽山者，葢卽縣甕山，在今太原縣西南十里，晉水所出也。」段玉裁：《說文解字注》，頁531。

（二）省略通名者

所謂「省略通名」即《說文》釋義中，將完整的「專名＋通名」地名形式省略通名的部份。其例如：

省略「山」：僅一例，如〈阜部・隃〉：「北陵西隃鴈門是也。」其中「鴈門」即「鴈門山」。

省略「水」：沇、溁、濁漳、清漳、南漳、江、淮，計七例，皆為河流名。另外若水名冠上方位以表示地域、區劃者，亦多省略通名，如〈木部・櫾〉：「似茱萸，出淮南。」其中「淮南」即「淮水之南」，省略了通名「水」字。

省略「州」：青、徐、齊、兗、冀、益、梁等八例。省略原因在於州名合稱，以表示大範圍者，如〈艸部・蔆〉：「青、齊、兗、冀謂木細枝曰蔆。」

省略「國」：均為先秦諸侯國，如〈邑部・邧〉：「鄭邑也。」即「鄭國邧邑」，〈邑部・郰〉：「魯孟氏邑」，即云「魯國孟氏之郰邑」。此例計有鄭邑、晉邑、晉邑、故商邑、魯孟氏邑、周邑、晉大夫叔虎邑、晉邑、晉邢矦邑、魯下邑、宋下邑、鄭地、邾下邑地、齊地、衛地、宋魯閒地等十四例。

省略「郡、縣」：此為《說文》通例，列舉郡、縣地名，多省略其通名，故例甚多，若計重覆出現者數，省略「郡」字計有二百六十例、省略「縣」字計有一百六十八例。若合以完整的「專名＋郡」十四例及「專名＋縣」為五十七例來看，可知省略郡、縣之專名為常態。但《說文》提到縣名時，不論通名「縣」省略與否，一定會註明其所屬的「郡」，如〈邑部・郖〉：「汝南銅陽亭。」即「汝南郡銅陽縣郖亭」、〈水部・澅〉：「水。出南陽魯陽堯山，東北入汝。」即「南陽郡魯陽縣」，同時省略了郡、縣之通名，但縣名「銅陽」、「魯陽」必加上其郡名「汝南」、「南陽」，。此外尚有三例為縣級的「邑」，即「皇太后、皇后、公主所食曰邑」者，計有聞喜邑、舞陽邑、舞陰邑三者，許書釋義均省略通名「邑」造成判斷上的困難，故後世多作「聞喜縣」、「舞陽縣」。

（三）本無通名者

漢代實施郡國制，郡級單位除直轄之「郡」、有分封之「國」二者外，

關中三郡又稱「三輔」，故稱「內史」、「左內史」及「右內史」，漢武帝更名為「京兆尹」、「左馮翊」及「右扶風」，均以職官名做為郡名，其中「京兆尹」均省稱為「京兆」，「尹」則為職官名；「左馮翊」及「右扶風」則多作全名。

　　云「京兆」者，計有七例，如〈邑部・鄭〉：「京兆縣。」即京兆尹鄭縣。

　　云「左馮翊」者，計有八例，如〈邑部・郖〉：「左馮翊高陵亭。」即左馮翊高陵縣郖亭，左馮翊或省作「馮翊」，如〈山部・嶻〉：「九嶻山，在馮翊谷口。」即左馮翊谷口縣。

　　云「右扶風」者，計有十五例，如〈水部・漆〉：「水。出右扶風杜陵岐山，東入渭。」即漆水源頭在右扶風杜陵縣岐山。「右扶風」或省作「扶風」，如〈幸部・螫〉：「引擊也。从幸、攴，見血也。扶風有螫厔縣。」

三　未與專名結合者

　　在通名的使用上，未與專名結合為「專名＋通名」的完整地名形式，如〈水部・藪〉云：「大澤也。从艸數聲。九州之藪：楊州具區，荆州雲夢，豫州甫田，青州孟諸，沇州大野，雝州弦圃，幽州奚養，冀州楊紆，并州昭餘祁是也。」釋義僅說明九州之藪有具區、雲夢等九座大澤，但在地名的使用上，仍未見「具區藪」、「雲夢藪」之例。又如「浸」字，《周禮・職方氏》有九州之浸，做為農耕灌溉所用之水源，許書承之，每遇〈職方氏〉所登載的「浸」者，《說文》即於該字釋義中說明為「某州浸」，如〈水部〉中的〈汾〉、〈潞〉二字皆云「冀州浸」，但所謂「冀州浸」乃「冀州之浸」，「汾」、「潞」為河流專名，通名為「水」，文獻亦不見「汾浸」、「潞浸」等用法，通名「浸」亦未見有結合專名作「某浸」的地名。另外，作「某地」、「某之地」者，以「地」字做為地理通名，通常是不確定該地名之屬性或類別者，故泛以「地」字概括之，如〈邑部・郔〉：「鄭地。」僅知「郔」為故鄭國之地，但不知其屬性。又如〈邑部・鄑〉：「宋魯間地。」「鄑」宋地為先秦宋、魯兩國之間的地名專名。又如〈邑部・坶〉：「朝歌南七十里地。」坶為地名專名，但失其通名，故以「地」字概括之。

第五章
地名方言字

　　《說文》釋義除了義界正文外，亦兼釋其方言之異同。而《說文》釋方言之異同，亦採方言地理區的概念，將天下分為數個區，再於不同的釋義材料中就其採錄之內容，並參考揚雄《方言》，以呈現漢代各地方言面貌。《說文》方言地理區的界線並非絕對，例如某字為甲地與乙地共同方言，換了另一個字，又可能為乙地與丙地的方言，因此《說文》方言地理區的安排，是就釋義所需而安排，為了釋義而服務，其範圍隨釋義內容，或大或小，或整合數個區域而言之，而非「方言語言區」之概念。

　　《說文》方言釋義例多作「某地謂某曰（為）某」、「某地謂某」或「某地語」之例，說解位置有時在主要解說，如〈手部・拓〉：「拾也。陳宋語。從手石聲。」說明「拓」字為陳、宋一帶（今河南淮陽）取拾之義的方言。有時在補充釋義呈現，如〈女部・媞〉：「諦也。一曰姸黠也。一曰江淮之間，謂母曰媞。從女是聲。」以一曰的方式補充說明「媞」亦為江水、淮水之間的「母」之方言。

　　目前研究漢代方言地理區的專著有劉君惠、李恕豪、楊鋼、華學誠合著之《揚雄方言研究》，由《方言》整理漢代的方言地理區。二〇〇三年李恕豪針對前書的內容抽出一部份而成《揚雄方言與方言地理學研究》。至於研究《說文》方言者，有馬宗霍《說文解字引方言考》，歸納《說文》全書一百七十四條所引方言，逐條訓釋，並訂正疑義之處。其中〈肉部・膢〉：「楚俗以二月祭飲食也。從肉婁聲。」《說文引方言考》亦視此條為方言，然本文以為「膢」為楚地二月的飲食祭，應屬名物制度的名詞，為楚地的習俗之一，其體例與「某地謂某曰某」或「某地語」等不同，「膢」字應非方言。期刊文獻上亦見歷史地理學者華學誠著有〈論《說文》的方言研究〉，該文除了歸納《說文》方言之訓釋類型外，《說文》方言的歷史評價，則為該文的重心。

　　本文在前賢研究基礎上，以「方言字」為考察重心，進一步整統《說文》方言字之構形體例、釋義體例，並歸納《說文》方言釋義之地理定位

法[1]。

第一節　《說文》方言區之地理定位

馬宗霍《說文引方言考》歸納《說文》有一百七十四例方言，其中〈肉部・膢〉云：「楚俗以二月祭飲食也。从肉婁聲。一曰祈穀食新曰離膢。」當為楚地之俗，而非方言；另「旖」、「𡝩」、「幸」、「夾」、「黬」等五字下云「俗語」、「俗謂」或「方語」者，按馬氏的考證，屬不限地域的「通俗之語」[2]，但此五例未言明其地域，亦不見方言地名字，故不計入本文討論之列。

另，《說文》之釋義內容，常見有羅列物產之義界作「某方曰某」者，如〈隹部・雉〉：「有十四種：盧諸雉、喬雉、鳪雉、鷩雉、秩秩海雉、翟山雉、翰雉、卓雉。伊洛而南曰翬、江淮而南曰搖、南方曰𢀖、東方曰甾、北方曰稀、西方曰蹲。从隹矢聲。」此釋義列舉十四種「雉」，包括伊洛而南的「翬」、江淮而南的「搖」、南方的「𢀖」、東方的「甾」、北方的「稀」及西方的「蹲」等，屬十四種雉的其中四種，是就各地不同之雉種而云，非言方言之異同，亦不計入方言之數。故《說文解字》全書的釋義涉及方言者，扣除「旖」、「𡝩」、「幸」、「夾」、「黬」、「雉」六字，計有一百六十七例。

此一百六十七例中，部份釋義連用二個以上的方言及地理區者，如〈聿部・聿〉：「楚謂之聿，吳謂之不律，燕謂之弗」，連用了楚、吳、燕三個方言及地理區。為了統計分析之便，本文以「方言地名字」的出現次數為計算標準，上引「聿」之例，以《說文》字例而言是單一例子，但釋義涉及三個方言地名字及方言地理區，故當析為三例

此外或有並舉方言區者如〈田部・甿〉：「趙魏謂陌為甿」將趙魏合併為一區，釋義中的「趙魏」屬方言地理區合併而釋，此合併區即為方言「甿」的分布區域，故以一例計之。

在探討方言地名字之前，本文需先界定《說文》方言區之地理定位。《說文》方言地理定位，大至泛指某方（如東方、北方、南方之例），小至

---

1 本章改寫自余風：〈《說文解字》方言地理區探析〉，《東海中文學報》（臺中：東海大學第 23 卷，2010 年），從「方言地名字」之概念重新修訂架構及論述內容。

2 馬宗霍，《說文引方言考》（北京：科學出版社，1959 年），卷一，頁 34。

某個郡縣。本文將《說文》之方言地理區之定位概念，由大至小歸納為「方位定位法」、「地形定位法」、「古國名定位法」、「國族名定位法」及「漢代行政區定位法」等五項，最後再加入「未有定位者」，即以「俗語」、「俗謂」、「方語」釋之者。以下分項述敘之。

一　方位地理定位

　　所謂「方位定位」，即以「北方」、「東方」、「西方」、「南方」等四方做為方言地理區的泛稱。方言地理區以方位定位，揚雄《方言》亦有之，除了「四方」之外，尚見「東北」、「東南」、「西南」三者，與《說文》東、西、南、北四方有所不同。此定位方式未交待方言區之具體位置，但觀其釋義之例，確屬方言地理區之地理定位，故本文將「東方」、「北方」、「西方」、「南方」等四方亦納入《說文》方言地理區的範疇。

　　以「四方」界定方言地理區者，是地理範圍最大且最籠統之定位法，《說文》全書計有九例。其中「北方」有五例，包括〈肉部・膌〉：「北方謂鳥腊曰膌。」、〈穴部・窫〉：「北方謂地空。」〈魚部・鱢〉：「臧魚也。南方謂之魿，北方謂之鱢。」〈虫部・螻〉：「北方謂之地螻。」〈厹部・禸〉：「北方謂之土螻。」其中「鱢」之釋義釋北方之臧魚，同時又說明南方方言謂之「魿」。

　　另外，「東方」者計有三例，如〈木部・樫〉：「樫程也。東方謂之蕩。」〈隹部・雉〉：「東方曰鈇」；「南方」三例、「西方」一例，例如〈鹵部・鹵〉：「西方鹹地也。……東方謂之㡿，西方謂之鹵。」釋義內容分別對舉東方、西方之音讀異同。

二　地形地理定位

　　地理定位法，即根據客觀之自然地形、地貌做為方言區，即以「河流」、「山岳」或「關名」為界者。因此，用以定位之地形，皆以「山名」、「水名」、「丘阜名」為主，而不用「邑名」。事實上，自然地形定位，亦常用為行政區界線之劃分依據。

　　《說文》所見方言地理區採地形定位法者，計有二十五例。其中以水名

河流為界者有十二例。在先民的生活中，因天然地理的限制，不易跨越的河流，常是不同生活圈的分界點，也是天然的屏障，成為方言地理區的自然條件。而《說文》方言區在地理定位上，多以江、淮、河等大河流為界，例如〈目部・瞷〉：「戴目也。从目閒聲。江淮之間謂眄曰瞷。」眼睛往上看的動作曰瞷，目病之眄在「江淮之間」亦曰瞷。其中「江淮之間」所涵蓋的地區非常廣闊，位於楚之東北、齊之南的淮夷之地，即今揚州至合肥一帶。又如〈髟部・鬜〉：「髮兒。从爾聲。讀若江南謂酢母為鬜。」地理區云「江南」即江水之南的區域，泛指今江、浙一帶。

其次，以丘阜名「關名」為界者，計有十一例。其「關」乃指往來京、洛之間的「函谷關」。定位方式有「關東」、「關西」、「自關以東」、「自關起西」等語，體例上均承自揚雄《方言》。如〈辵部・逆〉：「迎也。从辵屰聲。關東曰逆，關西曰迎。」直接引《方言》：「逢，逆，迎也。自關而東曰逆，自關而西或曰迎，或曰逢。」[3]之語。或如〈手部・捒〉：「自關以東謂取曰捒。」「關西」包括趙、秦等地，「關東」則為函谷關以東至趙、魏、韓一帶的範圍[4]。由於《說文》及《方言》均未言明關東、關西的終點，如沿著黃河下游五百公里的範圍均可稱作「關東」之地，其「東極」、「西極」之地為何？李恕豪：《揚雄「方言」與方言地理學研究》：

> 《方言》中「自關東西」、「自關而東西」、「關之東西」、「關西關東」、「關東西」所代表的地區是一致的，一共出現十三次，都不與其他地名並舉。「（自）山之東西」與上述地區相同，都是指以函谷關為中心的東西兩側，大致包括關西的全部地區和關東的周、鄭、韓一帶。[5]

以《說文》及《方言》之方言地理區定位而言，若距離函谷關太遠之區，如東方之魏、宋、齊、魯等，實際上仍各有其各自之方言區名；往西至秦，秦地在《說文》亦為獨立的方言區，因此「關東」、「關西」應即位於函谷關為中心的兩側，但範圍可能比周、鄭、韓一帶要小。

---

3 揚雄著，戴震疏證，《方言疏證》（上海：上海中華書局據戴氏遺書本校刊），頁7。
4 李恕豪，《揚雄「方言」與方言地理學研究》（成都：巴蜀書社，2003年），頁64。
5 參同上。

　　《說文》另見二例以「海岱」定位者，是以山、海二者做為地理區界。如〈水部・潪〉：「海岱之間謂相汙曰潪。从水閻聲。」〈目部・睎〉：「望也。从目稀省聲。海岱之間，謂眄曰睎。」海為黃海，岱為泰山，海岱之間即今山東半島青島至泰山這一大塊區域，位於東齊南方，包括漢代的琅邪、東萊、北海及泰山等郡。

三　古國名地理定位

　　古國名定位法，均以東周列國為名，為《說文》方言區數量最多者。揚雄《方言》的方言區，亦有大量以春秋戰國諸侯之國名為方言區者，顯見在東周時代各國均有各自的方言。許慎於《說文・敘》云：「田疇異畮，車涂異軌，律令異法，衣冠異制，言語異聲，文字異形。」其中「言語異聲，文字異形」，甚至典章制度也各異，說明東周列國在分治的情況下，各自有各自的文化體系。就語言而言，經過長期的發展，已成為該地區的共同語。即使到了秦、漢大一統王朝，以古諸侯國名為地名的地理觀念，仍深深影響後人。李恕豪《揚雄方言與方言地理學研究》：

> 漢代的方言分佈與古代國家的疆域之間有著大體上的一致關係。古代國家都有相當悠久的歷史，長期以來，它們的國都也就是當時的政治、經濟、文化、商業和交通的中心。由於古代各個諸侯國大都各自為政，經濟上自成系統，有自己獨特的文化傳統，因此，圍繞著各國的國都自然形成了大大小小的各種方言。[6]

在長期的發展下，奠地了區域發展的基礎，各諸侯國，在各自的土地上，均有自己的地方文化。部份影響力較大的如秦、楚、齊等國，其國名已不見於漢代的行政區劃，但漢人仍繼續使用其故國名來指稱該區域。雖然漢武帝設置了「十三州刺史部」統管天下，州的轄區亦相似於東周列國的界線，其層級在中央之下，郡縣之上，但漢代州為虛制，州刺史有其名卻無實權，實際執行單位為郡縣，所以漢人仍習慣以秦、楚、齊等名稱做為區域之名，而少用漢十三州之名。如班固《漢書・地理志》前段介紹西漢行政區的人口及概

---

6 李恕豪，《揚雄《方言》與方言地理學研究》（成都：巴蜀書社，2003 年），頁 43。

況，以漢代郡縣為界，並藉此弘揚西漢盛世的疆域盛況；後半段的風俗地
理，則改以「秦、魏、周、韓、鄭、陳、趙、燕、齊、魯、宋、衛、楚、
吳、粵」做為分區標準，說明了漢代地理觀念，仍深受先秦古國名的影響。

　　《說文》以東周列國名為方言區之定位者，共計有一百零七例，計有
吳、周、晉、秦、秦晉、晉趙、南趙、楚、南楚、吳楚、楚潁、齊楚、趙
魏、齊、東齊、鄭、燕、韓、宋、宋魏、宋楚、宋齊、宋衛之間、宋魯、宋
魏、陳宋、陳楚、燕代東齊等二十七區。其中「楚」區方言最多，單言
「楚」者達二十四次，其他與楚有關者如南楚（五例）、東楚（一例），以及
與楚合併的吳楚（三例）、齊楚（一例）、宋楚（一例）、陳楚（三例）等併
稱，又有一例作「楚潁」，〈心部・慈〉：「楚潁之閒謂憝曰慈。」此當指楚地
潁水一帶，是唯一古國名與地形定位結合之例。

　　《揚雄方言研究》一書的統計中，「楚」在《方言》共出現一百二十九
次，次數亦為《方言》古國名定位之冠。另外，又以歷史文化背景及方言特
徵等因素，特別將「南楚方言區」獨立，與「楚方言區」並列。

　　僅次於楚的「齊」方言計有二十例，另外尚有一例「宋齊」、一例「齊
楚」、一例「燕代東齊」等三例方言區併舉者，以及一例「東齊」。在《楊雄
「方言」與方言地理學研究》中，將「齊魯」與「東齊」分為二個方言區，
《方言》有六十次提到齊，有六十二次提云「東齊」，兩者次數相當。是書
云：

> 漢代的東齊海岱有著與齊方言完全不同的面貌，它們應該屬於兩個不
> 同的方言區。問題在於，在《方言》提到齊的時候，除了指以臨淄為
> 中心的齊國最早的區域外，能否把東齊也包括進去，因為在政治上東
> 齊屬於齊的範圍。我們認為，《方言》中的齊不包括東齊在內。東齊
> 原為嵎夷和萊夷所居之地。……公元前567年，齊靈公滅萊。這時，
> 東齊纔成為齊的一部份。[7]

從歷史的發展來看，齊與東齊是兩個不同的侯國；地理上，齊與東齊之間亦
有泰山阻隔，形成天然界線的語言分界線。不過《說文》方言區僅一例言

---

7 李恕豪，《楊雄「方言」與方言地理學研究》（成都：巴蜀書社，2003 年），頁 126。

「東齊」，但有二例為「海岱」。《楊雄「方言」與方言地理學研究》將「東齊海岱」視為一個方言區，但東齊與海岱仍有個別的差異：

> 東齊長期受到齊方言的影響，而海岱受到齊的影響卻要小一些。儘管海岱方言區的北部在風俗上與齊接近，但語言並不近於齊而應當近於東齊。反映在《方言》中的就是海岱與齊僅有的2次並舉。[8]

又據該書的統計，《方言》東齊與海岱並舉者有二十三次。不過《說文》沒有東齊與海岱並舉，只有「澗」、「睎」云海岱方言。其中「澗」未見《方言》，《說文・目部》「睎」字下云：「海岱之間，謂眄曰睎。」揚雄《方言》卷二：「瞷、睇、睎、䀩、眄也。陳楚之間南楚之外曰睇，東齊青徐之間曰睎，吳揚江淮之間或曰瞷，或曰䀩，自關而西秦晉之間曰眄。」《方言》所云「東齊青徐」是包括《說文》的「海岱」在內的，且較《說文》「海岱」的範圍要大，指的是海岱以北的東齊、青州以及以南的徐州。由此知，《說文》方言區有許多部份參考了揚雄《方言》，但在方言區範圍的界定上，仍有各自的認知。

　　秦方言區在《說文》出現二十例，「秦晉」合稱者五例，獨用「晉」者僅一例。秦地即為漢代關中的政治中心，約在陝西、甘肅一帶，晉地則汾河流域山西一帶。因為地形的關係，交通上，晉國往來中原地區，最方便的路線是走水路由汾水接黃河經涵谷關；秦國則走渭水接黃河經函谷關，造成秦、晉兩國在歷史上多有密切的關係，長期交流下，也讓秦、晉兩國的方言漸漸融合[9]。因此有如〈口部・唴〉：「秦晉謂兒泣不止曰唴」之例，將秦、晉視為同一方言區者。隨著秦國統一天下定都咸陽，隨後的漢代亦都關中的長安、洛陽，中原官話系統必然受到關中秦語的影響，如〈聿部・筆〉：「秦謂之筆。」秦國稱「聿」為「筆」，〈虫部・蚕〉：「蜃屬。有三，皆生於海，厲，千歲雀所匕。秦人謂之牡厲。」「蚕」類海鮮在秦國方言稱之為「牡厲」。

8　李恕豪，《楊雄「方言」與方言地理學研究》（成都：巴蜀書社，2003 年），頁 143。

9　周祖謨，《方言校箋・自序》：「夏言應當是以晉語為主的。因為晉國立國在夏的舊邑，而且是一時的霸主；晉語在政治和文化上自然是佔優勢的。等到後來秦人強大起來，統一中夏以後，秦語和晉語又相互交融，到了西漢建都長安的時代，所承接下來的官話應當就是秦晉之間的語言了。」（北京：中華書局，1993 年）。

　　《說文》視「周」為獨立的方言區，如〈食部〉：「饘，糜也。从食亶聲。周謂之饘，宋謂之餐。」周、宋並舉，知「周」非指朝代之周，而是限於《漢書・地理志》所云洛陽一帶的周天子直轄區。揚雄《方言》亦將「周」視為一個方言區，有時與「洛」並舉，計有二十三次[10]，《說文》周方言則有四次，數量不多。東周均都雒邑（洛陽），做為天下共同語言的「通語」（雅言），必與洛陽既有之方言相互影響，造成雅言與周地方言的差異愈來愈小，應是《說文》周方言次數不多的原因。

　　南方除了歷史悠久、文化獨特的楚國，還有江浙一帶的吳越區。《說文》無「越」方言區，但有三例的吳方言區，以及三例「吳楚」並舉者。吳、越兩國的歷史背景均為華夏後裔，但地理條件的不同，也讓吳越的言語、習俗異於北方[11]。

　　除了秦、楚、齊、周、吳等地，其餘多為併舉，如宋、宋楚、宋齊、宋衛、宋魯、宋魏、陳宋、趙魏、燕代東齊、淮南宋蔡等。其中大部份均是在宋、魯（即今河南、江蘇、山東南部等地）之古國名，即東漢的豫、兗、徐、青四州。這塊區域今為黃淮平原，地勢平坦，隔閡小，文化交流自然頻繁。就《後漢書・郡國志》所登載的人口數及戶數，豫、兗、徐、青均為全國之冠。在人口密度高、地形無阻隔及高度經濟發展下，彼此的方言也容易相互影響而同化，且是多對多的模式（秦晉或吳楚，是一對一模式）。語言學所謂的「等語線」，也就難以在本區劃設。

　　《說文》在豫、兗、徐、青所併舉的古國名中，多以「宋」併稱，如宋楚、宋齊、宋衛、宋魯、宋魏、宋蔡、陳宋。除了宋國本身的歷史條件，宋國的地理位置剛好位居本區中央，南接楚，西南接陳、蔡，西接魏、西北接衛、北接齊，東北接魯。因此可知，許慎在豫、兗、徐、青四州複雜的方言區裡，仍是有脈絡地，以區域中央的宋地為基準，向四周輻散。

四　國族名地理定位

　　所謂「國族名」，有別於周朝分封之侯國，即上引之古國名；亦有別於

<hr>

10 依李恕豪《揚雄方言研究》之統計。
11 如《呂氏春秋》卷二十三〈知化〉：「吳王夫差將伐齊，子胥曰：『不可。夫齊之與吳也，習俗不同，言語不通，我得其地不能處，得其民不得使。夫吳之與越也，接土鄰境，壤交通屬，習俗同，言語通，我得其地能處之，得其民能使之。』」，頁 1552。

漢代體制內所封侯國。此「國族」泛指漢代周邊所見外邦方國、國族等，包括「匈奴」、「朝鮮」、「東夷」、「葳」、「貊」。《說文》方言國族定位者，計有七例，如〈手部·控〉：「引也。……匈奴名引弓控弦。」段玉裁將匈奴名引弓控弦依〈羽獵賦〉改為「匈奴引弓曰控弦」，注云：

> 此引匈奴方語以證控引一也。《漢書》於匈奴或言引弓，或言控弦，一也。[12]

匈奴方語言引弓曰控弦，此為《說文》唯一的匈奴語。另外一例為〈口部·呬〉：「東夷謂息為呬。」是標準的「某區謂某為某」的方言例，「東夷」則泛指東南方一帶之夷族。

又如〈系部·縛〉：「葳、貊中，女子無絝，以帛為脛空，用絮補核，名曰縛衣，狀如襜褕」之「葳」、「貊」，均非中原古國名，亦非漢代行政區劃之名，《漢書·眭兩夏侯京翼李傳》：「東定葳、貊、朝鮮，廓地斥境，立郡縣。」註云：「張晏曰：『葳也，貊也，在遼東之東。』」[13]是知「葳」、「貊」均屬外邦方族，本文歸於「國族」之屬。

又，《說文》有四例方言地理定位為「朝鮮」者，是國族定位比例較高的，如〈口部·喧〉：「朝鮮謂兒泣不止曰喧。」〈金部·鈺〉：「朝鮮謂釜曰鈺。」漢武帝元封三年夏，滅朝鮮設真番、臨屯、樂浪、玄菟四郡，則朝鮮直屬西漢直轄。就方言地理區定位而言，漢人仍習慣將整個朝鮮視為同一個方言區，並沿用「朝鮮」之名，如同秦、楚等古國名仍沿用於漢代的地理概念般。揚雄《方言》則多將朝鮮與北燕並舉。

五　漢代行政區地理定位

以漢代行政區做為方言區定位者，計有四十五例，僅次於以古國名之者。《說文》以漢代行政區解說文字時，多以東漢之制為主。而《說文》以漢代行政區定位，概分為「州」及「郡國」二者，部份郡國的範圍小於古國名，亦屬為《說文》方言區面積最小者。

---

12 段玉裁，《說文解字注》（臺北：萬卷樓圖書公司，1999 年），頁 604。
13 《漢書》卷七十五，〈眭兩夏侯京翼李傳〉第四十五，頁 3156。

其中以「州」為名者有五例，包括「涼州」、「益州」、「沇州」、「青徐」、「青齊」等各一例。〈心部・愱〉：「青徐謂慙曰愱。」「青徐」之地在山東半島至江蘇北部沿海地帶，此並舉兩州為一方言區。

又如〈艸部・葼〉：「青齊兗冀謂木細枝曰葼。」「青齊」看似並舉青州與齊國，此例在《方言》亦有：「青齊兗冀之間謂之葼。」青、兗、冀皆為州名，僅齊為古國名。從地理區劃來看，青州已包括齊、東齊等地，云「青」已包括了「齊」，為何「青」、「齊」需並舉？以格式而言，本文以為當指「青州的齊地」。換句話說，「青齊」已排除了青州「東齊、海岱」等地，但在文字安排上，為了讓齊地與兗、冀等州名相對應，故冠以齊之州名而曰「青齊兗冀」而非「齊兗冀」。所以「葼」下的斷句當作「青齊、兗、冀謂木細枝曰葼。」

又如「益州」者，計一例。東漢益州所指有二，一為十三州的「益州刺史部」，所轄範圍非常廣大，包括廣漢郡、益州郡、蜀郡等九個郡國，範圍從今陝西南境往南經四川東部，直到貴州、雲南；另一所指為益州刺史部轄下的「益州郡」，在今雲南昆明一帶。《說文》為了區別此二益州之不同，於益州刺史部者增一「部」字，如〈土部・坥〉：「益州部謂螾場曰坥」的「益州部」；益州郡則依例作「益州」，如〈目部・矔〉：「目多精也。從目雚聲。益州謂瞋目曰矔。」

云「沇州」者，〈言部・詑〉：「沇州謂欺曰詑。」但自〈禹貢〉九州，至漢代的十三州，均無沇州，漢代郡縣亦無作沇州者。《尚書・禹貢》：「導沇水，東流為濟。」[14] 又《史記・夏本紀》：「濟、河維沇州」鄭玄：「言沇州之界在此兩水之間。」[15] 知「兗州」又作「沇州」，《說文》所云沇州者，應即「兗州」。

除了上述「州」外，以漢代「郡國」之名為方言定位，分散於各地，如華南的九江、益州、蜀、南昌、南陽，西方的隴西，華東的沛國、汝南、穎川、淮陽、陳留、青齊，華北的上谷，華中的弘農、三輔、河內等。其中「汝南郡」有六例，為數最多，其次為「河內郡」的五次，其餘郡國僅出現一至三例。「汝南郡」的方言數量高於其他地區，原因除了與許慎為汝南召陵人且熟悉故鄉方言外，若從其他類型的方言區以及東漢地理概況交叉比

---

14 《尚書注疏》卷六，〈禹貢〉，頁 90。
15 《史記》卷二，〈夏本紀〉第二，頁 54。

對，汝南郡位置位於淮水、汝水及潁水流域，就古國名來看，在宋楚（戰國齊楚）之間，約為春秋鄭國的位置，戰國則屬楚國。因該地位於大國間的交界，屬國變換頻繁，未如秦、楚、齊的中心區長期在一個國家體制下發展，故直接以漢代「汝南郡」稱之，而不繫之以古國名。但仍有以其他類型表達汝南方言區者，如「慈」字下云「楚潁之間」、「圣」下云「汝潁之間」，均在汝南郡內的區域，一指潁水流域，一指汝水、潁水間。

六　未見地理定位（僅曰俗語及方語者）

除了上述歸納之「方位」、「古國名」、「國族名」及「漢代行政區」，另有一部份的方言字，《說文》並未給予詳細的地理定位，僅曰「俗語」、「俗謂」或「方語」。「俗」字與雅、正對稱，是通行於雅、正之外的另一系統，云「俗」者是否即為方言？馬宗霍云《說文引方言考》：

> 但稱俗語，不系某地者，蓋謂通俗之語如此，不限於一地也。[16]

俗語即通俗之語，不限於特定地區，因此馬氏將俗語、俗謂者皆列入方言之數。本文亦同之。因此，凡以「俗語」、「俗謂」、「方語」釋義者，皆是與「雅言」有別者，但未有方言地理定位，亦不確定其使用之區域，因此概以「俗」稱之。此類釋義，與地名專名僅云為「地名」、「山名」、「水名」且未進行地理定位之狀況相似。

《說文》全書有五例方言字僅釋「俗語」，分別為〈艸部・蘸〉：「以物沒水也。此蓋俗語。」〈聿部・書〉：「俗語以書好為書。」〈歹部・殢〉：「俗語謂死曰大殢。」〈馬部・馱〉：「負物也。从馬大聲。此俗語也。」及〈卒部・卒〉：「一曰俗語以盜不止為卒。」

另有三例釋為「俗謂」，包括〈鳥部・鴨〉：「鶩也。俗謂之鴨。」〈竹部・篦〉：「導也。今俗謂之篦。」〈亦部・夾〉：「俗謂蔽人俾夾是也。」體例與釋方言的「某地語以某為某」、「某地謂某」等相同，但均未進行方言地理區之定位。

---

16 馬宗霍，《說文引方言考》卷一（北京：科學出版社，1959 年），頁 34。

　　又，另有一例作「方語」者，〈雨部・霢〉：「雨兒。方語也。从雨禹聲。讀若禹。」段玉裁云：方上蓋奪北字。《集韻》曰：「霢，五五切。北方謂雨曰霢。」[17]。馬宗霍亦云：

> 愚謂許書本條單稱方語者，蓋謂通方之語，不局於某一地，亦猶三篇〈聿部・聿〉下、四篇〈歺部・殗〉下之單稱俗語耳。[18]

　　「方語」即「通方之語」，詞彙本身已具「方言」之指涉。唯「方語」在《說文》全書僅此一例，因此段玉裁認為不符《說文》通例，依《韻會》「北方謂雨曰霢」提出「方語」當云「北方語」。

第二節　方言字之形義

　　本文所歸納《說文》一百六十七個「方言字」（詳見附表），於《說文》之釋義，有的釋時時直接義界為某地之方言，有的於其他釋義中於某方言曰「某」，而於該方言字之釋義，卻未云其為方言；另有部份之方言釋屬「連綿詞」，需結合其他方言才能正確表達方言之意。

一　本字即為方言者

　　《說文》於正文之下釋義時，直接釋其為方言，是知其本字即為方言。此類方言字計有七十九例，包括「苢、茆、飵、蔆、莽、呾、唛、咷、喑、咦、呬、蹠、訯、詑、爨、齨、鬶、敊、筆、哃、雅、膗、胈、腛、劍、箸、筲、饟、饐、餛、翠、及、槤、槌、粿、稴、秖、菖、窊、癭、瘌、瘆、帠、帔、幨、襛、醫、襫、毀、狦、鱸、惏、慈、悵、泔、潪、矔、揹、捎、媚、嬌、氐、甾、綾、縛、圣、埂、坥、圯、鐒、鎭、鏊、頓、阺、蠿、聿、睟、姐、螞」等字。

　　而就釋義的角度而言，本字即為方言者，《說文》釋義又可分為三種形態，一為「直接釋之為方言」，即直接以方言之義訓本字；二為「先釋義，

---

17 段玉裁：《說文解字注》，頁 579。
18 馬宗霍，《說文引方言考》卷三（北京：科學出版社，1959 年），頁 36。

再釋方言」則先界說字義，再釋其亦為方言也[19]；三為「見於補充說明者」。

（一）直接釋之為方言

「直接釋之為方言」者，於正文之下直接釋以方言義，此類釋義最為明白，亦是數量最多者，若將並舉的方言區獨立計算[20]，則正文下釋以方言者計有七十四例。這類解說的正文即為方言字。例如〈金部・鍺〉：「九江謂鐵曰鍺」，即以漢代行政區「九江」定位方言區，「鍺」字本義即為九江郡云「鐵」之方言。

又如〈足部・蹠〉：「楚人謂跳躍曰蹠。」「蹠」本義即古國名「楚人」云跳躍之方言。許書於釋義時直接說明「蹠」乃楚地方言。

又如〈口部・喑〉：「宋齊謂兒泣不止曰喑」並舉古國名「宋」、「齊」，謂「喑」之本義即宋、齊二地所謂小兒泣不停之方言。

又如〈木部・楣〉：「秦名，屋櫺聯也。」「楣」之本義來自於秦地名屋櫺聯也，訓釋上多以通語釋方言，一方面也同時呈現方言及通語的區別。

（二）先釋義，再釋方言

其次「先釋義，再釋方言」者，即釋義時先義界其內容，再說明其為「某地方言」，而其所說明之方言義，須在「釋形」之前完成。例如〈手部・拓〉：「拾也。陳宋語」釋義先訓「拓」為「拾」，復云「拓」乃陳、宋之方言，換句話說，陳、宋一帶云「拾」之方言為「拓」。

又如〈耒部・耞〉：「冊又，可以劃麥，河內用之。」段玉裁認為「冊又」應為「冊叉」，「即今俗用麥把也。」[21]許書於釋其本義後，復云為「河內用之」，以漢行政區名定位其方言區，意即「耞」用為麥把，乃河內郡方言。

另外，許書釋義常用以「某，某也」之方式互訓之，因此所訓之字，與

---

[19] 在主要解說中，另有有六例「一曰」、一例「或曰」、一例「讀若」及一例「引通人」的位置均在釋義之後、釋形之前，本文擬將其納入補充說明的一曰、讀若等條例一起討論。

[20] 如「姐：蜀謂母曰姐。淮南謂之社。從女且聲。」釋義中出現蜀、淮南兩地的方言。

[21] 段玉裁：《說文解字注》，頁186。

被訓字之間，意義並非完全對應，因此復於互訓之後說明某地方言曰某，一方面釋義簡潔，二方面又能兼釋其為方言本字。例如〈心部‧憮〉：「愛也。韓鄭曰憮」釋義先以「愛」訓「憮」字，但是過於籠統，復云「憮」乃韓、鄭之方言。換句話說，韓、鄭之間之方言云「憮」為「愛」，因此《說文》釋「憮」為「愛」也。

（三）釋義見於補充說明

所謂「補充說明」者，即許書於正文下之「釋義」、「釋形」之後，復補充說明其為方言者。本例與上述「先釋義，再釋方言」之差別在於，兩者之方言本字同樣在許書正文釋義先釋其定義，而不云其為方言，但是「本字釋義見於補充說明」者，許書於釋義後，接著釋形，再於釋形後補充「某地方言為某」。例如〈辵部‧逆〉：「迎也。从辵屰聲。關東曰逆，關西曰迎。」此引《方言》之語釋《說文》，以「迎」字訓正文「逆」字，復釋形曰「从辵屰聲」，復云「關東曰逆，關西曰迎。」是知「逆」為關東之方言，並以關西方言「迎」釋「逆」。在此例中，許書為了區隔「迎」為關西之語，故置於補充說明並舉說明之，避免與主要釋義相混。

又如〈食部‧饘〉：「糜也。从食亶聲。周謂之饘，宋謂之餰。」許書一開始釋義即云「饘」為「糜」也，復於釋形「从食亶聲」後，補充說明「周謂之饘，宋謂之餰」。米粥之糜，周地謂之「饘」，則正文「饘」為周之方言，又與宋謂糜之方言「餰」並列參照之。

又如〈金部‧鍱〉：「鏶也。从金葉聲。齊謂之鍱。」「鍱」字定義以「鏶」字釋之，復於釋形「从金葉聲」後補充說明「齊謂之鍱」，說明「鍱」字為齊謂通語「鏶」之方言。《說文》鍱、鏶兩字互訓，因此兩字同義，為雅俗關係的互訓，與〈木部‧椎〉：「擊也。齊謂之終葵。從木佳聲。」之釋義方式相同。因此「鍱」字之解說下若作「鍱，鏶也。齊謂之鍱。从金葉聲。」亦不影響釋義內容。

二 方言字為引申者

《說文》方言字之釋義，有部份所見之方言義，與本字之形義有關係，

除了與本義具有引申關係外，其方言義與本字偏旁亦有關聯。因此，具引申關係之方言字，最初應與本義相同，而後在使用的過程中，某些引申的義項成為某一特定地區約定俗成的用法，進而形成方言字之義項為本義所引申者。又，因為方言義為本義所引申，因此方言義與本字仍保持著相對應的形構關係。《說文》對於引申義之方言釋義，皆在正文本義之釋義之後復加說明，或於釋形之後補充說明。依許書釋義形態，概可分為「直接補充引申之方言義」、「一曰為引申方言義」兩者。

（一）直接補充引申之方言義

直接補充者，其引申方言之釋義內容，不以「一曰例」等方式說明，而於釋義之後，另外補充其字又作為方言之義。例如〈十部・甚〉：「甚甚，盛也。從十從甚。汝南名蠶盛曰甚。」「甚」之本義為「盛也」，後於釋形「從十從甚」之後，復補充說明漢代汝南郡一帶之「蠶盛」曰「甚」，其中「蠶盛」顯為「盛」之引申，因此汝南方言「甚」字之義項包括了引申義「蠶盛」。

又如〈辵部・逞〉：「通也。從辵呈聲。楚謂疾行為逞。」「逞」之本義為通達之義，復於釋形「從辵呈聲」之後直接補充說明楚地方言「疾行」亦曰「逞」。「疾行」，因為暢通無阻，因此可加速行進速度，義項「疾行」當為「通達」之引申，而在義形關係上，「通」、「疾行」亦皆與偏旁所從「辵」相關。

（二）一曰為引申之方言義

在許書釋義中，部份引申之方言義，見於「一曰例」之補充釋義中。《說文》「一曰例」其中一項功能為表示正文「義有二歧」，其中「二歧」之義，也包括了引申義及假借義，但一曰例所見引申義又比假借義多。例如〈水部・淒〉：「雨淒淒也。從水妻聲。一曰汝南謂飲酒習之不醉為淒。」「淒」之本義為雨綿綿不絕[22]，許書復於釋形之後以「一曰」補充「淒」亦

---

22 段玉裁：《說文解字注》：「淒淒猶縷縷也，不絕之皃。」頁563。

具有「飲酒習之不醉」之義，且言之於漢代汝南郡。在意義的引申上，從雨綿綿不絕，延伸至酒綿綿不絕而不醉[23]，因此在形構關係上，從「水」之「溰」字，與本義、引申義之間皆能對應。

又如〈竹部‧篇〉：「書也。一曰關西謂榜曰篇。从竹扁聲。」「篇」之本義釋云「書」，復云「一曰關西謂榜曰篇。」段玉裁云：「榜所以輔弓弩者，此其引伸之義。今之榜額、標榜是也。關西謂之篇，則同扁。」[24]而其「一曰」為「榜」之引申義，則見於函谷關以西，屬關西之方言義。

三　方言字為假借者

漢字在使用的過程中，有時因方言之音讀並無本字，因此借用現有之文字代表示，即所謂「無本字之假借」。在《說文》方言字之釋義中，方言字義為假借者，其方言義與本字構形沒有關係，與本義之間亦無任何的義項延伸線索。通常方言字為假借字，釋義方式與引申方言字相似，均在正文釋義之後，以補充釋義的方式說明之，其類別概可分為「直接補充假借之方言義者」、「一曰為假借之方言義者」，以及「讀若表其通假者」三者。

（一）直接補充假借之方言義

直接補充假借之方言釋義，即在方言字之正文釋義之後，直接補充釋其某地方言作某義，其方言義與本義之間無形構及意義上的關係。例如〈糸部‧緡〉：「釣魚繁也。从糸昏聲。吳人解衣相被謂之緡。」「緡」本義為釣魚用的絲繩，復於釋義之後補充說明「吳人解衣相被謂之緡」，即「緡」字亦為吳地人人脫衣覆蓋它物之方言。而「解衣相被」與「釣魚繁」之間沒有意義上的延伸關係。因此吳地方言「解衣相被」讀「緡」之音但無其本字，為了書寫之需，便借釣魚繁之「緡」字行之。

---

23 段玉裁：《說文解字注》：「謂不善飲者，每日飲少許，久久習之，漸能不醉，其方言曰『溰』。」頁563。

24 段玉裁：《說文解字注》，頁192。

（二）一曰、或曰為假借之方言義者

　　《說文》於正文之釋義中，於釋形、釋義之後，復以「一曰」例說明其「義有兩歧」。若一曰所補充者為方言義，則多屬本義之引申，假借之方言字僅〈瘳部・寱〉：「臥寱，驚也。一曰小兒號寱寱。一曰河內相評也。從瘳省，從言。」許書釋「寱」之義為睡覺驚醒，釋義之後復加二個「一曰」，一為小兒哭號聲，一為河內郡方言「相評」之義。其中「相評」之方言義屬虛詞，與本義「臥寱而驚」沒有義意引伸之關聯。朱駿聲《說文通訓定聲》：

> 【假借】重言形況字，《說文》一曰：「寱寱小兒號聲」；又發聲之詞，《說文》一曰：「河南相評曰寱」。此如《漢書》「嘆！大姊」、「咄！少卿」之比。[25]

是知漢代河南郡方言「相評」之發語詞，有音無字，故借「寱」字代之，屬無本字假借。

　　《說文》又見「或曰」為方言義者，其引例方式亦為義有二歧之別。如〈女部・娃〉：「圜深目皃。或曰吳楚之閒謂好曰娃。從女圭聲。」娃字之本義為眼睛深圓的樣子，復於釋義後「或曰」吳、楚之間的方言「謂好曰娃」，其「好」之義與「圜深目貌」無意義上的關係，故為假借。

（三）讀若表其通假者

　　《說文》所見「讀若例」，除了擬音外，王筠歸納讀若的功用有「讀若直指」、「讀若本義」、「讀同」、「讀若引經」、「讀若引諺」等五項。宋師建華《王筠說文學研究》於「讀若直指」再細分為「表其音讀」、「表其通假」、「表古今字」、「表其同為一字」等四類。《說文》讀若例釋其為方言者有六例，皆表其通假及音讀。而「讀若」之例，多以「讀若某」釋之，其「某」與正字相別；但於方言義之「讀若」，則多云「讀若某方言之某義。」例如

---

25 《說文解字詁林》，頁 6-824。

〈食部・餒〉：「飢也。从食气聲，讀若楚人言忝人。」「餒」之本義為飢餓之意，而許書以「讀若」說明「餒」亦為楚地方言云「忝人」之音讀。馬宗霍《說文引方言考》：

> 王筠《說文句讀》曰：「以俗語正讀，謂楚人言忝人，其詞似餒也，非謂讀若忝。」……按，俗語有聲無字者固多，但比方之音，亦必取其近似。

《說文》以方言釋本字者多例此。又如〈髟部・鬤〉：「髮兒。从爾聲。讀若江南謂酢母為鬤。」此例讀若例為「讀若某為正字」。《段注》：「鬤無異字者，方言固無正字。知此俗語，則髮兒之字之音可得矣。」[26]江南謂酢母之方言擬「鬤」之音外，亦假借「鬤」字做為方言字，例與上述「某地謂某為某」相同，而又兼有讀若之功能。

其餘如〈卩部・卸〉：「讀若汝南人寫書之寫」、〈旡部・碼〉：「讀若楚人名多夥」、〈女部・嬨〉：「讀若蜀郡布名」、〈虫部・蠝〉：「讀若蜀都布名」等，皆屬讀若表其為通假者。

四　方言字釋義見於其他正文

《說文》方言字之釋義，有時不在方言本字下釋其亦有方言之意，而是透過其他正文之釋義中說明之。換句話說，方言字出現於某字下的解說，並云其為方言，但某字正文釋義，則未見方言之說解。這種情況大多出現在併舉方言之釋義。例如〈食部・饘〉：「糜也。……周謂之饘，宋謂之餬。」此條並舉周、宋兩地謂米粥之方言。其中「周謂之饘」，說明「饘」字即周地方言之本字，復並舉「宋謂之餬」者，表示「饘」字除了表示周地之「糜」外，宋地謂「糜」則用「餬」字，並舉宋地方言。然而於〈食部・餬〉下釋義僅云「寄食也。」未釋其屬「宋謂糜曰餬」，則「宋」之方言「餬」，於「餬」字下未見釋義，但卻見於「饘」之釋義中。

又如〈虫部・蜹〉：「秦、晉謂之蜹，楚謂之蚊。从虫芮聲。」釋義見其

---

26 段玉裁，《說文解字注》，頁431。

說明「蝄」為秦、晉之方言，而楚地謂之「蚊」。而《說文》「蚊」字乃「䘆」字之重文，且釋為「蚊，俗䘆」，知「蚊」為俗字，但未云楚地方言，僅於「蝄」下釋其為楚地謂之蚊。

又如〈木部・「杇」〉：「所以涂也。秦謂之杇。關東謂之槾。从木亏聲。」此例先義界杇之本義「所以涂也」，再說明「杇」乃秦之方言，再說明關東謂「所以涂也」之方言為「槾」，兼存秦、關東兩地之方言。

又例如〈虫部・盦〉：「蜃屬。有三，皆生於海，千歲化為盦，秦謂之牡厲。」「盦」為通語，《說文》除了詳細的釋義解說外，復加「秦謂之牡厲」，表示「盦」即秦國方言之「牡厲」。此方言為雙音節，亦非正篆之字。

又如〈衣部〉：「衰，艸雨衣。秦謂之萆。从衣，象形。」「衰」為草編之雨衣，《說文》於釋義之後復加「秦謂之萆」，說明「衰」之秦地方言作「萆」[27]。

第三節　方言為連綿詞

《說文》釋義方言中之方言本字、引申方言字、假借方言字，皆在獨立一「字」之情況下所言，以單一文字表其意義。但部份的方言中，見有雙音節連綿詞。以連綿詞之方言訓釋本字者，其本字多為通語，或並舉之方言。例如〈艸部・蕿〉：「楚謂之芰，秦謂之薢茩」王筠《說文釋例》云：「皆國別方言，但以義轉注，聲不同也。」[28]

又如〈聿部・聿〉：「所以書也。楚謂之聿，吳謂之不律，燕謂之弗。」此例正文「聿」為楚地「所以書也」之方言本字。釋後又並舉吳地、燕地之方言為「不律」及「弗」。其中「不律」者，王筠《說文釋例》云：「聿、律、弗、筆，一聲之轉。而不律獨加不字，蓋發聲也。」[29]雖然「不」字為發聲，屬「聿」之緩讀，但音讀上已與「聿」有別，故《說文》特地強調「吳謂之不律」，則「不律」一詞屬雙音節方言之擬音。

其餘如〈木部・椎〉：「齊謂之終葵」、〈木部・欘〉：「齊謂之鎡錤」、〈虫

---

27 《說文》於〈衣部〉「萆」之釋義曰：「雨衣」。馬宗霍：《說文引方言考攷》：「據此，則雨衣與艸雨衣微有別。萆之本義為雨衣，衰之本義為艸雨衣。故萆下以衰為別一義，而衰下則以萆之名系諸秦。然則萆下之一曰，蓋即指秦人語，此亦許書隔部互照之例也。」（卷三，頁14）
28 《說文解字詁林》，頁2-649。
29 《說文解字詁林》，頁3-1085。

部・盦〉:「秦謂之牡厲」、〈門部・閶〉:「楚人名門曰閶闔」、以及〈食部・饐〉:「秦人謂相謁而飡麥曰饐餈」等,「終葵」、「鎡錤」、「牡厲」、「閶闔」、「饐餈」,合上文之「薜荔」、「不律」等,皆為《說文》方言所見之雙音節連綿詞。

附表:《說文》方言地理區字表

編號	部首	正文	《說文》釋義	方言地理區
1	艸	莒	齊謂芌為莒。从艸呂聲。	齊
2	艸	蘱	楚謂之蘺,晉謂之蘱,齊謂之茢。从艸囂聲。	楚、晉、齊
3	艸	薐	芰也。从艸淩聲。楚謂之芰,秦謂之薜荔。	楚、秦
4	艸	茚	昌蒲也。从艸,卬聲。益州云。	益州
5	食	飵	楚人相謁食麥曰飵。从食乍聲。	楚
6	艸	蔶	青齊沇冀謂木細枝曰蔶。从艸叜聲。	青齊沇冀
7	艸	莽	南昌謂犬善逐兔艸中為莽。从犬茻,茻亦聲。	南昌
8	口	咺	朝鮮謂兒泣不止曰咺。从口宣省聲。	朝鮮
9	口	唴	秦晉謂兒泣不止曰唴。从口羌聲。	秦晉
10	口	咷	楚謂兒泣不止曰噭咷。从口兆聲。	楚
11	口	喑	宋齊謂兒泣不止曰喑。从口音聲。	宋齊
12	口	咦	南陽謂大呼曰咦。从口夷聲。	南陽
13	口	呬	東夷謂息為呬。从口四聲。《詩》曰:「犬夷呬矣。」	東夷
14	辵	徂	往也。从辵且聲。徂,齊語。	齊
15	辵	適	之也。从辵啻聲。適,宋魯語。	宋魯
16	辵	逆	迎也。从辵屰聲。關東曰逆,關西曰迎。	關東、關西
17	辵	迣	迾也。晉趙曰迣。从辵世聲,讀若寔。	晉趙
18	辵	逞	通也。从辵呈聲。楚謂疾行為逞。《春秋傳》曰:「何所不逞欲。」	楚
19	足	蹠	楚人謂跳躍曰蹠。从足庶聲。	楚
20	十	甚	甚甚,盛也。从十从甚。汝南名蠶盛曰甚。	汝南
21	言	訧	燕代東齊謂信訧。从言尤聲。	燕代東齊

編號	部首	正文	《說文》釋義	方言地理區
22	言	詑	沇州謂欺曰詑。从言它聲。	沇州
23	言	譎	權詐也。益梁曰謬，欺天下曰譎。从言矞聲。	益梁
24	言	訏	詭譌也。从言于聲。一曰訏，謩。齊楚謂信曰訏。	齊楚
25	爨	爨	齊謂之炊爨。臼象持甑，冂為竈口，廾推林內火。	齊
26	鬲	䰞	秦名土釜曰䰞。从鬲午聲。讀若過。	秦
27	弼	鬻	鼎實。惟葦及蒲。陳畱謂鍵為鬻。从鬻速聲。	陳留
28	弼	鬻	涼州謂鬻為鬻。从弼糂聲。	涼州
29	又	叡	楚人謂卜問吉凶曰叡。从又持祟，祟亦聲。讀若贅。	楚
30	又	叔	拾也。从又尗聲。汝南名收芌為叔。	汝南
31	聿	聿	所以書也。楚謂之聿，吳謂之不律，燕謂之弗。从聿一聲。	楚、吳、燕
32	聿	筆	秦謂之筆。从聿从竹。	秦
33	目	矔	目多精也。从目雚聲。益州謂瞋目曰矔。	益州
34	目	眮	吳楚謂瞋目、顧視曰眮。从目同聲。	吳楚
35	目	盱	張目也。从目亏聲。一曰朝鮮謂盧童子曰盱。	朝鮮
36	目	睎	望也。从目稀省聲。海岱之間謂眄曰睎。	海岱
37	目	瞷	戴目也。从目閒聲。江淮之間謂眄曰瞷。	江淮之間
38	目	眄	目偏合也。一曰衺視也。秦語。从目丏聲。	秦
39	目	睇	目小視也。从目弟聲。南楚謂眄曰睇。	南楚
40	羽	翬	大飛也。从羽軍聲。一曰伊雒而南，雉五采皆備曰翬。《詩》曰：「如翬斯飛。」	伊雒而南
41	隹	雅	楚烏也。一名鸒，一名卑居。秦謂之雅。从隹牙聲。	秦
42	隹	巂	周燕也。从隹，中象其冠也。咼聲。一曰蜀王望帝，婬其相妻，慙亡去，為子巂鳥。故蜀人聞子巂鳴，皆起云「望帝」。	蜀
43	肉	䑋	益州鄙言人盛，諱其肥謂之䑋。从肉襄聲。	益州
44	肉	脙	齊人謂臞脙也。从肉求聲，讀若休止。	齊

編號	部首	正文	《說文》釋義	方言地理區
45	肉	腒	北方謂鳥腊曰腒。从肉居聲。《傳》曰：「堯如腊，舜如腒。」	北方
46	刀	劊	楚人謂治魚也。从刀从魚。讀若鍥。	楚
47	耒	桂	冊又，可以劃麥，河內用之。从耒圭聲。	河內
48	竹	箬	楚謂竹皮曰箬。从竹若聲。	楚
49	竹	篇	書也。一曰關西謂榜曰篇。从竹扁聲。	關西
50	竹	䈭	飯筥也。受五升。从竹稍聲。秦謂筥曰䈭。	秦
51	竹	箾	陳留謂飯帚曰箾。从竹捎聲。一曰飯器容五升。一曰宋魏謂箸筩為箾。	陳留、宋魏
52	竹	篝	笭也，可熏衣。从竹冓聲。宋楚謂竹篝牆以居也。	宋楚
53	竹	笘	折竹箠也。从竹占聲。潁川人名小兒所書寫為笘。	潁川
54	亏	粤	亏詞也。从亏从由。或曰，粤，俠也。三輔謂輕財者為粤。	三輔
55	食	饘	糜也。从食亶聲。周謂之饘，宋謂之餬。	周、宋
56	食	餥	餱也。从食非聲。陳楚之間相謁食麥飯曰餥。	陳楚之間
57	食	饟	周人謂餉曰饟。从食襄聲。	周
58	食	饡	秦人謂相謁而食麥曰饡餾。从倉㦰聲。	秦
59	食	飢	飢也。从倉㐬聲，讀若楚人言恚人	楚
60	食	餽	吳人謂祭曰餽。从食从鬼，鬼亦聲。	吳
61	舛	舜	艸也。楚謂之葍，秦謂之藑蔓地連華。象形。从舛，舛亦聲。	楚、秦
62	弟	罺	周人謂兄曰罺。从弟从眔。	周
63	夊	夃	秦以市買多得為夃。从乃从夊，益至也。	秦
64	木	柍	梅也。从木央聲。一曰江南橦材，其實謂之柍。	江南
65	木	榱	秦名為屋椽。周謂之榱，齊魯謂之桷。从木衰聲。	秦
66	木	楣	秦名屋櫓聯也，齊謂之檐，楚謂之梠。从木眉聲。	秦、楚、齊、關西
67	木	杇	所以涂也。秦謂之杇。關東謂之槾。从木亏聲。	秦、關東
68	木	桱	桱桯也。東方謂之蕩。从木巠聲。	東方

編號	部首	正文	《說文》釋義	方言地理區
69	木	枾	兩刃臿也。从木，丫象形。宋魏曰枾也。	宋魏
70	木	枱	耒也。从木台聲。一曰徒土輂齊人語也。	齊
71	木	欘	斫也，齊謂之鎡錤。一曰斤柄，性自曲者。从木屬聲。	齊
72	木	枷	柫也。从木加聲。淮南謂之柍。	淮南
73	木	槌	關東謂之槌，關西謂之特。从木追聲。	關東
74	木	栚	槌之橫者也。關西謂之㮶。从木㳄聲。	關西
75	木	椎	擊也。齊謂之終葵。从木隹聲。	齊
76	木	柿	削木札樸也。从木市聲。陳楚謂櫝為柿。	陳楚
77	多	夥	齊謂多為夥，从多果聲。	齊
78	禾	私	禾也。从禾厶聲。北道名禾主人曰私主人。	北道
79	禾	稬	沛國謂稻曰稬。从禾耎聲。	沛國
80	禾	秾	齊謂麥秾也。从禾來聲。	齊
81	臼	舂	齊謂舂曰舂。从臼屰聲，讀若膊。	齊
82	穴	窳	北方謂地空，因已為土穴為窳戶。从穴皿聲，讀若猛。	北方
83	㝱	㝶	楚人謂寐曰㝶。从㝱省，女聲。	楚
84	㝱	寱	臥驚也。一曰小兒號寱寱。一曰河內相評也。从㝱省，从言。	河內
85	疒	瘌	楚人謂藥毒曰痛瘌。从疒剌聲。	楚
86	疒	癆	朝鮮謂藥毒曰癆。从疒勞聲。	朝鮮
87	巾	帉	楚謂大巾曰帉。从巾分聲。	楚
88	巾	帔	弘農謂帬帔也。从巾皮聲。	弘農
89	巾	襤	楚謂無緣衣也。从巾監聲。	楚
90	人	倩	人字。从人青聲。東齊壻謂之倩。	東齊
91	人	僷	宋衛之間謂華僷僷。从人葉聲。	宋衛之間
92	人	儵	喜也。从人奢聲。自關已西，物大小不同謂之儵。	自關已西
93	臥	餮	楚謂小兒嬾餮。从臥食。	楚
94	衣	襟	南楚謂襌衣曰襟。从衣枼聲。	南楚

編號	部首	正文	《說文》釋義	方言地理區
95	衣	衰	艸雨衣。秦謂之萆。从衣,象形。	秦
96	兂	碼	兂惡驚詈也。从兂咼聲,讀若楚人名多夥。	楚
97	髟	鬵	髮兒。从爾聲。讀若江南謂酢母為鬵。	江南
98	卪	卸	舍車解馬也。从卪、止、午。讀若汝南人寫書之寫。	汝南
99	厂	庀	仰也。从人在厂上。一曰屋梠也,秦謂之桷,齊謂之庀。	秦、齊
100	豕	豛	上谷名豬豛。从豕役省聲。	上谷
101	希	希	脩豪獸。一曰河內名豕也。从彑,下象毛足。凡希之屬皆从希。讀若弟。	河內
102	犬	獌	南趙名犬獿獌。从犬夌聲。	南趙
103	犬	猲	犬猲獢不附人也。从犬舄聲。南楚謂相驚曰猲。讀若愬。	南楚
104	犬	猶	玃屬。从犬酋聲。一曰隴西謂犬子為猷。	隴西
105	黑	黸	齊謂黑為黸。从黑盧聲。	齊
106	黑	黔	黎也。从黑今聲。秦謂民為黔首,謂黑色也。周謂之黎民。易曰,為黔喙。	秦、周
107	心	憮	愛也。韓鄭曰憮。一曰不動。从心無聲。	鄭、韓
108	心	惏	河內之北,謂貪曰惏。从心林聲。	河內
109	心	憖	楚潁之間,謂惡曰憖。从心㹜聲。	楚潁
110	心	悼	懼也。陳楚謂懼曰悼。从心卓聲。	陳楚
111	心	愼	青徐謂慙曰愼。从心典聲。	青徐
112	水	溇	雨溇溇也。从水婁聲。一曰汝南謂飲酒習之不醉為溇。	汝南
113	水	渚	滃溢也。今河朔方言謂沸溢為渚。从水沓聲。	河朔
114	水	泔	周謂潘曰泔。从水甘聲。	周
115	水	澗	海岱之間謂相汙曰澗。从水閒聲。	海岱
116	雨	霣	雨也。齊人謂靁為霣。从雨員聲。一曰雲轉起也。讀若昆。霝,古文霣如此。	齊

編號	部首	正文	《說文》釋義	方言地理區
117	雨	霄	雨䨘為霄。从雨肖聲。齊語也。	齊
118	雨	霂	霖雨也。南陽謂霖霂。从雨仦聲。	南陽
119	魚	鮺	藏魚也。南方謂之魿，北方謂之鮺。从魚㞢省聲。	南方、北方
120	乙	乙	玄鳥也。齊魯謂之乙。取其鳴自呼。象形。凡乙之屬皆从乙。	齊
121	門	閶	天門也。从門昌聲。楚人名門曰閶闔。	楚
122	門	閈	門也。从門干聲。汝南平輿里門曰閈。	汝南
123	耳	聣	益梁之州謂聾為耳宰，秦晉聽而不聞，聞而不達謂之耳宰。从耳宰聲。	秦晉、益梁
124	耳	聏	吳楚之外，凡無耳者謂之耳闋，言若斷耳為盟。从耳闋聲。	吳楚
125	手	控	引也。从手空聲。詩曰，控於大邦。匈奴名引弓控弦。	匈奴
126	手	撍	自關以東謂取曰撍。一曰覆手也。从手弅聲。	自關以東
127	手	捎	自關巳西，凡取物之上者為撟捎。从手肖聲。	自關巳西
128	手	拓	拾也。陳宋語。从手石聲。	陳宋
129	手	攈	拔取也。南楚語。从手爾聲。楚詞曰，朝攈阰之木蘭。	南楚
130	女	姐	蜀謂母曰姐。淮南謂之社。从女且聲。	淮南、蜀
131	女	媦	楚人謂女弟曰媦。从女胃聲。《公羊傳》曰：「楚王之妻媦。」	楚
132	女	娥	帝堯之女。舜妻娥皇字也。秦晉謂好曰娙娥。从女我聲。	秦晉
133	女	嬃	女字也。《楚詞》曰：「女嬃之嬋媛。」賈侍中說：「楚人謂姊為嬃。」从女須聲。	楚
134	女	嬋	南楚之外，謂好曰嬋。从女隋聲。	南楚之外
135	女	嬎	好也。从女㚈聲。讀若蜀郡布名。	蜀郡
136	女	嫢	媞也。从女規聲。讀若癸。秦晉謂細為嫢	秦晉
137	女	媞	諦也。一曰妍黠也。一曰江淮之間，謂母曰媞。从女是聲。	江淮之間

編號	部首	正文	《說文》釋義	方言地理區
138	女	娃	圜深目皃。或曰吳楚之閒謂好曰娃。从女圭聲。	吳楚
139	女	嫐	有所恨也。从女㣙聲。今汝南人有所恨曰嫐。	汝南
140	氏	氏	巴蜀山名岸脅之旁箸欲落墮者曰氏，氏崩，聞數百里。象形，乀聲。	巴蜀
141	甾	甾	東楚名缶曰甾。象形。凡甾之屬皆从甾。	楚
142	弓	弴	角弓也。洛陽名弩曰弴。从弓𣍘聲。	洛陽
143	糸	綾	東齊謂布帛之細曰綾。从糸夌聲。	齊
144	糸	繜	薉貉中，女子無絝，以帛為脛空，用絮補核，名曰繜衣，狀如襜褕。从糸尊聲。	薉貉
145	糸	緍	釣魚繁也。从糸昏聲。吳人解衣相被謂之緍。	吳
146	虫	蠾	蟲也。一曰大螫也。讀若蜀都布名。从虫蜀聲。	蜀都
147	虫	蟣	蝨子也。一曰齊謂蛭曰蟣。从虫幾聲。	齊
148	虫	蜹	秦晉謂之蜹，楚謂之蚊。从虫芮聲。	楚、秦晉
149	虫	螭	若龍而黃，北方謂之地螻。从虫离聲。或云無角曰螭。	北方
150	虫	蚃	蜃屬。有三，皆生於海。千歲化為蚃，秦謂之牡厲。又云百歲燕所化。魁蚃，一名復累，老服翼所化。从虫合聲。	秦
151	虫	蛩	蛩蛩，獸也。一曰秦謂蟬蛻曰蛩。从虫巩聲。	秦
152	土	圣	汝潁之閒，謂致力於地曰圣。从土从又，讀若兔窟。	汝潁
153	土	埂	秦謂阬為埂。从土更聲。讀若井汲綆。	秦
154	土	坥	益州部謂螾場曰坥。从土且聲。	益州部
155	土	圮	東楚謂橋為圮。从土已聲。	東楚
156	田	畇	境也。一曰陌也。趙魏謂陌為畇。从田亢聲。	趙魏
157	金	鍇	九江謂鐵曰鍇。从金皆聲。	九江
158	金	錪	朝鮮謂釜曰錪。从金典聲。	朝鮮
159	金	鍱	鏶也。从金枼聲。齊謂之鍱。	齊
160	金	錡	鉏鋸也。从金奇聲。江淮之閒謂釜曰錡。	江淮之閒

編號	部首	正文	《說文》釋義	方言地理區
161	金	鏊	河內謂臿頭金也。从金敝聲。	河內
162	車	轒	淮陽名車穹隆轒。从車賁聲。	淮陽
163	鹵	鹵	西方鹹地也。从西省，象鹽形。安定有鹵縣。東方謂之㡿，西方謂之鹵	西方、東方
164	鹵	鹺	鹹也。从鹵差省聲。河內謂之鹺，沛人言若虘。	沛、河內
165	阜	阺	秦謂陵阪曰阺，从阜氐聲。	秦
166	厹	蠿	周成王時，州靡國獻蠿。人身，反踵，自笑，笑即上脣掩其目。食人。北方謂之土螻。《爾疋》云：「蠿□，如人，被髮。」一名梟陽。从厹，象形。	北方
167	酉	酸	酢也。从酉夋聲。關東謂酢曰酸。	關東

第六章
結論

第一節　地名專名結構化的影響

　　地名文字在歷史發展的過程中，其字形結構亦非一成不變地固定形態，在上古文字一字多形的情況下，地名文字亦常見有一字多形，或加偏旁的「繁文」，或省偏旁的「省文」，或者異動形符或聲符等現象。到了秦漢時代，秦始皇統一文字，開始有了標準字的規範，因此部份結合邑、水、山、阜等偏旁的地名字形成專名本字，即所謂「結構化」之地名。但仍有許多地名字，在文獻用例及出土之地下材料所見構形與本字有別。

　　就〈邑部〉來看，《說文》邑部所收邑名專名中，在文獻及地下材料中，見用其為從邑專名者，計有九十一例，而在此九十一例裡，有六十八例只見用為從邑專名。若參看〈水部〉所收水名專名，其中「僅見從水偏旁者」，亦占有一百一十三例。此一現象，說明了地名專名隨著「結構化」趨勢，為了區別假借的地名與既有字的義項，因此加上關偏旁形成了專名本字。而在大量的金文字例中，亦見有從邑與不從邑並存的專名用例，如「鄦」字在西周大多不從邑，字作「無」，到了東周則大多加上邑旁，此外尚有許多方名繁文例，均是地名字結構化前的樣態。

　　相較於《說文》邑名構形，《說文》水名專名的構形用例相對較為穩定，其中「僅見從水偏旁」佔有一百一十三例，數量最多。由此可知從水偏旁的本字，常見於文獻用例中。易言之，《說文》收錄的從水專名本字，乃是當時水名構形的主要用例。部份水名如「河」、「洹」、「涂」、「潙」等，更早在殷商時期即已見有相關的用例，並保存至今。

　　透過地名文字構形的文獻用例分析，可還原《說文》所見地名本字在文獻上的使用情況，亦能對比專名本字在文獻的傳抄過程中，產生的各種人為因素的變易。例如字形相近而混用者，如「濄、過」及「濰、惟」之例；或音近而發生假借替代者，如「汃、邠」「潓、決」；甚至是錯誤使用別字者，如「潙、渠」「濾、馮」之例。此外，尚有一地多名，不同的專名卻共同指

涉同樣的地名等。

〈山部〉所見山名之構形用例分析，可歸納二個面向。一是「从山偏旁的山名構形字的式微」。甲骨文字有十五例从山偏旁的地名，但是到了《說文》小篆，僅見有十一例，但實際的山名數量卻已超過甲骨文。易言之，大部份的山名字都不从山偏旁。就〈山部〉的專名本字而言，「猲」、「嶽」、「岠」、「崋」、「嶧」五字為單音節專名，山名僅單一字，作「猲山」、「嶽山」、「岠山」、「崋山」及「嶧山」。單音節地名專名為上古地名中的常態現象，早至甲骨文時期，邑名、水名、山名，多由單字呈現。及至兩漢時期，河流名稱的水名仍多為單名，且文字大多加上水旁以表其為水名；但是邑名、山名，已開始朝雙音節以上發展。考其原因，乃因河流數量有限，除非氾濫而改道或增減，否則變動不大；邑名及山名，乃因土地廣大，數量龐大，變動頻繁。若僅用單名呈現，同名異地的情況勢必大增。因此冠上方位詞、南北、形容詞而成為雙音節地名者，成為主流。做為山名專名的諸字，亦多以通名「山」別義，不需要再於相關文字加上山之偏旁，不若水名專名直接在專名字加上水旁的情況從殷商時期的甲骨文一路流行至秦漢小篆。

另外，〈山部〉的雙音節專名多於單名專名，「嶧」、「嵎」、「嶷」、「巁」、「嶭」、「崵」六字，是雙音節地名，數量占山名專名的一半以上。其中「嶧」為「葛嶧山」、「嶷」為「九嶷山」、「巁」、「嶭」二字為「巁嶭山」，「崵」為「首崵山」。相對於《水部》所見一百四十四例水名專名，雙音節結構者僅有「浪」（滄浪）、「漳」（濁漳）、「汨」（汨羅）、「菏」（菏澤）、「灘」（河灘）、「澶」（澶淵）等六例屬於雙音節地名，其餘一百三十八例均為單名專名。但在《山部》所見專名山，十一例中有六例為雙音節地名，顯見漢代以雙音節呈現山名專名的用例，已為常態。

丘阜之名者，綜合〈阜部〉十五例地名專名之討論，就所釋內容之「通名」而言，見有「大阪名」、「阪名」、「陬名」、「阜名」、「丘名」其「其他」等類。「阜名」不如山、水、邑之專名，有完整的概念，例如水名即為河流、山名即為山岳，邑名包括城邑及國邑。「阜名」概念上與「山」相似，雖然《說文》「阜」釋之為「山無石者」，但考之於〈阜部〉通名之內容，多數之阜，概念上等同於丘陵地，因此本文行文多以「丘阜名」釋之。其中「大阪」、「阪」、「陬」，概念均來自於「阪」，規模大者曰「大阪」，阪之一隅者曰「陬」。

　　若就先秦兩漢文獻用例而言，可發現部份丘阜專名見於文獻例，且影響至今，如「隴」、「陝」二字。但在〈阜部〉專名中，卻有大部份的阜名專名，未見其以阜名專名以及《說文》所釋之地用於文獻中，此例計有「阺」、「陑」、「隉」、「碕」、「隃」、「陪」、「賦」、「隕」、「阢」、「隔」等十例，其比重較其他如邑名、水名來得高。這些丘阜小地名，在《漢書・地理志》及《後漢書・郡國志》亦未被提及，但《說文》卻以其保存文字、通釋文字的理念，保存了丘阜小地名之資料。對於上古地名類別屬性之研究，以及地名文字構形理論，皆有重要的價值。

第二節　通名用其本義者為多

　　《說文》所見之地理通名字之構形用例分析，上可溯及甲、金文，做為文字考證的參考依據；下可證之先秦至漢代的文獻資料，規範各地名所屬的地形地貌或地方制度。就通名的類別而言，《說文》自然類地理通名山、丘、虛、阜、陵、阪、陬、谷、關、水、川、浸、淵、溝、渠、澗、澤、藪、池。以及人文類地理通名州、國、邑、郡、縣、鄉、聚、里、亭、方、地、都等字。其中字之本義即為通名者，自然類有八字，人文類有四字，說明上古人類生活受限於客觀的自然地理空間中，如河流、山丘等，所以原屬形容自然地形地貌的字，便直接做為通名使用。隨著社會制度組織日趨完整以及地方制度的發展，需要更多的通名做為地名屬性的註解，故人文地理通名多由現有文字假借為通名，或以其引申義為通名字。

　　根據《說文》之通名與甲、金文的比對，部份通名早至殷商就大量使用，如「方」，以「某方」的形式做為方國之通名，但漢代已少見「專名＋方」的地名，僅「四方」的地理概念詞；部份地名於甲、金文未見「專名＋通名」者如「郡」、「縣」，卻是漢代地名通名數量最多者，說明秦始皇實施的郡縣制影響深遠。

　　而就通名構形意而言，地名通名為本義者，占有二十一例；地名通名為引申義者，計有七例；地名通名為假借義，僅四例。其中以本義為通名數量最多，此與多數通名早在殷商時期即能考其源頭脈絡有關，而多數通名也從甲骨文時期一直使用到現在，如「山」、「水」、「丘」、「川」等字。

　　另外，《說文》的成書受漢代文化影響極深，地名的呈現多依循漢代的

地理規範，不論河流源頭之山名，縣級以下的亭、里，或丘、阜、池等地，因此「通名」在各專名字的釋義中，均如影隨形地出現，或以省略的方式釋義，但釋義過程必定遵照漢代地方行政層級排序專名次序，而其排序之依據，即從專名之通名所表示的地理位階有關，例如「郡（國）」——「縣（國）」——「鄉、里、亭、聚」等。此一漢代地理定位，有如文字地圖，有條不紊地呈現漢代乃至先秦的地名資料。

第三節　方言字闡發之漢代地理觀

　　《說文》方言地理區，散見於全書之中。這些地理區涵蓋了漢代疆域的各地，大至直指「北方」、「東方」等方位，小至單指某個郡國的方言，而為數最多的則以先秦古國名做為方言地理區的判斷標準，以東、西、南、北四個方位為依據，西方為秦晉方言區，東方為齊，以及宋國周邊的方言區，南方則為楚吳，北方則為燕、代乃至於朝鮮。此外，還藉由多區「並稱」的特性，判斷當時的方言區塊，如宋楚、齊楚、秦晉等區。古國名所不能包含者，則改以漢代郡國之名。這些方言地理區，多有參考揚雄《方言》之區劃，亦有《方言》所無者。藉由這方面的研究，除了闡發《說文》地理文化的價值，亦能將漢代方言區的研究與現今中國方言的分布概況加以比對，考其演變概況。

　　《說文》方言的解說格式，有見於主要解說者，有見於補充說明者，有先釋字義再釋方言者，亦有直接釋以方言者。配合方言字的類型來觀察，「直接釋以方言者」，本字字義即為方言之屬，這部份的方言字乃由轉注而來，如〈多部・粿〉：「齊謂多為粿，从多果聲。」本字為多，為了區別齊語而加聲符「果」為「粿」。而「補充說明」或部份「先釋義，再釋方言」者，方言之義多是別於本字，此乃文字形成的過程，有時為了記錄語言，未另造新字，就現有音近之字假借之，造成本字的字義與方言義異。另有部份方言字不見於本字之下的解說且被收錄於《說文》正文中，符合《說文》的隔部互見之例。由此知《說文》方言的說解格式，與方言字的類別有高度的關聯性。

參考書目

一 古籍

（漢）司馬遷：《史記》，臺北：藝文印書館，1955 年

（漢）班固：《漢書》，臺北：藝文印書館，1955 年

（漢）孔安國傳，（唐）孔穎達等正義：《尚書正義》，臺北，藝文印書館
景印清嘉慶二十一年阮元主刻重刊宋本《十三經注疏》，1997 年

（漢）鄭玄注，（唐）賈公彥疏：《周禮注疏》，臺北，藝文印書館景印
清嘉慶二十一年阮元主刻重刊宋本《十三經注疏》，1997 年

（東漢）許慎著、（南唐）徐鉉校訂：《平津館校刊說文解字》，臺北市，
世界書局，1960 年

（東漢）許慎著、（南唐）徐鉉校訂：《說文解字》，臺北市，世界書局，
1960 年

（漢）司馬遷撰；（劉宋）裴駰集解：《新校本史記三家注并附編二種》卷
四，〈周本紀〉第四，臺北：鼎文書局景印金陵書局本，1981 年

（東漢）班固撰；（唐）顏師古注：《新校本漢書集注并附編二種》卷二十
八上，〈地理志〉第八上，臺北：鼎文書局，1986 年

（南朝宋）范曄：《後漢書》，臺北：鼎文書局新校本漢書集注并附編二
種，1981 年

（東漢）許慎著，（清）段玉裁注《圈點段注說文解字》，臺北：萬卷樓圖
書公司，1999 年

（晉）杜預注，（唐）孔穎達等正義：《春秋左傳正義》，臺北，藝文印
書館景印清嘉慶二十一年阮元主刻重刊宋本《十三經注疏》，1997
年

（晉）郭璞注，（宋）刑昺疏：《爾雅注疏》，臺北，藝文印書館景印清
嘉慶二十一年阮元主刻重刊宋本《十三經注疏》，1997 年

（北魏）酈道元注，陳橋驛校證：《水經注校證》，北京：中華書局，2007 年

（清）王　筠：《說文釋例》，臺北：世界書局，1984 年

（清）桂　馥：《說文解字義證》，上海：上海古籍出版社，1995 年

（清）王　筠：《說文釋例》，臺北，臺灣商務印書館，1968 年

（清）朱駿聲：《說文通訓定聲》，臺北，藝文印書館，1968 年

（清）王　筠：《說文解字句讀》，臺北，廣文書局，1972 年

（清）郝懿行：《爾雅義疏》，臺北，臺灣中華書局四部備要據中華書局家
　　　刻足本校刊，1972 年

二　專書（依著者筆劃序）

中國社科院考古所編：《小屯南地甲骨》，上海：中華書局，1983 年

中國社科院考古所編：《殷墟小屯村中村南甲骨》，昆明：雲南人民出版社，
　　　2012 年

中國社科院考古所編：《殷墟花園莊東地甲骨》，昆明：雲南人民出版社，
　　　2003 年

李學勤主編：《英國所藏甲骨》，北京：中華書局，1992 年

許進雄主編：《懷特氏等收藏甲骨文集》，安大略：加拿大皇家安大略博物
　　　館，1979 年

郭沫若主編：《甲骨文合集》，北京：中華書局，1982 年

丁　山：《甲骨文所見氏族及其制度》，北京：中華書局，1999 年

丁福保編：《說文解字詁林》，臺北：鼎文書局，1996 年

于省吾：《甲骨文字釋林》，北京：中華書局，1993 年，頁 231

于省吾主編、姚孝遂按語：《甲骨文字詁林》，北京：中華書局，1996 年

王宇信、楊升南主編：《甲骨學一百年》，北京：社會科學文獻出版社，1999
　　　年

王國維：《史籀篇疏證》，臺北：藝文印書館

王國維：《觀堂集林》，北京：中華書局，1959 年

王獻唐：《那羅延室稽古文字》，濟南：齊魯書社，1985 年

王蘊智：《殷商甲骨文研究》，北京：科學出版社，2010 年

朱歧祥：《朱歧祥學術文存》，臺北：藝文印書館，2013 年

朱歧祥：《殷墟卜辭句法論稿》，臺北：臺灣學生書局，1990 年

朱歧祥:《殷墟甲骨文字通釋稿》,臺北:文史哲出版社,1989 年

朱歧祥:《殷墟花園莊東地甲骨校釋》,臺中:東海大學中文系語言文字研究
　　　　室,2006 年

朱歧祥:《殷墟花園莊東地甲骨論稿》,臺北:里仁書局,2008 年

朱歧祥《甲骨文字學》,臺北:里仁書局,2005 年

何琳儀:《戰國文字通論》,北京:中華書局,1989 年

朱歧祥編著,余風、賴秋桂、錢唯真、左家綸合編:《甲骨文詞譜》,臺北:
　　　　里仁書局,2014 年

宋建華:《說文新論》,臺北:聖環圖書公司,2006 年

宋建華:《漢字理論與教學》,臺北:新學林出版社,2009 年

李孝定:《甲骨文字集釋》,臺北:中央研究院歷史語言研究所,1965 年

李圃主編:《古文字詁林》,上海:上海世紀出版社,1999 年

李學勤:《殷代地理簡論》,臺北:木鐸出版社,1982 年

季旭昇:《說文新證》,臺北:藝文印書館,2004 年

季旭昇:《說文新證》,福州:福建人民出版社,2010 年

屈萬里:《殷虛文字甲編考釋》,臺北:聯經出版社,1984 年

俞偉超:《中國古代公社組織的考察——論先春兩漢的單－僤－彈》,北京:
　　　　文物出版社,1988 年

姚孝遂、肖丁:《小屯南地甲骨考釋》,北京:中華書局,1985 年

姚孝遂主編:《殷墟甲骨刻辭類纂》,北京:中華書局,1989 年

姚　萱:《殷墟花園莊東地甲骨卜辭的初步研究》,北京:線裝書局,2006 年

胡厚宣:《甲骨文合集釋文》,北京:中國社科院,1999 年

胡厚宣:《甲骨學商史論叢初集》,濟南:齊魯大學國學研究所,1944 年

唐　蘭:《天壤閣甲骨文存并考釋》,北京:北京圖書館,2000 年

孫海波主編:《甲骨文編》,臺北:藝文印書館,1934 年

島邦男:《殷墟卜辭研究》,臺北:鼎文書局,1958 年

馬敘倫:《說文解字六書疏證》,臺北:鼎文書局印行,1975 年

商承祚:《殷契佚存及考釋》,北京:北京圖書,2000 年

張玉金:《20 世紀甲骨語言學》,上海:學林出版社,2003 年

張玉金:《甲骨卜辭語法研究》,廣州:廣東高等教育出版社,2002 年

張秉權:《甲骨文與甲骨學》,臺北:國立編譯館,1988 年

張秉權：《小屯第二本‧殷墟文字‧丙編‧考釋》，臺北：中央研究院史語
　　　所，1957 年

郭沫若：《卜辭通纂》，北京：北京圖書館，2000 年

郭沫若：《甲骨文字研究》，北京：北京大學圖書館，2000 年

陳夢家：《殷虛卜辭綜述》，北京：中華書局，2004 年

陳　潔：《商周姓氏制度研究》，北京：商務印書館，2007 年

童書業：《童書業歷史地理論叢》，北京：中華書局，2004 年

楊樹達：《卜辭求義》，臺北：大通書局，1970 年

楊樹達：《積微居甲文說》，臺北：大通書局，1974 年

葉玉森：《殷虛書契前編集釋》，臺北：藝文印書館，1966 年

趙　誠：《甲骨文簡明詞典》，北京：中華書局，1999 年

蔡信發：《六書釋例》，臺北：蔡信發發行，2001 年

蔡信發：《說文部首類釋》，臺北：蔡信發發行，1997 年

鄭杰祥：《商代地理概論》，鄭州：中州古籍出版社，1994 年

魯實先：《殷絜新詮》，臺北：黎明文化公司，2002 年

魯實先：《假借遡原》，臺北：文史哲出版社，1973 年

魯實先：《說文正補‧轉注釋義》，臺北：黎明文化公司，2003 年

鍾柏生：《殷商卜辭地理論叢》，臺北：藝文印書館，1989 年

魏慈德：《殷墟花園莊東地甲骨卜辭研究》，臺北：臺灣古籍出版社，2006
　　　年

羅振玉：《增訂殷墟書契考釋》，北京：中華書局，2006 年

饒宗頤：《殷代貞卜人物通考》，香港：香港大學出版社，1959 年

饒宗頤：《饒宗頤史學論著選》，上海：上海古籍出版社，1993 年

三　單篇論文（依著者筆劃序）

何琳儀：〈古璽雜釋續〉，《古文字研究》第十九輯，北京，中華書局，1999
　　　年，頁 470-479

張金光：〈秦鄉官制度及鄉、里、亭關係〉，《歷史研究》，北京：社會科學雜
　　　誌社，1997 年，第 6 期，頁 22-39

周振鶴〈從漢代「部」的概念釋縣鄉里亭制度〉，《歷史研究》，北京：社會
　　　科學雜誌社，1995 年，第 5 期，頁 36-43

楊際平：〈漢代內郡的吏員構成與鄉、亭、里關係——東海郡尹灣漢簡研究〉，《廈門大學學報（哲社版）》，廈門：廈門大學，1998 年，第 4 期，頁 28-36

陳煒湛：〈甲骨文行為動詞探索（一）〉，《古文字研究》第十七輯，北京：中華書局，1989 年，頁 335

姚孝遂：〈再論古漢字的性質〉，《古文字研究》第十七輯，北京：中華書局，1989 年，頁 316。

孫海波：〈讀王靜安先生古史新證書後〉，《考古學社社刊》第二期，北平：燕京大學，1935 年，頁 55-58

張秉權：〈殷代的農業與氣象〉，《歷史語言研究所集刊》第四十二本第二分，臺北：中央研究院，1970 年，頁 277

齊文心：〈殷代的奴隸監獄和奴隸暴動〉，《中國史研究》1979 年第 14 期，頁 72-75

陳煒湛：〈甲骨文中的商代方國聯盟〉，《古文字研究》第六輯，北京：中華書局，1989 年，頁 78

余　風：〈說文解字地理通名字探析〉，《第二十二屆中國文字學國際學術研討會論文集》，臺中：逢甲大學，2011 年，頁 1-20

葉玉森：〈說契〉，《甲骨文研究資料匯編叢書》，原載於《學衡》第三十一期，北京：北京大學圖書館，2000 年

徐中舒：〈耒耜考〉，《中央研究院歷史語言研究所集刊》第二本第一分，臺北：中央研究院，1930 年，頁 727。

王慎竹：〈商代建築技術考〉，《殷都學刊》1986 年第 2 期，安陽：安陽師範學院，1986 年，頁 9

屈萬里：〈岳義稽古〉，《清華學報》第二卷第一期，新竹：清華大學，頁 62-67

劉　釗：〈卜辭所見殷代的軍事活動〉，《古文字研究》十六輯，北京：中華書局，1989 年，頁 122。

王光鎬：〈甲骨文楚字辨〉，《江漢考古》，武漢：湖北省文物考古研究所 1984 年，第 2 期。

黃德寬〈卜辭所見中字本義試說〉，《文物研究》第三期，1988 年，頁 112-114

朱歧祥:〈說邵──兼論花東甲骨的時期〉,《語言文字與文學詮釋的多元對話》,臺中:東海大學中文系,2010 年,頁 295

胡厚宣:〈殷代的史為武官說〉,《全國商史學術討論會論文集》,安陽:安陽師範學院,1985 年,頁 183-195。

柯昌濟:〈殷墟卜辭綜類例證考釋〉,《古文字研究》第十六輯,北京:中華書局,1989 年

金祥恆:〈加拿大多倫多大學安達黎奧博物館所藏一片牛胛骨刻辭考釋〉,《中國文字》第九卷,臺北:臺灣大學中國文學系,1969 年,頁 42-54

朱歧祥:〈小屯南地甲骨釋文正補〉,《香港浸會學院學報》第十三卷,香港:香港浸會大學,1986 年

陳邦懷:〈小屯南地甲骨中所發現的若干重要史料〉,《歷史研究》第 2 期,北京:中國社會科學院,1982 年,頁 130

齊文心:〈甲骨文字考釋〉,《考古與文物》1988 年第 4 期,西安:陝西省考古研究所,1988 年

沈建華:〈商代冊封制度初探〉,《第二屆國際中國古文字學研討會論文集》,香港:香港中文大學,1993 年

張秉權:〈甲骨文所見人地同名考〉,《慶祝李濟先生七十歲論文集》,臺北:清華學報社,1967 年

四 學位論文

余　風:《說文解字邑部及其地理文化研究》,臺中:逢甲大學中文系碩士論文,2006 年

余　風:《殷墟甲骨刻辭地名字研究》,臺中:逢甲大學中文系博士論文,2013 年。

文獻研究叢書·出土文獻譯注研析叢刊 0902017

《說文》地名字構形用例研究

作　者	余　風
責任編輯	林以邠
特約校對	林秋芬

發行人	陳滿銘
總經理	梁錦興
總編輯	陳滿銘
副總編輯	張晏瑞
編輯所	萬卷樓圖書股份有限公司
印　刷	倚樂企業有限公司
封面設計	百通科技股份有限公司

發　行　萬卷樓圖書股份有限公司
臺北市羅斯福路二段 41 號 6 樓之 3
電話 (02)23216565
傳真 (02)23218698
電郵 SERVICE@WANJUAN.COM.TW
香港經銷　香港聯合書刊物流有限公司
電話 (852)21502100
傳真 (852)23560735

ISBN 978-986-478-296-3
2019 年 6 月初版一刷
定價：新臺幣 420 元

如何購買本書：

1. 劃撥購書，請透過以下郵政劃撥帳號：
帳號：15624015
戶名：萬卷樓圖書股份有限公司
2. 轉帳購書，請透過以下帳戶
合作金庫銀行　古亭分行
戶名：萬卷樓圖書股份有限公司
帳號：0877717092596
3. 網路購書，請透過萬卷樓網站
網址 WWW.WANJUAN.COM.TW

大量購書，請直接聯繫我們，將有專人為您
服務。客服：(02)23216565 分機 610

如有缺頁、破損或裝訂錯誤，請寄回更換
版權所有·翻印必究
Copyright©2019 by WanJuanLou Books CO.,
Ltd.
All Right Reserved　　　**Printed in Taiwan**

國家圖書館出版品預行編目資料

《說文》地名字構形用例研究 / 余風著. --
初版. -- 臺北市：萬卷樓，2019.06
面 ；　公分. -- (文獻研究叢書.出土文獻譯
注研析叢刊 ; 902017)
ISBN 978-986-478-296-3 (平裝)
1.說文解字　2.研究考訂

802.21　　　　　　　　　　　　108009995